À PROPOS DE L'AUTRICE

Amanda McCabe a écrit son premier roman historique à seize ans seulement. Depuis, nombre de ses titres ont été primés aux États-Unis. Sous sa plume alerte, elle donne vie à de fougueuses héroïnes aux prises avec les événements de l'Histoire.

L’envol des convenances

AMANDA McCABE

L'envol des convenances

Traduction française de
HÉLÈNE ARNAUD

Les Historiques

HARLEQUIN

Collection : LES HISTORIQUES

Ce roman a déjà été publié en 2020

Titre original :
THE GOVERNESS'S CONVENIENT MARRIAGE

HARPERCOLLINS FRANCE
83-85, boulevard Vincent-Auriol, 75646 PARIS CEDEX 13
Service Clients — https://www.harlequin.fr/contenu/contactez-nous
ISBN 978-2-2805-2422-3 — ISSN 1159-5981

Édité par HarperCollins France.
Composition et mise en pages Nord Compo.
Imprimé en octobre 2025 par ScandBook UAB en Lituanie
en utilisant 100% d'électricité renouvelable.
Dépôt légal : novembre 2025.

FSC
www.fsc.org
MIXTE
Papier | Pour une gestion forestière responsable
FSC® C021394

Pour limiter l'empreinte environnementale de ses livres, HarperCollins France s'engage à n'utiliser que du papier fabriqué à partir de bois provenant de forêts gérées durablement et de manière responsable.

Prologue

Écosse – 1882

Lady Alexandra Mannerly descendit en toute hâte l'escalier arrière du pavillon de chasse de son père. Elle s'arrangea pour ne pas faire de bruit, afin que personne ne se rende compte qu'elle avait échappé à la surveillance de sa gouvernante. Même en Écosse, où son quotidien était bien moins guindé qu'à Londres ou dans le domaine ducal de son père, au cœur du Kent, elle était censée suivre ses leçons le matin. Mais elle ne voulait *pas* de leçons. Elle avait presque treize ans, maintenant. Ne méritait-elle pas un peu de liberté ? Un tout petit peu, au moins ?

Et puis, Alexandra savait exactement où elle avait l'intention d'aller. Qui elle voulait voir.

Elle entendit du bruit dans les cuisines. La cuisinière criait à quelqu'un de lui apporter plus de saumon pour la mousse du dîner. Les bonnes faisaient tomber des casseroles et le frère d'Alexandra, Charles, suppliait qu'on lui donne des gâteaux. Son père était parti à la chasse pour la journée, comme toujours en Écosse ; et sa mère s'était enfermée dans sa chambre avec une tisane pour soigner sa migraine, comme *elle* le faisait toujours en Écosse… Alex savait aussi que sa gouvernante profiterait de l'heure de liberté qui lui était accordée pour badiner avec le majordome. Non, elle pouvait en être certaine, elle ne manquerait à personne avant un bon moment.

Elle se glissa discrètement dehors par la porte de derrière et traversa en courant le potager pour rejoindre la grille. Le vent frais et piquant, portant le parfum verdoyant des collines, vint faire danser les fines boucles blondes de son chignon et la jupe bleue de sa robe de mousseline. Le froid s'insinuait sous sa veste, mais Alex ne s'en soucia pas. Elle pouvait enfin courir. Courir jusqu'à en avoir le souffle court, et personne ne l'arrêterait !

Ces semaines de début d'automne que la famille passait au pavillon de chasse étaient ses préférées. En Angleterre, elle se sentait toujours si intimidée, si nerveuse à propos de tout, si certaine qu'elle manquait à ses devoirs de fille de duc. C'était en tout cas ce que lui répétait inlassablement sa mère – ces interminables devoirs dus à son rang...

Mais en Écosse, personne ne la regardait. Elle était simplement Alex, surtout quand elle s'échappait dans la campagne pour retrouver ses amis. Un ami, en particulier.

Elle referma le portail derrière elle et courut de nouveau sous le couvert des arbres. Le vent soufflait dans les branches au-dessus de sa tête et soulevait les feuilles mortes du sol. Au loin, Alex perçut le claquement des coups de fusil, mais les chasseurs ne viendraient pas par là. Son père ne rentrerait pas avant des heures pour profiter de son souper et danser au son des cornemuses, tandis que Charles et elle regarderaient les festivités se dérouler depuis le haut de l'escalier.

De l'autre côté du bois s'étiraient les méandres de la rivière, qui coulait en grondant sur les rochers. C'était une cascade avec une musique argentine bien à elle, qui descendait, glacée, des collines couvertes de bruyère mauve.

Et, l'attendant sur la berge, se trouvait la personne qu'elle avait tellement hâte de voir. Malcolm Gordston.

Enfin, peut-être qu'il ne l'*attendait* pas... Il pêchait presque tous les jours, depuis un gros éperon rocheux plat qui surplombait l'eau, et récupérait des saumons pour la mousse du soir.

Quand elle fut assez près, Alex s'immobilisa un instant, cachée derrière un arbre, et l'observa. Il avait quelques années de plus qu'elle, mais cela n'enlevait rien à la fascination qu'il éveillait chez elle. Fils de l'un des métayers de son père, Malcolm était très différent de toutes les personnes qu'elle avait rencontrées. Beau, grand et fort, il avait des cheveux blond cendré, trop longs aux yeux de la mode londonienne, et des traits aussi bien ciselés que les rochers qui entouraient la rivière. Ses rudes vêtements de fermier paraissaient ne jamais le rabaisser : il ressemblait à un roi d'antan, même en pantalon rapiécé et bottes fatiguées.

Et il était toujours gentil avec elle quand ils se voyaient. Il lui parlait comme si elle n'était qu'Alex, et pas Lady Alexandra. Pas non plus une simple enfant incapable de comprendre quoi que ce soit. Ce qu'elle préférait, c'était quand il lui racontait d'anciennes légendes écossaises que lui avait apprises sa grand-mère.

Se décidant finalement, Alex courut vers le rocher et fit de grands signes au jeune homme, le sourire aux lèvres.

— Milady, lança Malcolm en la voyant. Vous venez prendre une autre leçon de pêche ?

— Oh oui ! répondit en hâte Alex. Je suis sûre que je vais faire mieux, cette fois.

La semaine précédente, elle n'avait pris qu'un petit poisson, trop jeune pour être gardé. Cette fois, elle voulait une meilleure prise, pour voir la fierté briller dans les yeux bleu glacier de son ami.

— Vous réussirez, c'est certain.

Il lui tendit sa seconde canne et le seau d'appâts, des petites lamelles de hareng découpées. Alex savait quoi faire, grâce aux leçons qu'il lui avait données. Elle prit un morceau de poisson glissant et le passa sur son hameçon.

Malcolm la gratifia d'un hochement de tête approbateur.

— Vous n'êtes pas une de ces filles fragiles qui ont peur de se salir les mains, c'est sûr.

Alex éclata de rire.

— Les cœurs fragiles n'attrapent jamais les saumons gras, hein, Malcolm ?

Elle lança sa ligne dans le courant et, pendant un long moment, ils restèrent tous les deux assis en silence, dans la paix des collines et le chant de la rivière. En cet instant, Alex se sentit particulièrement proche du jeune homme, à sa place. Nulle part ailleurs elle ne goûtait une telle sérénité.

— Comment va votre père, cette semaine, Malcolm ? demanda-t-elle.

En écoutant les potins des bonnes, elle avait appris que M. Gordston n'était pas en très bonne santé, et que cela durait depuis qu'il avait perdu son épouse, l'année précédente. Alex avait beaucoup de peine pour Malcolm et s'inquiétait de ses soucis familiaux, mais il gardait toujours ses sentiments pour lui.

Il serra les dents sans la regarder.

— Il va un peu mieux, je crois. Le retour du froid lui donne des douleurs à la poitrine, et ma maman lui manque. Mais nous arrivons à faire notre travail.

— Est-ce que je ne devrais pas lui apporter une des infusions de la cuisinière ? Ma mère se sent toujours mal quand nous venons en Écosse et elle dit que les tisanes lui font du bien.

Malcolm lui lança un étrange sourire un peu amer.

— Vous êtes une gentille fille, milady. Mais une infusion ne suffira plus à soulager les maux de mon père, maintenant.

Sa gravité avait quelque chose d'inquiétant. Alex aurait voulu l'interroger plus avant, quand elle sentit soudain un violent à-coup au bout de sa ligne.

— Malcolm ! J'ai une touche ! cria-t-elle.

Il lui sourit de nouveau, soudain plus joyeux.

— Ne tirez pas trop fort, milady. Ramenez-le en douceur. Voilà, tranquillement. Ne le laissez pas se libérer.

Alex suivit ses consignes et sortit un beau saumon gras de l'eau – sa première vraie prise. Et Malcolm l'avait vue faire !

— Regardez, Malcolm ! J'ai réussi !

— Bien sûr que vous avez réussi, milady, dit-il dans un éclat de rire.

Il riait si peu qu'Alex trouva ce son merveilleux, grave et léger à la fois. Si seulement elle pouvait toujours l'entendre rire.

Ce moment était parfait et elle était tellement heureuse, tellement enivrée par la présence du jeune homme à ses côtés, qu'elle se hissa sur la pointe des pieds et déposa un baiser sur sa joue. La peau de son ami était un peu râpeuse sous ses lèvres et il sentait l'air frais, la verdure… Lui.

— Oh ! Malcolm ! s'écria-t-elle. J'aimerais tant pouvoir toujours rester avec vous, comme cela !

Dès qu'elle eut prononcé ces mots, Alex sentit qu'elle avait commis une erreur. Le visage de Malcolm pâlit et il fronça les sourcils, bannissant d'un coup son rire si mélodieux. Il s'écarta d'elle en la repoussant doucement. Alex frissonna, traversée par un courant glacé. Elle aurait tout donné pour revenir quelques minutes en arrière, changer ce qui venait de se passer.

— Je… J'ai juste…

Elle balbutia un instant, mal à l'aise. Elle aurait voulu s'enfuir mais ses pieds refusaient de lui obéir.

Malcolm passa une main dans ses cheveux d'un air embarrassé.

— Lady Alexandra… Vous êtes la fille d'un duc. Je peux vous apprendre à pêcher, mais…

— Mais vous ne pouvez pas être mon ami, termina Alex à sa place, tristement.

— Vous êtes une jeune fille très bonne.

La voix de Malcolm prenait les atroces accents calmes et condescendants dont tout le monde semblait se servir pour la remettre à sa place. Jamais elle ne supporterait de les entendre venant de lui. Surtout pas lui !

— Bientôt, vous trouverez votre place dans le monde et vous n'aurez plus envie de passer votre temps avec un paysan comme moi.

Alex sentait, dans les profondeurs les plus secrètes de son cœur, que c'était faux. Bien sûr, elle avait conscience de ce que l'on attendait d'elle – sa mère ne lui parlait jamais d'autre chose et sa gouvernante le lui inculquait de force. Elle devait maintenir l'honneur de son nom en faisant un beau mariage et en siégeant dans la haute société. Mais cette perspective la terrifiait. Elle voulait vivre libre, s'asseoir sur la berge d'une rivière comme celle-ci, faire partie de la nature. Sans personne pour la dévisager ou attendre d'elle des choses qu'elle ne pourrait donner.

Elle voulait pouvoir parler à Malcolm aussi longtemps qu'elle en aurait envie. Pour toujours. Il était le seul à la voir telle qu'*elle* était. Mais ce n'était pas vrai, au fond. Pour lui comme pour tous les autres, elle restait la fille du duc.

Elle le serra de nouveau dans ses bras, plus fort, de peur que ce ne soit la dernière fois. À la pensée de ne plus jamais le revoir, plus seule et détendue comme ce jour-là en tout cas, elle avait envie de pleurer. Malcolm lui rendit son étreinte.

— Lâche immédiatement ma fille, sale voyou ! gronda soudain une voix, aussi puissante qu'un claquement de fouet.

En un éclair, la magie du moment se brisa.

Alex bondit en arrière et vit son père les toiser depuis le haut de la berge. Il était immense, dans les revers de son grand manteau de tweed qui battaient comme des ailes funestes. Son visage était rouge et congestionné. Tout à coup, Alex se mit à trembler de peur.

— Père ! cria-t-elle.

Malcolm s'écarta vivement d'elle, sa casquette à la main.

Le duc descendit jusqu'à eux et attrapa violemment Alex par le bras, jetant à peine un regard à Malcolm. Les doigts de son père étaient un étau d'acier sur sa peau. Elle en garderait sans doute des marques, mais elle était trop horrifiée pour se débattre.

— Viens tout de suite avec moi, jeune fille. Ton comportement est déshonorant.

Malgré sa peur, Alex fut traversée par un éclair de rage.

— Ce n'est pas ce que vous croyez ! protesta-t-elle.

Elle jeta un rapide coup d'œil à Malcolm qui lui fit signe de ne rien dire.

— Votre Grâce, commença-t-il. Lady Alexandra n'est pas à blâmer...

Le duc fit volte-face et le toisa, encore plus rouge qu'avant. Ses yeux étaient si exorbités qu'ils semblaient sur le point d'éclater. Alex dut réprimer un fou rire nerveux.

— Tu as de la chance que je ne te batte pas sur-le-champ ! Si je n'avais pas à ramener ma stupide fille à la maison, c'est ce qui arriverait. Et si jamais je te revois avec elle, je ne serai pas aussi clément. Pour l'heure, tu ferais mieux de rentrer chez toi et de t'occuper de ton bon à rien de père.

Tandis que le duc l'entraînait, Alex eut une dernière vision de Malcolm, dont le visage était déformé par la fureur. Une voiture attendait sur la route, de l'autre côté d'un épaulement, et son père la poussa sans ménagement à l'intérieur.

Alex ne put retenir ses larmes plus longtemps. Elles sortirent en une crise de violents sanglots qu'elle dut étouffer en enfouissant son visage dans ses mains. Son père l'ignora, bien sûr, pressant le cheval sur le chemin de la maison, mais Alex était incapable de se calmer. Cette dernière – et terrible – image de Malcolm et la peur de ce qu'il allait penser d'elle à présent lui donnaient envie de disparaître sous terre pour toujours.

À leur arrivée, ils trouvèrent la maison silencieuse, comme si les murs et les fenêtres savaient aussi qu'Alex était en disgrâce. Qu'elle avait perdu son ami. Le grand hall dallé de pierre froide et orné d'animaux empaillés qui vous fixaient de leurs yeux de verre, fit résonner leurs pas de son écho vide, sans cœur. Alex vit une bonne les observer depuis la balustrade de l'étage. À en croire le plateau qu'elle tenait dans les mains, elle portait du thé à sa mère. D'ailleurs, la servante s'éclipsa bien vite. Le frère d'Alex devait se cacher au grenier, comme à son habitude, et sa mère se reposait, en proie à une nouvelle migraine.

— Monte dans ta chambre, Alexandra, ordonna froidement son père.

Il jeta son manteau sur le dossier haut d'une chaise en bois et commença à s'éloigner. Mais Alex devait tenter encore une fois de lui faire comprendre ce qui s'était passé.

— Père, ne blâmez pas Malcolm ! Il essayait juste…

Le duc fit brusquement volte-face et la dévisagea d'un air assassin. Il pointa un long doigt tremblant de rage sur elle et elle recula instinctivement d'un pas.

— Tu sais ce que l'on attend de toi, Alexandra. Notre

nom de famille ne doit jamais être traîné dans la boue. Tes batifolages dans les collines avec un fils de fermier risquent de provoquer de méchants ragots et cela doit finir. Tout de suite. De toute manière, sa famille n'est pas respectable et il quittera bientôt mes terres. Si jamais j'apprends que tu l'as revu, les conséquences seront sévères pour vous deux, crois-moi.

Alex sentit ses yeux piquer, mais elle refusait de pleurer une nouvelle fois devant son père. *Jamais plus* il ne verrait ses larmes ou ne saurait ce qu'elle ressentait vraiment. Elle courut à l'étage et passa devant l'interminable suite de portes closes avant de s'enfermer dans sa chambre. Autrefois, elle avait adoré cette pièce. Elle était petite mais située dans un coin du bâtiment, ce qui voulait dire qu'elle avait des fenêtres sur deux côtés, laissant entrer le décor infini des collines. Son lit blanc, drapé de tulle jaune, ses poupées rangées dans un coin, sa petite coiffeuse blanche agrémentée d'un miroir ancien... Alex avait aimé tout cela, son petit sanctuaire pour fuir le silence froid qui pesait sur sa famille. Mais à présent, cette chambre n'était qu'une prison de plus.

Elle se jeta sur son lit et enfouit sa tête dans l'oreiller pour s'empêcher de crier sa douleur. Elle voyait encore la rivière inondée de soleil, le sourire de Malcolm, elle sentait la chaleur de sa main. Il avait été un bon ami pour elle, peut-être même son seul véritable ami. Elle ne pouvait pas laisser les choses en l'état. Il fallait qu'elle le voie, qu'elle lui dise à quel point elle était désolée. Si seulement elle parvenait à tromper la surveillance de son père...

Elle sécha rapidement ses larmes et jeta un coup d'œil par l'une des fenêtres. Le soleil commençait déjà à se coucher, parant le ciel de ces teintes pourpres et rose pâle si communes à l'Écosse. Le père d'Alex allait passer des heures dans la bibliothèque, jusqu'au dîner. Elle allait devoir se dépêcher si elle voulait trouver Malcolm et s'excuser auprès de lui. Le revoir une dernière fois.

Elle s'enveloppa d'un long manteau sombre et se faufila hors de la chambre en priant pour que personne ne la surprenne.

La ferme était silencieuse quand Malcolm s'en approcha. Aucun filet de fumée ne s'élevait de la cheminée et personne ne travaillait dans le petit potager pour ramasser les derniers légumes. Tout était tel qu'il l'avait laissé le matin. Pourtant, il avait espéré, comme toujours, que quelque chose aurait changé.

Les paroles du duc, déclamant qu'il devait s'occuper de sa maison, résonnaient encore à ses oreilles, chargées de menace. Glaçantes. Malcolm savait depuis longtemps que le duc, connu pour son manque de douceur, arriverait bientôt à bout de patience ; mais il n'avait pas pensé que le moment fatidique arriverait si tôt. À cause de Lady Alexandra.

Malcolm soupira en étudiant le carré de mauvaises herbes qui avait autrefois été leur potager. Alexandra était une jolie fille, charmante et douce, toujours heureuse d'apprendre de nouvelles choses et de poser des questions. Au début, quand il l'avait vue avec une canne à pêche et aucun poisson dans son panier, il lui avait proposé de lui apprendre – par pitié. Puis, peu à peu, il avait attendu avec impatience ces après-midi passés ensemble. Il avait apprécié leurs conversations, le fait d'entendre son rire et ses bavardages. Elle était extraordinaire, et son père ne la méritait pas. Sans doute avait-elle un avenir doré devant elle.

Mais à présent, leur amitié avait apporté les soucis jusqu'à sa porte. Si seulement il avait pu la protéger, entretenir cette douce innocence qu'il aimait tant…

Malcolm se secoua et soupira une seconde fois. La jeune lady devrait bientôt se confronter au monde réel. Tout le monde y était contraint, tôt ou tard.

Il retira ses vieilles bottes boueuses et les déposa près de la porte avec son panier de poissons. En dépit de ses efforts, il ne pouvait que constater les signes de négligence, dans toute la maison. La peinture s'écaillait, les volets étaient disjoints et le jardin, à l'abandon.

Du vivant de sa mère, tout était propre, lumineux, accueillant. Malcolm faisait pourtant de son mieux pour maintenir la maison en bon état afin d'éviter que le duc ne chasse son père. C'était son seul espoir d'une vie meilleure : aider son père à remonter la pente. Le seul moyen pour lui d'entrer en apprentissage comme assistant drapier en ville, comme on le lui avait promis. Il pouvait devenir plus qu'un fermier, s'il travaillait assez dur. Il pourrait aussi enfin obtenir la main de Mairie. Si seulement son père parvenait à se remettre sur pied…

Mairie. Déjà, la clarté de l'après-midi déclinait et Malcolm observa un instant les tuiles mangées du toit. Le père de Mairie lui avait fait comprendre que sa fille ne serait jamais l'épouse d'un pauvre métayer ; et elle ne se donnerait pas à lui tant qu'il en resterait là. D'ailleurs, Malcolm aussi voulait une vie meilleure. Le vicaire qui l'enseignait depuis des années le disait intelligent et vif. S'il le voulait, il serait capable de tenir sa propre boutique. Peut-être qu'un jour Mairie et lui y parviendraient ensemble. Ils partageaient la même ambition de se creuser une place dans le monde – et c'était bien ce qui comptait le plus, dans un couple.

Malcolm songea de nouveau à la matinée qu'il avait passée à pêcher avec Lady Alexandra, si douce, élégante et silencieuse. C'était ce genre de vie qu'il voulait se construire. Une vie où tout serait bon, agréable. Une vie comme *elle*. Mais pourquoi se bercer d'illusions ? Mairie était une femme pour lui, presque à sa portée. Jamais il ne serait fait pour quelqu'un comme Alexandra. La conclusion désastreuse de leur excursion de ce jour le lui prouvait bien.

Malcolm ouvrit la porte d'entrée qui grinçait sur ses gonds. À l'intérieur, la petite pièce sentait la fumée, la moisissure et le whisky éventé. Du vivant de sa mère, le sol était toujours lavé, les meubles dépoussiérés et l'air sentait les herbes fraîches. Son père rentrait du travail le soir et serrait sa femme dans ses bras pour l'embrasser jusqu'à ce qu'elle se mette à rire.

Ses parents s'étaient tellement aimés. Trop, même. Son père avait perdu toute raison de vivre après la mort de son épouse. Malcolm s'était depuis juré de ne jamais aimer qui que ce soit de cette manière pour ne surtout pas perdre autant. Il refusait de se retrouver un jour aussi impuissant et de répéter les erreurs de ses parents.

— Pa ? appela-t-il.

Aucune réponse.

Il trouva son père dans la mansarde, où il était étalé sur son lit. Il portait encore ses vêtements sales de la veille et puait le whisky bon marché. Sa peau grise était poisseuse de sueur et une barbe de trois jours assombrissait sa joue. Une bouteille vide gisait sur le sol poussiéreux.

Ce spectacle n'avait hélas plus rien d'inhabituel. Ce qui était étrange, en revanche, c'était la feuille de papier froissée, près de la bouteille. Malcolm la ramassa et la lut rapidement, brûlant un peu plus de colère à chaque mot.

C'était un avis d'expulsion. Signé par le duc de Waverton.

Malcolm n'avait pas encore ravalé son humiliation, depuis qu'il avait dû rendre visite au duc la semaine précédente, le chapeau à la main, pour le supplier d'accorder plus de temps à son père. Le duc s'était contenté de le regarder, sans émotion, et avait dit qu'il ferait ce qu'il pourrait mais qu'il lui était impossible d'aider ceux qui ne s'aidaient pas eux-mêmes.

À présent, Waverton jetait le père de Malcolm à la rue. Au moment où leur famille était la plus vulnérable.

Un jour, jura Malcolm en remontant les couvertures sur son père, la chance tournerait et le duc lui-même *le* supplierait de l'aider. Ce jour-là, Malcolm ne lèverait pas le petit doigt.

Près de la ferme de l'un des métayers, Alex vit avec surprise un éclat rouge au milieu du vert-gris des champs. Elle s'approcha discrètement et reconnut la silhouette de Mairie McGregor, la fille d'un des commerçants du village, assise sur le portail. Alex avait toujours envié Mairie pour ses beaux cheveux bruns très longs et ses yeux noisette à la douceur de velours. Elle-même était si différente, si pâle en comparaison.

Ce soir-là, les cheveux noirs de Mairie étaient lâchés en cascade dans son dos. Elle portait une jupe bleu vif et avait passé un châle rouge sur ses épaules. Et elle n'était pas seule. Un homme était campé près d'elle, accoudé au portail. Ils se tenaient les mains. Leurs têtes étaient penchées l'une vers l'autre, comme s'ils parlaient à mi-voix d'un sujet grave. Mairie effleura avec tendresse la joue de son compagnon et il se redressa pour déposer un baiser sur ses doigts.

C'était Malcolm ! Malcolm embrassait Mairie McGregor !

Choquée, Alex essaya de reculer, de se cacher, même si elle savait qu'ils ne pouvaient la voir à cette distance. Ils étaient clairement trop concentrés sur leur propre discussion pour remarquer qui que ce soit d'autre. Une déception glaciale traversa le cœur d'Alex comme une lame.

Soudain, Mairie bondit de son perchoir et s'éloigna en jetant un étrange regard furieux en direction de Malcolm.

Cédant à une impulsion soudaine, Alex appela son ami au moment où il s'apprêtait à suivre la jeune fille.

— Malcolm ! cria-t-elle. Je vous en prie, attendez-moi !

Il la regarda, mais son visage restait sombre, fermé. Jamais il n'avait posé sur elle des yeux aussi froids, aussi durs. Aussi… adultes.

— Personne ne doit nous voir ensemble, milady. Vous m'avez déjà causé assez de soucis comme cela.

— Je… Je ne voulais pas. Vous devez me croire, rétorqua Alex, désespérée. Je suis tellement désolée. Je ne pensais pas que mon père nous surprendrait et…

Malcolm la fit taire d'un geste impérieux.

— Aucune importance. Sa Grâce a déjà fait subir le pire châtiment possible à ma famille. Maintenant, je vais devoir suivre mon propre chemin et vous, le vôtre.

Alex était horrifiée.

— Qu'a-t-il fait ? Je peux aller le voir et lui expliquer…

Mais son père n'écoutait jamais personne. Il ne se souciait pas des autres.

— Contentez-vous de prendre soin de vous, Lady Alexandra. C'est notre sort à tous.

L'espace d'un instant, le masque de pierre du jeune homme parut fondre. Il lui prit la main et la serra, la gardant quelques secondes entre les siennes.

— Ne laissez personne changer ce que vous êtes. Quoi qu'il arrive.

— Malcolm !

Hélas, le masque était de retour. Malcolm la salua courtoisement et la laissa seule, plantée au milieu de la route.

Alex serra le poing pour emprisonner plus longtemps la chaleur de ses mains. Plus jamais elle ne le reverrait.

1

Pensionnat pour jeunes filles
de Miss Grantley – Printemps 1888

— Alex ! Alex, tu ne dors pas ? Vite, laisse-nous entrer avant qu'on ne nous voie !

Alexandra était encore éveillée, en dépit de l'heure tardive et du couvre-feu. Elle était roulée en boule sous ses couvertures en train de lire – non, de *dévorer* – *Les Fantômes de la forêt de Wakefield*, un roman interdit que lui avait prêté son amie Emily Fortescue quand elle l'avait rapporté en secret de Londres. Le père d'Em était particulièrement compréhensif, contrairement au duc de Waverton. Celui-ci *insistait* pour qu'Alex se comporte à chaque instant comme une parfaite fille de duc, et cela n'incluait pas la lecture de scandaleux romans sentimentaux.

Mais ses parents ne pouvaient pas l'espionner, chez Miss Grantley. Et les amies d'Alex savaient comment contourner toutes les règles sans s'attirer d'ennuis. Elle-même n'aurait jamais eu ce courage avant de venir au pensionnat. Elle avait horreur des ennuis, parce que cela attirait l'attention et que l'attention des autres faisait tambouriner son cœur, la figeait sur place et la privait de mots. Cela lui donnait envie de fuir à toutes jambes.

Ainsi, être née dans une famille ducale ne lui apportait pas beaucoup de joie. Et ce serait sans doute pire l'année suivante, quand elle ferait ses débuts à l'occasion du grand bal des Waverton, à Green Park. Cette soirée marquerait ses premiers pas dans la quête d'un époux de haut rang. Mais pas encore. Non, pas encore.

— Alex ! Tu es là ? On voit ta lumière !

Alex repoussa son drap et se dépêcha d'aller ouvrir, frissonnant quand ses pieds rencontrèrent le sol froid. Ses deux meilleures amies, Emily Fortescue et Diana Martin, attendaient dans le couloir, enveloppées dans leurs robes de chambre et portant à deux un énorme panier. En riant, elles se glissèrent dans la chambre avant que Miss Merrill, la surveillante d'étage, ne les surprenne. Si jamais on les attrapait encore en train de se rassembler la nuit, les conséquences seraient graves...

Pourtant, Alex ne s'inquiétait pas trop des ennuis que pourraient lui causer Diana et Em.

— Qu'est-ce que vous faites là ? chuchota-t-elle en refermant la porte derrière elles.

— Qu'est-ce que tu crois ? répondit Diana. Un pique-nique de minuit !

— Père m'a envoyé un panier garni, aujourd'hui, et je ne pourrai jamais manger tout cela toute seule, ajouta Em.

Elle étala une couverture sur le parquet ciré. Son père, qui s'était lancé dans les affaires comme marchand de vin et était à présent sur le point d'ouvrir l'un des premiers grands magasins de Londres, envoyait toujours des choses ravissantes à sa fille. Des paniers, des chapeaux à la dernière mode, des livres...

— N'est-ce pas adorable ? soupira Di. Mes parents ne m'envoient que des chauffe-pieds et des pastilles à la menthe.

Le père de Diana avait été un diplomate respecté en Inde,

mais jamais il n'offrait à sa fille le moindre trésor exotique – comme des mousselines du Punjab, par exemple.

— Il y a du brie, un merveilleux pâté, des sandwichs pour le thé, des petits-fours, énuméra Emily en vidant le panier sur la couverture. Et des chocolats de chez Lindt ! Tes préférés, Alex...

— Oh oui ! C'est magique !

Alex ne résista pas au plaisir d'en avaler un immédiatement.

— Qu'est-ce que tu fais debout, si tard ? demanda Diana en ouvrant une bouteille de limonade.

— Je lis, bien sûr. Tu croyais qu'il y avait un *garçon*, ici ? Jimmy Wilkins, peut-être ?

Jimmy Wilkins était le fils d'un propriétaire de la région, beau, mais le visage constellé de boutons. En tant que seul homme de moins de soixante ans et de plus de treize ans à des lieues à la ronde, il était l'objet de nombreuses plaisanteries.

— Si jamais tu faisais une chose aussi scandaleuse, *Lady Alexandra*, j'aurais peur que tu aies la fièvre, répliqua Em.

Alex grignota un second chocolat.

— Oh ! je ne sais pas... Si j'épousais Jimmy maintenant, je n'aurais pas besoin de subir une saison de bals. Je pourrais vivre ici, dans un joli manoir calme, lire toute la journée et participer aux chasses à courre à l'automne. Le paradis...

— Oh ! Alex, la Saison sera amusante ! protesta Em. Pense à toutes ces robes, toutes ces danses, ces thés, ces soirées au théâtre... Nous pourrons observer tout le monde et nous moquer dans notre coin.

— Facile à dire, pour toi, murmura Diana. Ton père veut que tu hérites de son affaire, il ne s'intéresse pas à ton mariage. Tu es la seule à pouvoir prendre cela à la légère.

Alex hocha la tête amèrement. Elles savaient toutes que

Di voulait devenir écrivain, mais ses parents étaient bien plus conventionnels que M. Fortescue et ils espéraient qu'elle fasse un beau mariage. Tout comme les parents d'Alex, bien sûr. Mais aux yeux du duc et de la duchesse, un *beau mariage* signifiait un autre duc, si on en trouvait un, ou du moins un comte. Peut-être même un prince allemand, puisque tous les princes anglais étaient pris.

Cette idée terrifia Alex. Elle se souvint pendant un instant de ce garçon qu'elle avait connu autrefois : un pauvre fils de fermier aux allures de roi antique, qui lui souriait avec chaleur. Jusqu'à leur séparation déchirante. C'était si loin, maintenant ! Un rêve impossible.

— La Saison d'Alex sera la plus charmante, déclara Emily. Après tout, tu es la filleule de la princesse de Galles et tu portes son nom. Pense à toutes les personnalités qui viendront à tes soirées.

— Ne m'en parle pas, soupira Alex.

La princesse était en effet une bonne marraine. Elle lui envoyait toujours de magnifiques cadeaux d'anniversaire et lui écrivait des lettres gentilles. Elle l'aiderait sans doute à faire un bon début. Mais ce projet lui donnait encore plus envie de fuir au loin.

Diana lui serra la main avec douceur.

— N'y pense pas maintenant, ma chérie. C'est encore si loin. Tu aurais même le temps d'épouser Jimmy Wilkins en attendant ! Tiens, prends un autre chocolat et parle-nous de ton roman.

— *Les Fantômes de la forêt de Wakefield*, bien sûr, répondit joyeusement Alex, en gobant son chocolat. C'est passionnant !

— Tu en es à la scène où Arabella rencontre le comte ? demanda Emily.

— Pas encore et ne me raconte rien ! glousse Alex.

Em avait une fâcheuse tendance à se laisser emporter par ses lectures et à dévoiler la fin de tous les livres.

— Ton père t'a-t-il envoyé de nouveaux romans, cette semaine ?

— Non, mais il a envoyé cela...

Elle tira de son panier une pile de revues de mode.

— Oh ! celle-ci vient de Paris ! s'écria Diana.

Elle l'attrapa pour la feuilleter. Elle adorait la mode et était une véritable experte des dernières tendances.

— Ce sont les nouvelles manches d'été ? Fascinant ! Regardez cette bordure en ruban...

— Oui, et les chapeaux sont immenses comparés à ceux de l'année dernière. Père s'inquiète un peu des coûts, avec toutes ces plumes et ces fleurs. Alex, tu dois vraiment dire à la princesse de commencer à porter de simples petits bonnets de toile !

Alex éclata de rire.

— Je te promets de le lui écrire demain...

Elle examina les gravures, intriguée par le croquis d'un luxueux bâtiment. La façade avait cinq étages ornés de statues de déesses classiques et d'autant de fenêtres scintillantes que le Hardwick Hall.

— Les grands magasins Gordston ouvrent une nouvelle branche à Paris ?

Emily grimaça.

— Oui, et Père est furieux ! M. Gordston prend l'habitude de le battre de vitesse, ces derniers temps. Rien ne semble pouvoir l'arrêter.

— Même ma mère aime leurs chapeaux, et elle a toujours dit qu'elle n'achèterait jamais *rien* en prêt-à-porter, remarqua Alex.

Elle soupira au souvenir du Gordston qu'elle avait connu,

pendant son enfance insouciante en Écosse. Ces images la remplissaient toujours de tristesse.

Elle lut rapidement la description enflammée de la nouvelle boutique parisienne, avec ses sols de marbre italien, ses ascenseurs dorés manœuvrés par des employés en uniforme rouge, son nouveau rayon de cosmétiques à couper le souffle. La journaliste était tout aussi émerveillée par le propriétaire et son « visage de dieu », son « rire enivrant ». Elle détaillait toutes ses escapades romantiques au bras d'actrices, de comtesses, d'héritières américaines.

— Est-ce qu'il est vraiment aussi beau qu'on le dit, Em ? demanda Diana.

Emily était la seule élève de l'école à avoir rencontré M. Gordston en personne.

Elle pencha la tête sur le côté et réfléchit un instant.

— Il est... intrigant.

— On dirait un personnage de roman, soupira Diana. Si scandaleux ! Si riche... Peut-être que je le croiserai à Londres et que je *l*'épouserai, au lieu de me marier à un diplomate ennuyeux ou un vicaire. Ou un officier comme l'espèrent mes parents.

— Tu serais bien plus heureuse avec un officier, répliqua fermement Em. Allons, les filles ! Mangeons avant qu'il ne soit l'heure de retourner dans nos lits.

Alex tourna une page du magazine et se figea, sous le choc. Là, imprimé en noir sur le papier, se tenait Malcolm. *Son* Malcolm, tout droit venu d'Écosse. Le jeune homme qu'elle ne pourrait jamais oublier, en dépit de leurs adieux douloureux. Les grands magasins Gordston n'étaient pas tenus par un inconnu, après tout. L'image le montrait sur une piste de course, accoudé à la balustrade et accompagné par une femme en robe de dentelle, coiffée d'un de ces énormes chapeaux. Elle posait sur lui un regard adorateur tandis qu'il souriait vaguement, les yeux au loin. Il était si grand, si beau, et si inaccessible.

Elle lut le titre de l'article.

L'homme dont toutes les femmes rêvent !

Le texte continuait dans la même veine...

Mais, est-ce que le beau millionnaire est prêt à s'engager aux côtés de Lady Deanston ? Elle a l'air prête, cependant nos sources nous murmurent que lui ne le sera peut-être jamais. Pourtant, une femme titrée à son bras lui ouvrirait les portes de la haute société...

Malcolm était-il vraiment le propriétaire des magasins Gordston ? L'homme si célèbre qui fréquentait les plus belles femmes du pays ? Alex était surprise, certes, mais pas vraiment choquée. Il avait toujours été spécial... Ce qui l'étonnait davantage, c'était qu'il ait un jour porté ses regards sur elle, alors que le monde regorgeait de belles femmes prêtes à se pâmer pour lui.

De crainte de se mettre à pleurer, elle replia soigneusement la revue et la déposa par terre. Jamais elle n'avait parlé de Malcolm à qui que ce soit, pas même à Emily et Diana. Il était son petit secret et elle le contemplait comme un joyau précieux quand sa vie l'étouffait. Et voilà qu'il était devenu *le* Malcolm Gordston, plus éloigné d'elle que jamais. Un jour, peut-être, elle se confierait à ses amies, mais pas tout de suite. Elle n'avait pas encore de mots pour parler de lui.

Alex s'allongea sur leur couverture de pique-nique et écouta ses amies rire en parlant de nouvelle mode française ou des chocolats qu'elles préféraient. Ici, enveloppées par la nuit comme par d'épais rideaux, dans le silence des couloirs déserts, elles étaient protégées. Seules dans leur petit monde. Elle aimait tant son quotidien, dans cette école où elle n'était qu'une jeune femme parmi les autres – juste Alex ! Si seulement la vie pouvait ne jamais changer. Si seulement elle pouvait rester Alex pour toujours. Alex, qui se souvenait de son cher Malcolm…

— J'aimerais que ce moment dure toujours, murmura-t-elle. Que nous puissions continuer à vivre comme cela.

Emily et Diana s'allongèrent à ses côtés.

— Nous ne pouvons pas passer notre vie chez Miss Grantley, répondit Em en lui touchant la main. Mais nous serons toujours amies.

— Tu en es sûre ?

Alex savait déjà bien à quelle vitesse les choses changeaient dans le monde réel, de l'autre côté des grilles de l'école.

— Oh oui, renchérit Diana. Quoi qu'il nous arrive et où que nous allions, nous pourrons compter les unes sur les autres.

2

Londres – Printemps 1889

Alex jeta un coup d'œil par-dessus son épaule avant de descendre sur la pointe des pieds l'escalier de la demeure Waverton. Elle tenait à la main son chapeau et ses gants, prête à les fourrer derrière l'un des palmiers en pot ou l'une des statues dans leurs niches si qui que ce soit venait à la surprendre. L'immense maison était silencieuse, pour le moment.

Sa mère, la duchesse, faisait une sieste. Son père s'était enfermé dans la bibliothèque avec ses avoués et son frère, Charles, était parti Dieu sait où. Il quittait toujours la maison juste après le petit déjeuner et ne revenait qu'à la nuit tombée, le chanceux. Même les domestiques étaient calmes, ayant achevé leurs tâches du matin dans le salon et la salle de musique et n'ayant pas encore commencé leur service du soir.

Charlie pouvait s'échapper quand il le voulait mais Alex, elle, était obligée de rester à l'intérieur pour travailler au piano ou attendre des visites. Ses journées se limitaient à des séries d'essayages et aux éternelles listes de prétendants convenables que compilait sa mère. Bien sûr, aucun d'entre eux n'était propriétaire de grands magasins – même riche. Alex se laissait peu à peu adoucir par tout cela. Par les lourds rideaux de velours qui retombaient sur les tapis d'Aubusson, par les tentures de soie et les portraits des Waverton, vivants ou morts, qui la dévisageaient.

Sa première Saison était encore plus épuisante qu'elle ne l'avait craint – et plus solitaire. Elle était presque toujours entourée de monde, mais elle ne voyait jamais ses anciennes amies de chez Miss Grantley en tête à tête. C'était d'ailleurs pour cela qu'elle descendait à présent le grand escalier en catimini.

Heureusement pour elle, alors que son quotidien menaçait de la rendre folle, Emily lui avait écrit, lui proposant de les retrouver au concert des Blues and Royals, dans Hyde Park. Alex ne voyait plus Em et Diana que pendant les bals et les dîners, où elles ne pouvaient échanger que quelques mots à la hâte. Passer une journée avec elles, rire en plein air sans personne pour lui rappeler qu'elle était la fille du duc de Waverton, était exactement ce dont elle avait besoin.

Hélas, au moment où elle atteignait le bas de l'escalier et pouvait toucher du doigt sa liberté, la porte de la bibliothèque s'ouvrit sur son père et ses avoués. Il était trop tard pour remonter l'escalier. Alex suivit son plan et cacha son chapeau derrière un vase de lierre agrémenté de plumes d'autruches. Elle fit de son mieux pour paraître naturelle.

Depuis la balustrade dorée et sculptée, elle jeta un petit coup d'œil à son père. Le duc était aussi impressionnant que d'habitude, avec sa grosse moustache. Sa présence avait le don d'effrayer Alex, surtout depuis l'Écosse. Mais en cet instant, alors qu'il se croyait seul, il lui parut contrarié et distrait. Tandis que les avoués sortaient, avec leurs costumes noirs, leurs cheveux pommadés et leurs serviettes de cuir, le duc leva finalement les yeux et vit Alex. Il la gratifia d'un sourire peu convaincu, sans paraître sur le point de la sermonner ou de l'interroger. Heureusement qu'elle n'était pas tombée sur sa mère. Le duc ne remarquerait pas qu'elle portait sa nouvelle tenue de marche bleue, inappropriée pour un après-midi à la maison.

— Bonjour, ma Fleur, lança-t-il.

Alex fut surprise d'entendre ce vieux surnom que son père n'avait pas utilisé depuis sa sortie du pensionnat. Malgré le sourire forcé du duc, elle voyait bien son air fatigué. Distant.

— Qu'est-ce que tu fais, aujourd'hui ?

Alex réfléchit à toute vitesse.

— J'allais juste récupérer ma trousse de couture dans le salon.

Elle étudia un instant les traits tendus de son père. Avait-il découvert qu'elle avait encore envoyé de l'argent à ses œuvres de charité ? Était-ce pour cela qu'il était contrarié ? Ses parents approuvaient sa générosité envers les démunis, mais seulement jusqu'à un certain point – qui ne semblait jamais suffisant à Alex. À moins que ce ne soient ses affaires... Charlie avait dit en passant que son père pensait vendre son arsenal de chasse.

— Est-ce que tout va bien ?

— Oh oui, oui... Je parlais juste à mes crétins d'avoués, cela ne te concerne pas.

Il s'approcha de l'escalier pour tapoter sa main, posée sur la balustrade.

— Dis-moi, Fleur, tu aimerais visiter Paris ?

Un frisson d'excitation traversa Alex et fit battre son cœur plus fort. Elle ne put s'empêcher de sourire.

— Pour l'Exposition ? Oh ! j'adorerais ! Tout le monde ne parle que de cela, en ce moment. Toutes ces œuvres d'art...

— Oui, il y aura *quelques* œuvres, sans doute, mais je te parle surtout d'une visite officielle. Le prince de Galles nous a demandé en personne de l'accompagner. Et d'accepter que l'Étoile d'Orient soit exposée au pavillon indien.

Alex jeta un rapide coup d'œil au portrait de sa mère, au sommet des escaliers. Sur la toile, elle portait sa robe de satin bleu et blanc de chez Worth et arborait le précieux saphir dans ses cheveux. C'était son bijou préféré, le célèbre joyau rapporté d'Inde par son époux et acheté au maharadjah dans des circonstances mystérieuses.

— Est-ce que vous en avez parlé à Mère ? demanda Alex, perplexe.

— Pas encore. On vient de me faire cette proposition et je pense que c'est une très bonne idée. Je suis sûr que ta mère sera d'accord.

Son père lui tapota de nouveau la main en la couvant d'un regard attentif.

— Tant de gens se pressent à Paris, en ce moment. Ce serait une splendide opportunité pour toi, Fleur.

Une douche froide s'abattit sur Alex et elle dut se faire violence pour ne pas reculer.

— Une opportunité ?

— Oui. Toutes les royautés d'Europe seront là. Tu es si belle que tu serais le fleuron de n'importe quelle cour, Alexandra. Un mariage princier te mettrait à l'abri du besoin pour toujours et permettrait à notre famille de nouer des liens précieux.

— Je... Je ne suis pas sûre de vouloir quitter l'Angleterre, Père.

— Et tu me manquerais ! Mais avec tous les nouveaux chemins de fer que l'on trace, il deviendra vite facile de visiter tout le continent.

La main du duc se crispa sur la sienne.

— Nous sommes des Waverton, tu le sais. Notre premier devoir est de faire honneur à la famille.

Oh oui, Alex le savait. Elle l'avait *toujours* su, dès sa sortie du berceau. On le lui avait asséné sans relâche quand elle avait dû abandonner Malcolm. Les Mannerly vivaient en Angleterre depuis le XIIe siècle et étaient ducs depuis des générations. Chaque enfant devait renforcer le nom, le glorifier. C'était leur seul but, dans la vie.

— Bien sûr, balbutia-t-elle.

— Tu es une bonne fille, Alexandra. Nous ne voulons que le *meilleur* pour toi. Une alliance royale…

— Mais nous avons déjà cela ! La princesse…

— Ta marraine a toujours été bonne pour toi, la coupa son père, et son aide nous sera précieuse pour t'intégrer dans les hautes sphères parisiennes. Je te demande simplement de tirer tout ce que tu peux de cette chance. Te voir bien établie le plus vite possible serait un grand réconfort pour ta mère et moi.

Quelque chose, dans sa voix, alarma Alex ; comme une pointe amère et désespérée qu'elle n'avait jamais entendue.

— Père, est-ce que quelque chose ne va pas ?

Le sourire du duc s'illumina de nouveau, sans pour autant atteindre ses yeux.

— Bien sûr que non ! Je voulais juste te parler de Paris, Fleur. Nous allons y passer de très bons moments.

Il tapota une dernière fois sa main et retourna s'enfermer dans la bibliothèque.

Alex récupéra son chapeau en vitesse et descendit les dernières marches quatre à quatre, troublée par ce qui venait de se passer – même si elle n'aurait pas vraiment su dire ce qui la rendait si mal à l'aise. Ce n'était qu'une rapide conversation avec son père, pendant laquelle il lui avait répété ce qu'elle savait déjà : qu'elle devait faire un beau mariage. Mais Alex avait vaguement l'impression que cela cachait autre chose.

Elle s'arrêta un instant devant l'un des grands miroirs du hall pour mettre son chapeau et grimaça face à son reflet. Si elle n'avait pas été fille de duc, personne n'aurait cherché à lui faire épouser un prince et elle n'aurait pas eu à s'inquiéter ! Elle était trop petite et trop fine pour être à son avantage dans les robes à la mode. De plus, sa peau était trop pâle, avec ses grands yeux et son menton pointu. Quant à ses boucles blondes, elles refusaient de se laisser dompter par les épingles. Rien à voir avec les longs cheveux châtains d'Emily ou les ondulations auburn de Diana... Alex poussa un soupir et plaça fermement ses épingles à chapeau, puis abaissa la petite voilette sur ses yeux avant de tourner les talons.

Elle courut jusqu'à la rue avant qu'on puisse la retenir, passa les grilles du parc et héla un cab. Elle avait enfin la chance de revoir ses amies et sentit monter en elle une flamme de rébellion, d'agitation. Elle n'osa pas prendre de respiration profonde avant que la porte de la voiture ne soit refermée et que le cab l'entraîne dans les rues, loin de la maison.

Enfin libre, Alex rit toute seule. Son répit serait de courte durée et elle avait intérêt à en profiter. Si ses parents obtenaient gain de cause, elle serait bientôt envoyée loin, dans quelque duché allemand...

Cette pensée la fit frémir. Elle jeta un coup d'œil par la fenêtre sale, voyant défiler avenues, silhouettes, voitures, vitrines illuminées. Bien sûr, elle aimerait voir à quoi ressemblait le monde, hors de Londres. Ce serait même fascinant. Elle était excitée de pouvoir découvrir Paris, quelles que fussent les motivations de son père. Entre deux visites officielles, elle aurait probablement le temps d'explorer des musées, des boutiques, les merveilles de l'Exposition – par exemple la tour Eiffel, les lumières électriques de M. Edison ou même le spectacle de l'Ouest sauvage !

Hélas, Alex avait déjà rencontré des princes et des duchesses d'Allemagne et d'Autriche. Si sa vie de fille de duc anglais l'étouffait, la leur était dix fois pire ! L'étiquette régissait chaque détail de la cour allemande, dominait chaque instant, sans jamais s'effacer. Comment pourrait-elle supporter d'être piégée dans un tel monde pour le reste de sa vie ?

D'un autre côté, elle n'aimait pas l'idée de laisser tomber ses parents... Depuis ses premières années, on lui avait appris que le bien de sa famille passait avant tout. Les Mannerly avaient été élevés au rang de ducs depuis le règne d'Anne. Ils étaient dévoués à la Couronne et en avaient souvent été récompensés. Leur titre était l'un des plus respectés du pays.

Mais depuis l'enfance aussi, Alex avait souffert de sa timidité et de son désir incontrôlable de disparaître, ce qui faisait de ses devoirs un enfer ! Elle avait toujours su qu'elle devrait se marier un jour, mais pourquoi aurait-elle dû épouser un prince allemand ?

— Beurk, grommela-t-elle.

Cette terrible pensée lui donnait envie de fuir très loin et de vivre seule, dans une hutte enneigée à la montagne - si un tel endroit existait encore.

Elle n'eut pas le temps de réfléchir davantage à ses choix limités. Le cab s'immobilisa devant la grille du parc et Alex vit immédiatement ses deux amies. Diana avait son carnet de croquis sur les genoux, sans doute pour esquisser les chapeaux qui passaient ; et Emily était avec Christopher Blakely, le cousin d'Alex, qui devait leur servir de chaperon compatissant. Ils semblaient se disputer, comme à chaque fois qu'ils se voyaient. Chris était le parent préféré d'Alex, toujours insouciant, prêt à rire, et si beau avec ses cheveux blonds comme les siens, mais plus soyeux et plus brillants. Pourquoi Em et lui étaient-ils toujours si tendus quand ils se croisaient ?

— Alexandra, te voilà ! s'écria Emily dès qu'elle la vit descendre de voiture. Nous commencions à désespérer !

— Désolée d'être en retard. Mon père m'a surprise au moment où je partais et a insisté pour me parler.

— Vraiment *navré* pour toi, compatit Chris en l'embrassant sur la joue. Ces remontrances ducales doivent être bien pesantes... Celles de mon père sont déjà terribles.

— Ce n'était pas une remontrance, répondit Alex.

Elle pensa un instant leur confier ses inquiétudes, mais se ravisa. Mieux valait ne pas gâcher ce bel après-midi ensoleillé.

— En fait, c'était même agréable : il m'a dit que nous irions à Paris, reprit-elle.

— Oh ! Paris ! soupira Diana en rangeant son carnet. Quel paradis. Tu as tellement de chance, Alex.

— Peut-être que je t'y verrai, glissa Em. Père veut étendre ses affaires là-bas et j'essaie depuis des semaines de le convaincre de m'y envoyer. Nous devons nous affirmer face à Gordston !

Chris proposa son bras à Alex et le petit groupe se joignit à la foule qui se massait près de la scène. C'était une très belle journée de printemps. Les arbres se paraient de vert pâle, les plates-bandes explosaient de jaune et de rouge. Les promeneurs endimanchés se pressaient pour écouter la joyeuse musique. C'était une ambiance si différente des fêtes auxquelles on traînait Alex et du salon silencieux de ses parents ! Tout le parc s'emplissait d'une vie fascinante, heureuse et pétillante.

— Comment va William ? demanda Alex à Chris.

Son frère William Blakely – *Sir* William, maintenant – avait été envoyé en mission en Inde par le bureau des Affaires étrangères. On attendait son retour d'un jour à l'autre. Contrairement à Chris, Will avait toujours un peu effrayé Alex. Il était bon avec elle, mais sa beauté si sombre, ses airs solennels, professionnels et implacables l'intimidaient.

— Il est rentré et a promis de participer à ton grand bal, la semaine prochaine. Mais le Bureau le fait déjà travailler du matin au soir… D'ailleurs, je ne peux pas lui en vouloir de tout faire pour fuir nos parents.

Alex soupira.

— Je le comprends.

La tante d'Alex, la sœur de sa mère, et son époux n'avaient jamais été vraiment heureux. Son oncle était un homme autoritaire et prêt à tout pour affirmer son pouvoir ; et sa tante était une femme passive, silencieuse. Ce n'était pas un exemple joyeux de vie conjugale, et c'était une des pensées qui terrifiaient Alex quand ses parents la poussaient au mariage.

— J'ai hâte de revoir Will, mais dis-lui qu'il n'est pas du tout obligé de venir au bal. Il y aura beaucoup de monde et ça risque de ne pas être amusant…

— *Amusant* n'est pas au vocabulaire de Will. Il ne pense qu'à travailler, travailler, travailler.

Alex gloussa et lui donna un petit coup de coude.

— Pas comme son frère !

Chris prit un air sévère, ce qui la fit rire de plus belle.

— Il faut bien que quelqu'un représente notre famille en société, Alexandra, rétorqua-t-il.

— Oui, et tu le fais très bien. Ton nom ne quitte jamais les colonnes des potins.

Plus ils s'approchaient de l'estrade, plus la foule devenait dense. Il y avait des gens de toutes parts. Le chapeau d'Alex fut renversé sur le côté et elle le rattrapa au dernier moment, tout en essayant de ne pas lâcher Chris.

— Je vois des places libres, sur le devant ! cria Emily.

Alex essaya de la suivre, guidée par le grand chapeau rose à plumes de son amie, mais la pression du public se fit de plus en plus insoutenable. Sa main glissa du bras de Chris et elle tenta désespérément de le rattraper mais, comme Em, il disparut bien vite. Elle était seule, noyée dans une marée d'inconnus.

Son corps se figea, gelé et saisi d'une panique soudaine. Elle aurait voulu hurler. Son chapeau fut renversé une seconde fois et, comme elle se penchait pour le ramasser, quelqu'un la percuta par-derrière et la fit tomber. Les gens qui la précédaient s'écartèrent d'elle, dégageant un carré de graviers devant elle.

Le temps s'arrêta. Terrifiée, Alex tendit les mains pour amortir sa chute, se préparant à la douleur soudaine.

Mais quelqu'un l'attrapa brusquement par la taille et la souleva de terre – si haut ! Le monde tournait autour d'elle comme un ballet de vitraux : les arbres verts, les fleurs jaunes, les chapeaux rouges, bleus et bruns des femmes, tout se mélangea. Et elle n'arrivait pas à reprendre sa respiration.

Quand elle se retrouva de nouveau sur ses pieds, agrippée à son chapeau, elle se rendit compte que l'homme qui lui faisait face était le plus beau qu'elle ait jamais vu. L'espace d'un instant, prise de vertige, Alex se demanda si elle ne s'était pas assommée et si elle ne rêvait pas d'une antique légende scandinave.

Son sauveur était immense, à tel point qu'il lui cachait le soleil. Sa silhouette sombre s'entourait d'un halo doré. Ses épaules étaient si larges, sous son manteau de chasse de laine verte impeccablement coupé ; et ses cheveux, trop longs par rapport aux critères de la mode, retombaient sous son chapeau de soie rigide dans une cascade blonde aux reflets cuivrés. Son nez était légèrement tordu, comme s'il avait été cassé et ne s'était pas recollé comme il faut, mais il n'entachait pas la splendeur de ses pommettes ciselées ou de sa mâchoire carrée. Il la couvait d'un regard bleu glacier, si pâle qu'il semblait luire.

Un peu perdue, Alex chancela un instant et l'inconnu la serra davantage, un bras passé autour de sa taille – c'était indécent… Et intéressant. Il fronça les sourcils en la dévisageant. Était-ce de l'inquiétude ou de l'irritation ?

— Est-ce que vous êtes blessée, Miss ? demanda-t-il d'une voix grave et profonde, avec une pointe d'accent écossais qui la rendait encore plus fascinante.

Il lui rappelait quelqu'un, mais qui ? C'était là, quelque part au fond de sa mémoire, mais cela lui échappait encore. Peut-être avait-elle rêvé de lui, une fois, tant il lui paraissait irréel.

— Je… Je…

Voilà qu'elle n'arrivait plus à articuler le moindre mot ! Quelle idiote.

— Pas étonnant que vous ne puissiez pas respirer, avec tous ces idiots qui vous poussent ! dit-il. Hé ! Écartez-vous, laissez cette demoiselle respirer !

La foule recula immédiatement de quelques pas. Qui n'aurait pas été interpellé par cette voix ? Cet accent autoritaire et menaçant, comme si Hyde Park était soudain devenu un champ de bataille… Thor en personne, avec un accent écossais. Alex eut presque envie d'éclater de rire. Devenait-elle hystérique ?

— Allons vous trouver un siège, proposa son sauveur en lui prenant le bras.

Sa main nue était chaude et stable, un appui solide au milieu du monde qui tournait trop vite.

— Mes amies, balbutia Alex en repensant soudain à Emily et Diana.

Où étaient-elles ? Elle jeta un petit coup d'œil par-dessus son épaule mais ne reconnut personne : la foule s'était de nouveau refermée dans son dos.

— Nous les retrouverons bientôt, soyez patiente.

Alex baissa instinctivement les yeux sur les lèvres de son sauveur, étrangement douces et sensuelles pour un homme si dur. Il fronça de nouveau les sourcils d'un air soucieux.

— Vous êtes très pâle.

— Je suis un peu... choquée, admit Alex.

Il la conduisit avec douceur jusqu'à un banc installé à l'ombre des arbres, à l'écart des allées circulantes. Les personnes installées sur le banc s'écartèrent au premier regard froid de « Thor » et celui-ci aida Alex à s'asseoir à leur place.

— Je ne m'attendais pas à voir tant de monde, aujourd'hui...

— Ach, une belle journée, un peu de musique gratuite, c'est assez pour transformer un parc en foire dans cette ville délirante. Permettez-moi d'aller vous chercher une boisson fraîche.

Sans laisser à Alex le temps de protester, l'inconnu s'éloigna à grands pas, sur ses longues jambes, et se campa devant un marchand de limonade. Elle profita de ce répit pour prendre une profonde inspiration et se calmer, après l'agitation des dernières minutes. Jamais encore elle n'avait connu autant d'excitation d'un seul coup ! Elle avait passé sa vie à croire que rien ne changerait, qu'elle étoufferait à jamais dans la maison de ses parents... Et voilà qu'elle était tombée, qu'elle avait failli se faire piétiner et qu'un dieu scandinave avait volé à son secours en prononçant des mots étranges. Elle ne pouvait qu'avoir le vertige, après tout cela.

Elle se pencha pour observer son chevalier servant qui

attendait au bout de la file, devant l'étal. Il était *beau*, sans aucun doute. Jamais encore Alex n'avait vu qui que ce soit d'aussi impressionnant. Il était si grand, avait l'air si puissant avec ses cheveux d'ambre doré… Il était très différent de tous les jeunes hommes avec lesquels elle dansait le soir, auprès desquels elle mangeait et qui ne parlaient que de cricket. Thor ne parlait sans doute jamais de cricket, Alex l'aurait parié ; ou bien s'il le faisait, elle préférait ne pas le savoir pour ne pas détruire le beau rêve dans lequel elle s'abandonnait.

Il portait un costume de qualité, à la dernière mode : un grand manteau de laine verte aux revers de velours taillés à la perfection, une chaîne de montre dorée sur son luxueux gilet de brocart ivoire, des bottes cirées avec soin. Et il avait l'air tout à fait à son aise dans sa tenue. Pourtant, quelque chose donnait un air incongru à cet étalage de bon goût, comme si ce n'était pas là le costume préféré de l'inconnu. Alex l'imaginait sans peine sur la lande, en bras de chemise, pantalon de tweed et bottes montantes, les cheveux lâchés au soleil.

Oui, cet homme n'avait pas l'air d'appartenir au paysage de Londres, de cette ville – comment avait-il dit ? – *délirante*.

Il revint bientôt avec un verre de limonade et Alex l'accepta avec gratitude. La froideur acide de la boisson pétilla sur sa langue et l'aida à reprendre ses esprits.

— Merci, dit-elle sans oser lever les yeux sur lui de peur de perdre ses moyens de nouveau. Vous avez été très gentil avec moi, et je me sens si sotte…

— Pas du tout.

Sa voix était à la fois si rude et si chaleureuse.

— N'importe qui se serait évanoui dans une telle foule. Jamais je ne serais venu me promener ici, si j'avais su.

— Vous n'êtes pas là pour écouter le concert ?

— Non, j'étais en route pour mon travail. J'aime m'y rendre à pied quand il fait beau.

Alex mourait d'envie de savoir ce que le bel inconnu faisait, mais il n'aurait sans doute pas été poli de lui poser la question. À part son oncle et son cousin Will employés aux Affaires étrangères, elle ne connaissait personne qui doive *se rendre* à son travail. Sans doute était-il un poète, ou un espion… Non, un descendant Stuart venu reprendre son trône ! Quelque chose de fascinant et de profondément romantique.

Alex sentit de nouveau son chapeau glisser sur ses cheveux et l'enleva complètement, laissant ses boucles retomber dans son cou et sur ses tempes. Elle contempla amèrement la création de velours bleu et de résille, complètement déformée à présent.

— Il ne me servira plus à rien, soupira-t-elle.

L'homme observa avec attention le chapeau, qu'elle retournait dans ses mains gantées. Quand il se pencha, elle put s'enivrer de son délicieux parfum, vert et boisé comme une forêt estivale.

— La forme n'est plus à la mode, de toute manière, décréta-t-il. Vous devriez trouver quelque chose avec un plus large bord, peut-être incurvé sur les sourcils, et décoré de plumes. La couleur est bonne, en revanche : elle met vos yeux en valeur.

Alex, surprise, eut un petit rire.

— Vous vous y connaissez en chapeaux de femmes, monsieur ?

Il se cala contre le dossier du banc, les bras croisés.

— C'est mon travail.

Il était *modiste* ? Alex n'aurait pas été plus surprise s'il lui avait annoncé qu'il pouvait sauter jusqu'à la lune. C'était si… surprenant. C'était l'homme le plus masculin qu'elle ait jamais vu, rempli d'une confiance calme et d'une force étonnante.

— Que pensez-vous de ma robe de promenade, alors ? demanda-t-elle en se tenant plus droite, agréablement surprise par sa propre audace.

Cela ne lui ressemblait pas. En temps normal, elle faisait tout son possible pour se fondre dans le décor.

— Est-ce que je suis vraiment démodée ?

Son interlocuteur la regarda un long moment, détaillant la tenue d'Alex de ses yeux bleu glacier, et elle regretta presque d'avoir posé la question. Ses joues étaient en feu et elle avait probablement viré au rouge vif… Elle avala nerveusement le reste de sa limonade.

— La couleur est bonne aussi, répondit-il finalement. Et la coupe. C'est du tissu de qualité : le velours et la soie se répondent bien. Mais l'ourlet est dépassé. Il faudrait sans doute ajouter un col de fourrure ou une pièce de broderie dorée, comme ce que porte la princesse Alexandra, cette saison.

— La princesse Alexandra ?

En effet, la marraine d'Alex était toujours habillée avec un goût exquis.

— Tout le monde suit son sens de la mode.

— Oui, je sais. Elle est toujours très élégante. Mais je ne lui ressemble pas beaucoup. Est-ce que son style m'irait ?

L'homme l'étudia de nouveau, depuis son chignon défait jusqu'aux pointes de ses bottines de marche, et Alex fut obligée de détourner le regard. De calmer tant bien que mal les battements de son cœur.

— Votre teint est différent de celui de la princesse, bien sûr, mais vous avez la même délicatesse. La même… distance.

Alex n'avait pas du tout l'impression d'être « distante » avec lui. Au contraire, il était beaucoup trop proche.

— Que voulez-vous dire ?

Il réfléchit un instant.

— On dirait que vous ne faites pas vraiment partie de ce monde. Ma vieille mamie – ma grand-mère – aurait pensé que vous étiez une reine fée de l'hiver.

— De l'hiver ?

Cette fois, Alex était intriguée.

— Oui, toute pâle et fragile à l'extérieur, mais remplie de tempêtes glaciales, de malédictions et de dangers.

Elle éclata de rire.

— Je pense au contraire que je suis la personne la moins dangereuse ici.

L'inconnu ne parut pas convaincu.

— Je ne devrais pas contredire une dame, mais je suis sûr que vous vous trompez. Vous appartenez clairement au peuple fée de l'hiver…

Comment Alex aurait-elle pu lui dire que passer quelques minutes avec lui sur ce banc était de loin la chose la plus courageuse qu'elle ait faite ? Mieux valait s'imaginer en reine du Petit Peuple, capable de faire ce qu'elle voulait quand elle voulait. Par exemple, savourer la présence de ce dieu des contrées nordiques. Tout cela l'entraînait très loin de son quotidien si bien réglé, où elle n'était jamais assez bien, jamais suffisante. Pendant un moment au moins, elle n'était plus elle-même. Elle n'était plus Lady Alexandra.

— Je vais devoir acheter un nouveau chapeau au plus vite, dans ce cas, répliqua-t-elle. Une fée de l'hiver ne peut pas se permettre de paraître négligée. Que suggéreriez-vous ? Quelque chose comme cela ?

Elle lui montra une passante vêtue de soie rayée mauve et crème, à la robe beaucoup trop ajustée, et coiffée d'un immense chapeau de paille orné de fruits.

— Elle est élégante, non ? ajouta-t-elle.

L'homme ne leva même pas les yeux sur l'inconnue, se contentant de dévisager Alex d'un regard plus intense que jamais. Il ne se pencha pas sur elle, mais elle en eut l'impression – comme si sa chaleur et sa puissance l'entouraient soudain.

— Je pourrais vous acheter le chapeau le plus élégant que vous ayez jamais vu, si vous acceptiez de souper au Criterion avec moi, ce soir…

En un éclair, la magie de l'instant se brisa, comme quand un nuage gris passe soudain devant le soleil. Alex se redressa dans un frisson. Elle avait entendu parler du Criterion, comme tout le monde. C'était un endroit luxueux, tendu de satin et où le champagne coulait à flots. Les hommes pouvaient y réserver des alcôves privées pour manger avec des actrices ou des danseuses de ballet… Alex avait surpris des ragots choquants pendant les bals ou les thés, bien qu'on se tût vite quand elle arrivait. Ce bel homme la prenait-il donc pour une… une *actrice* ?

Elle était à la fois choquée et au bord de l'hystérie.

— Vous… Vous pensez que…

Son balbutiement fit clairement comprendre à l'homme son erreur. Une fois encore, il ne bougea pas, mais elle le sentit s'éloigner d'elle. Il ôta son chapeau et passa nerveusement la main dans ses cheveux.

— Pardonnez-moi. Je n'aurais jamais dû penser que…

— Vous avez cru, en me voyant seule par accident, que j'étais une femme à la morale… douteuse ? murmura Alex.

Elle ne savait même pas ce qu'elle ressentait vraiment. De la gêne, oui. Brûlante. Mais aussi teintée d'une sorte de joie fébrile. Et de déception en voyant son court rêve avec cet homme s'achever si vite.

— Je vous assure que je ne suis pas celle que vous croyez,

reprit-elle froidement. Je n'imaginais pas que votre bonté puisse s'appuyer sur ce genre d'arrière-pensées.

Ayant retrouvé toute sa force, elle se leva d'un bond.

L'homme se leva aussi et Alex recula instinctivement.

— Bien sûr que non ! protesta l'inconnu avec un accent plus marqué que jamais. C'est juste que vous étiez si... si...

— Si quoi ?

Si audacieuse ? Si choquante ? Si... pas elle-même ?

— Si belle, lâcha-t-il.

Alex sentit ses joues s'embraser davantage, si cela était possible. Il la trouvait *belle* ? Elle, Alex. Et il ne disait pas cela parce qu'elle était la fille du duc de Waverton.

— Je dois partir !

— Laissez-moi au moins vous aider à chercher vos amis.

— Non ! cria Alex.

Plus elle était tentée de rester là, avec lui, plus elle comprenait qu'elle devait s'enfuir. Elle tourna donc les talons et prit ses jambes à son cou, sans oser regarder en arrière. Elle se noya dans la foule, assourdie par la musique des cuivres et les rires. Tout cela lui donnait encore plus l'impression d'être piégée dans une sorte de rêve, loin de tout ce qui faisait sa vie.

Ce ne fut que lorsqu'elle entendit Chris l'appeler qu'elle se souvint de son chapeau perdu. Elle jeta un coup d'œil par-dessus son épaule, espérant presque apercevoir son sauveur si indécent. Soudain, elle se figea, choquée par ce qu'elle venait de comprendre. Elle l'avait bel et bien vu auparavant – et pas dans ses rêves. Quelle *idiote* elle avait été de ne pas le reconnaître plus tôt !

C'était Malcolm, son Malcolm. Le beau garçon si gentil qui lui avait appris à pêcher, autrefois. Hélas, on ne retrouvait plus le moindre signe de celui qu'il avait été, à présent. Il était devenu le propriétaire des grands magasins Gordston.

Il était arrogant, certain que le monde entier lui appartenait – ainsi que les belles femmes que l'on voyait à son bras dans les journaux.

Alex eut un instant peur de se noyer dans le flot de ses souvenirs, de l'humiliation qu'elle avait éprouvée lors de leur séparation. Comment avait-elle pu le considérer comme son ami ? Il ne l'avait jamais été, encore moins maintenant qu'alors. Ils vivaient dans des mondes opposés.

Pourtant, elle sentait encore les larmes lui monter aux yeux quand elle se rappelait la douceur qui imprégnait autrefois sa relation avec Malcolm, même si ce n'était qu'un rêve de petite fille.

— Mince ! marmonna Malcolm Gordston en voyant sa fée d'hiver disparaître dans la foule.

Il se laissa lourdement tomber sur le banc. Il aurait aimé se gifler ! Quel imbécile il avait été. N'importe qui aurait immédiatement compris que cette femme était une *lady*, peut-être même avec un L majuscule. Son raffinement, sa voix, sa toilette si riche et si élégante en même temps, sa douceur… Oui, tout cela clamait son rang.

Pourtant, dès qu'il avait posé une main sur elle, il s'était laissé emporter par une vague de désir comme il n'en avait encore jamais connu. Il avait eu besoin de sa douceur, de sa beauté. Cela ne lui ressemblait pas. Il n'était que le fils mal dégrossi d'un métayer appartenant au domaine de chasse du duc de Waverton. Un Écossais qui rêvait de fées délicates… Il avait travaillé dur pour se sortir de la boue et devenir l'un des hommes les plus riches d'Angleterre ; il ne pouvait pas se permettre la moindre faiblesse, la moindre envie de raffinement féminin.

Son succès était aussi dû à son talent pour comprendre la

nature humaine. Il avait appris à reconnaître chaque nuance d'émotion, à savoir ce que les gens voulaient avant même qu'ils en aient conscience et à le leur fournir – au bon prix. Les hommes et les femmes étaient bien plus transparents quant à leurs désirs, leurs besoins et leurs peurs les plus secrètes qu'ils ne le croyaient. Et cela avait été la clé, ce qui avait permis à Malcolm de ne pas replonger dans la misère de son enfance où un homme pouvait être détruit sur le caprice d'un autre.

Ce don était son outil le plus précieux dans son métier et dans le peu de vie privée qu'il s'accordait. Il aimait les femmes. Il aimait la subtilité, l'intelligence et la ruse dont elles savaient faire preuve ; elles étaient plus complexes que la plupart des hommes, plus malignes et plus vives. Comme lui, elles étaient contraintes de tracer leur chemin dans un monde qui n'avait pas été fait pour elles. Et elles semblaient l'apprécier aussi, en général. Il n'avait jamais eu de mal à se procurer un peu de compagnie féminine quand il en avait eu envie.

Mais tout son bon sens s'était envolé à l'instant où il avait plongé son regard dans ces grands yeux couleur bruyère. Des yeux de fée, immenses dans un petit visage pâle au menton pointu. Des yeux bleu profond bordés de longs cils soyeux. Jamais encore il n'avait vu de femme comme elle. Si fine et délicate, avec ses boucles pâles s'échappant de son triste chapeau et son rire argentin si inattendu. Elle lui avait paru légère et frêle, quand il l'avait prise dans ses bras. Elle avait frissonné comme si elle était sur le point de faire apparaître une paire d'ailes scintillantes pour s'envoler.

Il était enchanté, dans le sens le plus magique du terme, comme plongé dans un conte d'autrefois. Et ces créatures étaient dangereuses : elles s'enfuyaient toujours dès que l'on pensait les atteindre, non sans vous jeter un sort en partant.

Quand Malcolm était petit, après la mort de sa mère qui avait plongé son père dans un brouillard d'ivresse permanent, sa mamie s'occupait de son souper et lui racontait souvent des histoires merveilleuses du Petit Peuple d'été ou d'hiver. Quand il avait tenu entre les siennes la main fine de l'inconnue, quand il avait senti son parfum discret et vert de muguet, il s'était demandé un instant si la pâle reine de l'hiver ne venait pas d'apparaître dans Hyde Park…

Pourtant, il n'avait pas l'habitude de s'abandonner à ce genre de fantaisies. Il avait appris très tôt à se protéger, à n'ouvrir son cœur à personne. Ne jamais se retrouver démuni.

Sa faiblesse, face à son inconnue, l'avait poussé à commettre une grave erreur de jugement. Il avait tellement eu envie d'elle qu'il s'était convaincu qu'elle était disponible, quand ce n'était clairement pas le cas. Il avait une règle d'or, en matière de romance : ne jamais batifoler avec une innocente. Ce genre d'aventure ne pouvait se terminer que dans la douleur et le deuil. Il préférait donc fréquenter des femmes qui lui ressemblaient, qui connaissaient les règles du jeu. Il avait travaillé d'arrache-pied pour construire sa destinée et se hisser exactement là où il le voulait. Rien ne devait anéantir ses efforts. De toute manière, une femme comme cette jeune *lady* n'était pas à sa portée.

Mais, l'espace d'un instant, alors qu'il était assis à côté d'elle en la regardant sourire, Malcolm aurait presque été prêt à voir son empire brûler.

En fait, il avait eu de la chance qu'elle s'enfuie si vite – même s'il ne s'en rendait pas encore vraiment compte.

Malcolm éclata de rire tout seul et remit son chapeau avant de se frayer un chemin à travers la foule jusqu'aux grilles du parc. Comme d'habitude, grâce à sa taille et à ses grands pas déterminés, il n'eut pas de mal à passer. Les gens s'écartaient d'eux-mêmes devant lui. Il n'y prêtait presque plus attention, maintenant. Son esprit se concentrait toujours sur la tâche suivante ou sur ses nouvelles idées. Mais ce jour-là, il ne put s'empêcher d'examiner la foule bariolée à la recherche de son inconnue en robe bleue. Elle ne serait pas là, bien sûr, mais il ne se contrôlait plus.

Il quitta enfin le parc et se reprit, dans le brouhaha de la rue. Il avait du travail à faire. Il avait *toujours* du travail à faire.

Le grand magasin Gordston était aussi animé que d'habitude quand Malcolm passa la porte à tambour, au sommet d'une volée de marches de marbre. Le sol dallé de noir et blanc l'attendait, ainsi que les vitrines de verre dans lesquelles étaient exposés tous les trésors imaginables – gants de peau, flacons de parfum en cristal ou encore chocolats belges. Le personnel l'accueillit avec de grands sourires, les clients avec des regards intrigués, mais pour une fois, il ne s'amusait pas de tout cela.

Il entra dans son ascenseur privé qui le fit monter jusqu'aux bureaux du dernier étage. Là s'étendait un monde très différent du lustre parfumé des rayons. Les pièces, tout aussi luxueuses, étaient lambrissées de bois sombre et d'épais tapis persans étouffaient les pas ; les rires et les murmures des fontaines laissaient place aux chuchotements des employés et au cliquetis des machines à écrire. L'air sentait le papier et l'encre, au lieu des poudres à la rose ou à la violette. C'était un monde d'efficacité et de commerce – le monde de Malcolm.

Il entra dans son bureau, au fond du couloir. À peine s'était-il débarrassé de son manteau et de son chapeau que sa secrétaire, Miss Mersey, apparut. Comme tous ceux qui travaillaient au dernier étage, elle était l'efficacité personnifiée dans son chemisier blanc et sa jupe noire. Ses cheveux grisonnants étaient rassemblés en un chignon simple et ses lunettes trônaient sur son nez sévère. Malcolm et elle travaillaient ensemble pratiquement depuis l'ouverture du magasin. Il aurait été perdu sans elle.

— Bonjour, monsieur Gordston, dit-elle en ouvrant son carnet d'un geste vif. M. Jones a presque fini de préparer les comptes des ventes d'hier pour vous.

— Presque ?

Malcolm s'était assis à son bureau. Tout était en place : les piles de dossiers bien alignées près de son stylo d'or et de son sous-main.

— Apparemment, il y a eu une petite erreur au rayon des gants et il est en train de la résoudre. J'ai aussi terminé d'organiser votre voyage à Paris. Les réparations du yacht seront terminées vendredi, donc nous n'avons pas à craindre de retard. Les derniers rapports du bureau d'architecture de M. Jérôme sont sur votre bureau, comme vous le voyez. Le magasin sera fini dans les temps et vous pourrez partir pour animer l'inauguration comme prévu.

— Vous voulez dire : *nous* pourrons partir.

Pour une fois, une pointe d'intérêt traversa le visage impassible de Miss Mersey.

— Nous, monsieur Gordston ?

— Bien sûr. Je ne pourrai jamais régler mes affaires à Paris sans vous.

— Mais le magasin de Londres...

— M. Jones sera parfaitement capable de superviser les ventes pendant quelques semaines. Du moins, si vous pouvez supporter de vous arracher à cette ville pour passer quelques jours en bord de Seine, en dînant peut-être dans un café ou deux, coiffée d'un nouveau chapeau...

Miss Mersey haussa les sourcils derrière ses lunettes.

— Oui, je pense pouvoir le supporter, monsieur Gordston, par professionnalisme.

— Bien entendu. À présent, Miss Mersey, parlez-moi de la cargaison de mousselines indiennes…

Une fois que les affaires matinales furent conclues, Miss Mersey referma son carnet et tourna les talons, chargée d'une pile de lettres à taper à la machine.

— Miss Mersey ! appela Malcolm sans réfléchir plus avant.

— Oui, monsieur Gordston ?

— Est-ce que vous connaissez une cliente qui aurait une silhouette plutôt fine, assez petite, et avec des cheveux blond très clair ? Un très mauvais goût en matière de chapeaux ?

Miss Mersey réfléchit un instant en tapotant le bout de son stylo sur son carnet de cuir. Elle avait une mémoire prodigieuse, presque aussi bonne que celle de Malcolm, et se souvenait en détail de chaque cliente régulière – depuis ses commandes ou ses parfums jusqu'à ses goûts, ce qu'elle aimait ou n'aimait pas. Mais la description de Malcolm était sans doute trop vague, même pour elle.

— Il y a bien Miss Petersham. Elle est blonde et a commandé cet étrange chapeau à perroquet, le mois dernier. Ou Lady Minnie Grant ? Mme Gibson ?

Malcolm secoua la tête. Il connaissait toutes ces femmes et aucune d'entre elles n'était sa fée.

— Si elle est déjà venue, elle n'est sans doute pas une cliente régulière, murmura-t-il.

Miss Mersey parut encore plus stupéfaite.

— Elle, monsieur Gordston ?

— Une jeune femme que j'ai croisée au parc. J'avoue être… curieux.

— Curieux, monsieur ?

Malcolm rejeta son stylo et se redressa.

— Oui. Ce sera tout, Miss Mersey, je vous remercie.

— Bien sûr, monsieur. Oh ! j'ai failli oublier ! Ce courrier est arrivé pour vous : c'est une invitation pour la garden-party de Lady Cannon.

Malcolm jeta un rapide coup d'œil au carton gravé que sa secrétaire lui tendait.

— Quel ennui mortel !

— Je suis bien d'accord. Mais c'est l'un des événements les plus courus de la Saison et Lady Cannon est l'une de nos plus fidèles clientes. Peut-être pourriez-vous y faire une courte apparition ?

Elle avait raison, évidemment, et Malcolm le savait.

— Très courte, alors.

Miss Mersey eut une petite toux discrète.

— Au sujet de votre inconnue… Je pourrais peut-être interroger le personnel. Il est possible qu'on l'ait remarquée.

— Non ! répliqua Malcolm, agacé.

Il aurait plutôt voulu hurler : *Oui ! Trouvez-la !* Mais cela aurait été une grave erreur.

— Je vous remercie, Miss Mersey.

La secrétaire fronça le nez et tourna les talons, refermant la porte du bureau derrière elle. Même dans la pire des colères, jamais elle ne *claquerait* une porte. Malcolm ouvrit le dossier contenant les croquis de l'architecte de Paris, qui façonnait la première enseigne Gordston sur le continent.

Néanmoins, il n'arrivait pas à chasser de son esprit l'éclat d'une paire de grands yeux couleur bruyère.

3

— Alexandra ! Tu n'es pas encore prête ? Nous allons être très en retard ! lança la mère d'Alex depuis la porte du boudoir.

Alex examina l'image de sa mère que lui renvoyait le grand miroir, tandis que sa femme de chambre achevait sa coiffure. La duchesse jouait nerveusement avec ses gants, redressait son chapeau, aussi élégante qu'à son habitude dans sa robe rayée vert et blanc soulignée par un rang de perles et des boucles d'oreilles en améthyste. Ses cheveux blonds présentaient à peine quelques premiers reflets argentés. Elle était grande et intimidante, l'image même de ce que doit être une duchesse. Alex savait que sa propre silhouette trop fine et trop délicate avait toujours perturbé sa mère.

Comme en ce moment. La duchesse contemplait la coiffure d'Alex d'un air perplexe, puis elle sembla étudier le bleu pâle de sa robe de soie.

— C'est très bien, Mary, déclara-t-elle. Vous avez fait des miracles avec les cheveux de Lady Alexandra.

— Merci, Votre Grâce, répondit Mary en piquant une nouvelle épingle à tête de perles dans le chignon impitoyablement tiré d'Alex.

Les pointes lui éraflèrent douloureusement le crâne.

— Je sais que ce genre de choses prend du temps, reprit la duchesse, mais nous ne devons pas arriver en retard.

— Je croyais que c'était ce que vous vouliez, Mère : arriver en retard et faire une grande entrée depuis la terrasse de la maison de Lady Cannon.

— Ne dis pas de sottises, Alexandra. Ce serait très impoli, coupa sa mère avec sévérité. Bien qu'être remarqué ne soit jamais une mauvaise chose, évidemment. J'ai entendu dire que ce comte français viendrait ! Les titres français ne sont pas les plus prestigieux, je te l'accorde, depuis que le pays est devenu si républicain, mais les sonorités restent charmantes...

Alex se retint de faire la moue. Ses parents semblaient de plus en plus pressés de la marier et elle passait des nuits blanches à s'inquiéter. Le bal organisé pour ses débuts officiels n'aurait lieu que quelques jours plus tard et la Saison ne faisait que commencer. Pourquoi avaient-ils tellement hâte ? Cela la rendait nerveuse.

Mary déposa avec soin le chapeau sur sa tête et l'épingla fermement. C'était un tricorne bleu bordé de nœuds immaculés. Diana lui avait dit qu'il était à la dernière mode – et Alex devait bien avouer qu'il était mignon, en effet.

Il lui rappelait un peu cet autre chapeau, bleu foncé, qui avait tristement fini écrasé un mois plus tôt ; et les remarques désapprobatrices de l'homme le plus beau et le plus intrigant qu'elle ait jamais vu. L'homme qui avait autrefois été son Malcolm d'Écosse. Ces yeux de glace, cette voix ! Il avait l'air tout droit sorti d'un roman... Même s'il l'avait prise pour une femme de petite vertu, elle ne pouvait pas s'empêcher de penser à lui. Que lui était-il arrivé, pour qu'il change à ce point ?

Alex soupira. Le souvenir de cet homme, son Thor, lui serra le cœur. Sa vie à elle l'entraînait bien loin de lui.

Elle attrapa ses gants et son réticule, alourdi par le livre qu'elle y avait glissé, au cas où. Pourtant, elle savait qu'elle n'aurait pas l'occasion de se cacher quelque part pour lire deux ou trois pages... Sa mère la surveillerait tout au long de la soirée, tel un oiseau de proie.

Alex suivit la duchesse dans la rue, où les attendait leur voiture. Au moins, c'était une belle journée, parfaite pour une garden-party, songea-t-elle en ajustant sa jupe sur la banquette de velours. Quelques jours de chaleur avaient chassé les miasmes de fumée et de charbon qui s'accrochaient aux toits. Le ciel avait viré au turquoise lumineux. Le célèbre jardin de Lady Cannon serait bien mis en valeur – si seulement Alex pouvait trouver le temps de l'explorer à sa guise...

Tandis que sa mère énumérait les invités, ceux à qui Alex devait parler plus longuement et ceux envers qui elle devait simplement faire preuve de politesse, elle contempla les rues qui défilaient devant la fenêtre. L'élégance d'une librairie, avec ses rangées de volumes neufs dans la vitrine. L'éclat des rubans chez un modiste. La teinte profonde des violettes et le blanc aveuglant des œillets sur un étal de fleuriste. Quand elles passèrent les portes du parc, Alex repensa à son Thor. Elle sentit de nouveau ses mains puissantes la rattraper dans sa chute, la serrer contre lui comme jamais un homme ne l'avait serrée, et son parfum chaud et vert. Son sourire avait été étonnamment doux, dans ce visage sévère et beau. Pourquoi n'était-il pas resté le Malcolm de ses souvenirs ? Et pourquoi avait-elle tellement envie d'être de nouveau auprès de lui, malgré tout ?

À quoi ressemblerait sa vie, si elle était une femme vraiment dévergondée ? Si elle se mettait à faire ce qu'elle voulait, sans penser à ce que les gens pourraient dire ? Parfois, Alex rêvait de sauter l'étape du mariage pour passer au plus vite à celle du veuvage autonome. Elle aurait sa propre maison et occuperait ses journées comme bon lui semblerait. Était-ce la même chose qu'être dévergondée ?

— Alexandra, tu m'écoutes ? s'agaça soudain sa mère.

— Bien sûr ! murmura Alex, gênée.

Qu'est-ce que sa mère penserait de Thor et de ses propositions indécentes ? Imaginer sa réaction était passionnant. Alex, amusée, sourit à la duchesse, et celle-ci fronça les sourcils d'un air sombre.

— Tu es toujours si distraite, ma chérie, s'inquiéta-t-elle. Tu dois absolument te montrer très attentive à ce genre de soirées. Tout le monde aura les yeux posés sur toi : tu es fille de duc, née pour régner en société. À chaque fois que tu adresses la parole à quelqu'un, ce que tu dis a du poids. Tu ne dois pas faire de faux pas.

— Je sais, Mère.

Seigneur, oui ! Elle savait !

— Je ne vous décevrai pas.

En tout cas, elle l'espérait. Par moments, elle avait l'impression de n'être qu'une déception pour sa famille, quoi qu'elle fasse.

La mère d'Alex soupira.

— Je n'en doute pas, répondit-elle. C'est juste que ton père et moi tenons énormément à ton avenir. Mariée à un bon parti, tu pourrais faire tant de choses. Et te servir de tes atouts.

Sa mère soupçonnait-elle ses rêves de veuve joyeuse ?

— Je veux être heureuse, moi aussi.

La duchesse fronça de nouveau les sourcils.

— Je me demande parfois si nous avons fait le bon choix en t'envoyant à l'école. Aucune fille Waverton n'a été éduquée hors de la maison avant toi. Mais tu étais une enfant si timide, si rêveuse. Ton père pensait que de nouvelles amies de ton âge te feraient du bien.

— Et le pensionnat de Miss Grantley *a été* bon pour moi ! s'empressa de répondre Alex pour la rassurer, comme elle le faisait à chaque fois que sa mère exprimait le moindre doute concernant l'école.

La duchesse n'avait pas encore l'air convaincue, mais elle ne put rien dire de plus : la voiture venait de s'arrêter devant la maison des Cannon.

— Monsieur Gordston ! Quel plaisir de vous revoir ! minauda Lady Smythe-Tomas en lui tendant la main pour qu'il l'embrasse. Je suis si heureuse que vous n'ayez pas manqué cette garden-party. Les soirées de Lady Cannon sont toujours si distrayantes !

Malcolm lui sourit et se pencha sur le gant fin couleur lavande qui provenait - il le savait bien - du comptoir de son propre magasin. Lady Smythe-Tomas était l'une de ses meilleures clientes, et la première, après leur hôtesse, à le saluer ce soir-là. Les autres invités de la garden-party étaient désespérément aristocratiques. On l'observait, bien sûr, mais de loin en pensant se cacher derrière tasses de thé et ombrelles.

Il jeta un coup d'œil à la foule. De petits groupes de gens émaillaient la terrasse, rassemblés à l'ombre autour de tables de fer forgé pour boire le thé, ou se promenaient le long des allées fleuries. Tout le monde avait l'air très élégant, raffiné dans des toilettes pastel et des chapeaux à plumes qu'il aurait pu chiffrer au shilling près. Tout le monde humait les rosiers et souriait. C'était une réalité si différente de l'univers dur et froid dans lequel il avait grandi.

Et tout cela lui fit de nouveau penser à sa fée d'hiver, avec son doux sourire et ses mains fines. Il songeait beaucoup trop souvent à elle depuis leur rencontre si brève – et si embarrassante. Comment avait-il pu être stupide au point de ne pas voir qu'il était face à une parfaite lady ? Tout son être dégageait une aura de bonté et d'innocence, comme si elle vivait dans une tour d'ivoire, au-dessus de la terre noir de suie. Dans un paradis isolé comme ce jardin...

Lady Smythe-Tomas lui tapota le bras et Malcolm s'arracha à sa rêverie. Elle lui souriait, sous le rebord de son grand chapeau aux rubans lilas. C'était une veuve très riche et à la réputation trouble, l'une des plus belles femmes de Londres avec ses longs cheveux auburn et ses yeux de chat verts. Sa photographie ornait toutes les vitrines de tailleurs, à côté de celles de Daisy Warwick et de la princesse Alexandra. Malcolm faisait partie des très rares personnes à savoir que cette façade mondaine et scandaleuse cachait son travail secret au bureau des Affaires étrangères. D'ailleurs, il lui transmettait parfois quelques informations utiles. C'était une bonne amie et Malcolm appréciait sa compagnie ; mais même cette beauté stupéfiante ne lui faisait pas oublier sa fée pâle.

— Lady Cannon a été bien méchante de vous inviter sans m'en avertir, se plaignit son amie. J'aurais aimé venir plus tôt pour voir l'agitation que votre arrivée a dû causer.

Malcolm éclata de rire. En effet, il y avait bien eu une vague « agitation » quand il avait passé la porte-fenêtre qui ouvrait sur la terrasse. En un éclair, les têtes s'étaient tournées et les conversations avaient marqué une pause, au milieu des plates-bandes.

— Je ne suis pas encore certain de savoir pourquoi elle m'a invité, mais Miss Mersey a insisté pour que je vienne.

— Ah, l'excellente Miss Mersey ! Elle a eu bien raison. Vous devez faire le plus de publicité possible pour votre nouveau magasin de Paris. C'est sans doute pour cela que Lady Cannon vous a invité : toute la bonne société est passionnée par l'approche de l'Exposition.

— Y compris votre Bureau ? demanda Malcolm à mi-voix.

Lady Smythe-Tomas prit un air songeur et tapota son menton à fossette du bout de ses doigts.

— Je pourrais me retrouver assez vite de l'autre côté de la Manche, en effet. D'étranges choses semblent s'organiser en bord de Seine. Peut-être viendrai-je vous voir à votre nouvelle boutique.

— Vous y serez toujours la bienvenue !

— Pourtant, vous savez de quoi ma visite devra avoir l'air. Il faut que tout le monde me croie ruinée...

Elle prit le bras de Malcolm et l'entraîna au bas de la terrasse avant d'emprunter l'une des allées de graviers.

— En attendant, laissez-moi vous montrer tout le monde, même si vous connaissez sans doute une bonne partie des invités ! Ces dames sont vos clientes, après tout. Voici Lady Amberston et Mme Downley. Voyez : il n'y a pas de doute, ces chapeaux viennent de chez vous. Miss Chumleigh, qui aurait *bien besoin* de visiter votre rayon de corseterie : elle se tient si mal ! Le vicomte de Hexhám est là-bas et voici Mme Browne, sa maîtresse... Ils se croient si discrcts. Et par là, voici M. Evansley – pourquoi diable Lady Cannon l'a-t-elle invité ? Nous devrions ouvrir l'œil avec lui ; on m'a chargée de le surveiller de près.

Malcolm étudia l'homme que son amie lui avait montré en dernier. Il avait l'air plutôt inoffensif, mince et blafard, avec ses cheveux blonds clairsemés ; et il avait l'air ravi d'être enfin accepté dans la haute société.

— Pourquoi le surveillez-vous ?

— Je ne peux pas encore en parler, bien sûr, répondit Lady Smythe-Tomas, mais on dit qu'il travaille avec M. Nixson.

Nous ne savons pas à quel point il est impliqué dans ses affaires. N'avez-vous pas refusé vous-même de tremper dans ses trafics il y a longtemps ?

Nixson. Malcolm fronça les sourcils au souvenir de la proposition de partenariat que cet homme lui avait faite – non seulement illégale, mais aussi parfaitement immorale. Il avait refusé, bien entendu. Mais qui sait quels complices plus faibles que lui cet escroc pourrait trouver dans les cercles mondains ?

— Oh ! regardez ! s'écria soudain Lady Smythe-Tomas avec un grand sourire. Voilà Christopher Blakely ! Que c'est charmant… J'étais une bonne amie de son frère, Sir William. Allons le saluer.

Elle prit Malcolm par le bras et l'entraîna à l'autre bout du jardin pour rejoindre M. Blakely. Pendant que Lady Smythe-Tomas et lui bavardaient joyeusement, Malcolm observa la foule qui l'entourait, à la recherche de connaissances. Il les saluait de la tête, souriait à ceux qui le dévisageaient en fronçant les sourcils et en se demandant – clairement – pourquoi on l'avait invité.

Puis son attention fut retenue par un groupe de nouveaux arrivants, qui venaient de sortir sur la terrasse en compagnie de leur hôtesse. La première femme était une lady imposante, entre deux âges, vêtue d'une robe rayée. Juste derrière elle venait une petite jeune femme, très fine et délicate, dans un nuage de mousseline bleue. Elle souriait poliment, sans rien dire. *La fée d'hiver !*

— Ah, la duchesse de Waverton ! murmura Lady Smythe-Tomas. Vous avez sans doute entendu parler de sa famille. Ils sont trop haut placés pour faire partie des habitués de la scandaleuse maison de Marlborough, bien que Sa Grâce ait déjà daigné m'adresser la parole. C'est une bonne chose, d'ailleurs, car ils possèdent l'Étoile d'Orient, le fameux saphir qui ferait un très bon leurre, à Paris...

Malcolm contempla Lady Alexandra. En effet, sa fée d'hiver avait enfin un nom – *et* elle était fille de duc. Pas de n'importe quel duc, de surcroît : Waverton, l'homme qui avait ruiné sa famille, autrefois ! C'était donc elle, la douce jeune fille qui venait le rejoindre au bord de la rivière. Celle dont il aurait voulu préserver l'innocence à n'importe quel prix. La voilà qui réapparaissait, ici, face à lui...

Elle souriait et hochait la tête en écoutant les compliments de Lady Cannon, mais son regard paraissait étonnamment lointain.

— Vos plans impliquent ce saphir ? demanda Malcolm à son amie.

— Oui, pour appâter un criminel, bien sûr ! Heureusement pour nous, la duchesse est si hautaine qu'elle ne voit même pas les affaires de son époux tomber en lambeaux sous son nez, répondit Lady Smythe-Tomas en regardant le petit groupe d'un air critique.

La duchesse adressa un petit signe de tête à Lady Cannon et entraîna sa fille dans son sillage. Lady Alexandra parut surprise par son mouvement brusque, puis retrouva son sourire.

— Celle-ci doit être sa fille. On dit que les Waverton nourrissent de grands projets pour elle. Elle a une apparence inhabituelle, n'est-ce pas ? Elle a tout d'un petit lièvre pâlot, mais je suis sûre que la garde-robe adéquate pourrait la mettre en valeur en un rien de temps.

— Un lièvre pâlot ? s'étonna Malcolm. Elle a le teint clair, je vous l'accorde, mais ces yeux ne sont pas ceux d'une proie !

Lady Smythe-Tomas lui jeta un regard circonspect.

— Comment pouvez-vous voir ses yeux d'ici ? J'avoue

que vous me surprenez : les débutantes ne sont pas votre genre, d'habitude. Venez, allons les saluer !

Malcolm se souvenait hélas trop bien de la manière dont sa dernière rencontre avec Lady Alexandra s'était terminée. Elle n'aurait certainement aucune envie de le revoir, à présent.

— Laura, ne soyez pas sotte. Aucune duchesse ne désire rencontrer un simple commerçant.

— Vous n'êtes pas qu'un *simple commerçant*. Vous êtes Malcolm Gordston, l'un des plus riches hommes de Londres et gardien des trésors du magasin Gordston où la reine en personne a déjà fait des emplettes. Même un petit lièvre timide pourrait être intrigué… Et puis, cette fête est ennuyeuse à mourir, de toute manière. Allons-y.

Lady Smythe-Tomas lui prit le bras avec autorité et l'entraîna le long de l'allée en direction de la terrasse. Malcolm n'était pas complètement réticent, d'ailleurs – voire pas du tout, s'il voulait être parfaitement honnête avec lui-même. Lady Alexandra ne serait probablement pas trop embarrassée, entourée par ses amis et sa famille. Il était curieux à l'idée de toucher de nouveau sa main, juste un instant…

Alexandra adressa un sourire à Lady Cannon, sans vraiment écouter ce que sa mère et elle disaient. Elle profita du fait qu'on ne prête pas attention à elle pour examiner le jardin rempli d'invités, qui ressemblait à un tableau idyllique. La garden-party annuelle des Cannon était célèbre car ils avaient le plus grand jardin privé de Londres et choisissaient toujours la plus belle journée du printemps pour en ouvrir les portes.

Fermé par une haute haie de buis assez épaisse pour étouffer le brouhaha des rues, il était émaillé de plates-bandes explosant de blanc, de mauve, de jaune d'or, de rose et de rouge. Les fleurs étaient aussi bariolées que les toilettes des femmes qui se promenaient parmi elles. À intervalles réguliers, des statues classiques, immaculées et impassibles, posaient sur le spectacle leurs regards sereins.

Un buffet avait été dressé sous le petit temple à colonnes, offrant un assortiment délicieux de sandwichs et de gâteaux que l'on pouvait grignoter en buvant le thé, assis à de petites tables sous les arbres. Les ombrelles dansaient, les rires résonnaient par-dessus les notes d'un quartet à cordes installé dans un coin et les petits épagneuls de Lady Cannon aboyaient de temps à autre.

C'était d'une élégance rare et Alex aurait voulu pouvoir explorer ce décor en toute liberté. Elle aurait voulu descendre les allées pour y retrouver ses amies et échanger des secrets avec elles jusqu'à la fin de la journée, sur l'un des bancs ombragés. Mais elle ne pouvait pas se le permettre. Elle avait un devoir à accomplir.

— Vous devez avoir vraiment hâte de découvrir Paris, Lady Alexandra, déclara Lady Cannon en attirant de nouveau son attention sur la conversation.

— Oh oui, cela a l'air excitant, murmura Alex.

— Et tellement intrigant, avec cette Exposition ! soupira Lady Cannon. Il y aura tant de trésors du monde à découvrir. J'essaie de persuader Lord Cannon que nous devons y aller ; mais pas tant que je n'aurai pas renouvelé ma garde-robe. La mode est toujours si différente, à Paris.

— Différente, peut-être, mais pas supérieure, j'en suis certaine ! remarqua la duchesse avec une pointe de mépris. J'ai feuilleté quelques revues récentes et les nouvelles formes de manches sont indécentes. Tous ces volants et ces nœuds !

— Oh ! je ne sais pas, répondit Lady Cannon. Elles me rappellent mon enfance, quand les manches avaient une vraie *importance* pour la mode. Regardez ! Voici quelqu'un qui saura tout nous dire sur les dernières modes françaises : M. Gordston.

Alex se figea brutalement, gelée jusqu'aux os. M. Gordston était ici. Son Malcolm, qui avait autrefois tellement tenu à elle et qui l'avait récemment blessée.

Son choc se transforma bientôt en une honte brûlante et ses joues étaient sans doute rouges comme une pomme mûre. Si seulement la terrasse avait pu être magique ! Si seulement les dalles avaient pu s'ouvrir sous ses pieds pour l'absorber tout entière. Aurait-elle le temps de fuir ? Non, hélas. Lady Smythe-Tomas, qui tenait le bras de M. Gordston, leur fit de grands gestes et un grand sourire tandis qu'elle s'approchait inexorablement de l'escalier de la terrasse.

Quand elle vit que Lady Smythe-Tomas était avec lui, Alex sentit son sang geler une seconde fois dans ses veines. Cette femme était la compagne idéale pour un homme comme lui ; elle était l'opposé d'Alex en tout. Une veuve sophistiquée, belle, intelligente, élégante et célèbre. Libre. Alex avait souvent admiré ses portraits dans les magazines de mode : des clichés raffinés, des photographies de groupe prises pendant les bals royaux. Lady Smythe-Tomas en train de danser, de monter à cheval, de jouer au tennis sur gazon... Alex l'enviait secrètement, la plupart du temps.

Mais pas autant qu'elle l'enviait à présent, en la voyant glisser quelques mots à l'oreille de M. Gordston – car elle était assez grande pour y arriver sans qu'il se penche – et le faire rire.

— Vous avez invité M. Gordston à votre garden-party ? murmura la duchesse à Lady Cannon.

Leur hôtesse vira au rouge.

— Eh bien... Mon époux me l'a demandé, Votre Grâce. On dit que le prince de Galles lui-même l'a reçu, en privé, bien sûr. Et il ajoute une touche... d'originalité à notre assemblée, vous ne trouvez pas ?

Oh oui, Alex était *bien* d'accord. Ici, dans le calme de ce jardin paisible, loin des foules de Hyde Park, elle pouvait prendre le temps de le regarder en détail. Pendant ses longues rêveries, elle s'était demandé si son charme fondrait à leur prochaine rencontre. S'il ne lui avait paru si fascinant que dans les circonstances étranges dans lesquelles ils s'étaient croisés.

Mais ce n'était pas le cas. Il *restait* fascinant. Puissant dans son aura dorée, si différent de toutes les personnes qui les entouraient. Et Alex n'était manifestement pas la seule à le remarquer. Les têtes se tournaient sur son passage et tous les regards le suivaient.

Alex oublia un instant son envie de fuir, tandis que Malcolm gravissait les marches pour s'arrêter à quelques pas d'elle. Puis elle se souvint des détails de leur rencontre au parc et ses joues s'embrasèrent de nouveau. Mais il était trop tard pour se détourner, maintenant.

— Votre Grâce, lança Lady Smythe-Tomas d'une voix joyeuse. Il paraît que nous allons nous retrouver ensemble à Paris !

— Vraiment, Lady Smythe-Tomas ? répondit froidement la mère d'Alex.

La duchesse n'approuvait pas son mode de vie ni ses amis qu'elle considérait comme « légers ». Même le prince de Galles n'était pas à la hauteur de ses exigences.

— Oui, Bertie et la princesse Alexandra ont toujours la bonté d'inviter leurs amis les plus proches à partager leurs aventures. M. Gordston sera aussi du voyage pour ouvrir son nouveau magasin sur les Champs-Élysées.

Lady Smythe-Tomas sourit à Malcolm, sous le rebord de son chapeau à plumes.

— Avez-vous déjà rencontré M. Gordston ?

— Non, jamais, lâcha la duchesse.

Lady Cannon, qui aurait dû les présenter, paraissait figée sur place.

— Dans ce cas, Votre Grâce, permettez-moi de vous présenter M. Malcolm Gordston, claironna Lady Smythe-Tomas.

Elle n'avait pas l'air de sentir la froideur de l'atmosphère, comme si son élégant chapeau la protégeait.

— Malcolm, voici la duchesse de Waverton, et la fille de la duchesse, Lady Alexandra Mannerly.

— C'est un plaisir, Votre Grâce, dit Malcolm en adressant un salut poli à la duchesse.

— De même, murmura celle-ci.

Alex, elle, lui tendit la main, incapable de se retenir. Se souviendrait-il d'elle ?

— Monsieur Gordston, bonjour.

Pourvu que sa voix ne trahisse pas son hystérie naissante, songea-t-elle en parlant. Heureusement, elle parvint à garder un visage grave et courtois, comme une personne normale.

— Nous entendons tellement parler de vous ! Je suis ravie de vous rencontrer.

Malcolm lui prit la main. Il ne portait pas de gants et, à travers la soie fine des siens, Alex sentit la chaleur de ses doigts un peu rudes. Comme lorsqu'ils s'étaient effleurés dans le parc, une étincelle se mit à danser sur sa peau, brûlante et pétillante, porteuse de vie. Le jardin et la foule devinrent un brouillard coloré devant ses yeux et elle ne vit plus que Malcolm.

Il lui sembla qu'il ressentait quelque chose aussi. Un froncement furtif passa sur son front et il eut l'air un peu troublé – une sensation qui ne devait pas lui être familière. Il paraissait si ivre de confiance, de force et d'assurance.

— Lady Alexandra. C'est un honneur.

La duchesse lâcha une petite toux et Alex eut l'impression qu'on la ramenait brutalement sur la terrasse de pierre. Tout ce qui était devenu flou retrouva des contours nets. Alex constata avec horreur que Lady Cannon et Lady Smythe-Tomas la dévisageaient avec un intérêt non dissimulé.

On n'allait pas tarder à colporter des ragots sur son compte, et c'était la dernière chose qu'elle voulait ! Elle recula donc d'un pas pour écouter sa mère et Lady Smythe-Tomas échanger quelques nouvelles de Paris. Lady Cannon, elle, fut appelée plus loin.

— Votre Grâce, avez-vous goûté la crème glacée à la framboise ? demanda Lady Smythe-Tomas. Elle est divine !

Sans attendre de réponse, elle entraîna délicatement la mère d'Alex plus loin, multipliant les bavardages enjoués pour étouffer la moindre protestation. Si seulement Alex avait su faire cela, elle aussi...

Tout à coup, elle se retrouva seule avec Malcolm Gordston. Ils se contemplèrent tous les deux pendant un long moment, sans rien dire. À quoi pensait-il ? C'était presque comme si lui aussi revivait leur dernière rencontre.

— Aimeriez-vous marcher un peu, Lady Alexandra ? demanda-t-il finalement, avec son rude accent écossais.

— Avec plaisir. Merci beaucoup.

Malcolm lui tendit le bras et Alex hésita un instant avant de le prendre. Est-ce que la même étincelle la traverserait de nouveau en le touchant ? Allait-elle s'embraser une fois de plus ? Malcolm fronça les sourcils, remarquant sans doute sa timidité mais l'attribuant peut-être aux mauvaises raisons. De peur d'être mal comprise, Alex s'empressa de glisser la main au creux de son coude.

Elle ne prit pas feu, mais savoura la chaleur du bras de

Malcolm sous ses doigts. Beaucoup. Peut-être même trop. Hélas, il était trop tard pour revenir en arrière.

Malcolm lui fit descendre les marches de la terrasse pour l'entraîner dans un sentier qui ondulait le long des plates-bandes. La brise au parfum de rose s'engouffra sous son chapeau. Heureusement, Mary l'avait bien épinglé à son chignon et elle n'eut pas à déplorer un autre accident désastreux. Malcolm était beaucoup plus grand qu'elle, ses pas étaient si volontaires qu'Alex se sentit immédiatement protégée. C'était bon...

Au bout d'un moment, il s'éclaircit la voix et Alex leva les yeux sur lui.

— Je... Je crois que je vous dois des excuses, Lady Alexandra, au sujet de notre précédente rencontre. Je n'étais manifestement pas moi-même, ce jour-là.

Alex ne put s'empêcher de songer qu'il *était* lui-même, dans le parc. Au contraire, c'était ici qu'eux deux prenaient cet air emprunté, contraint, mal à l'aise. Une vague de timidité embrasa les joues d'Alex et elle se sentit bête. Ils venaient de mondes opposés ; ils ne pouvaient rien attendre l'un de l'autre. N'auraient-ils donc pas dû être plus libres ensemble, à cause de cela ? Si seulement... Elle aurait aimé pouvoir être simplement Alex avec lui, qui que soit cette femme inventée, et pas Lady Alexandra. Autrefois, elle en avait été capable. Mais plus maintenant : Malcolm avait trop changé.

— Il n'y a aucun problème, monsieur Gordston, répondit-elle. Cela a été un moment... étrange. Et j'avoue que j'étais heureuse de ne pas être traitée comme une poupée de porcelaine, pour une fois.

Ils passèrent un virage et débouchèrent dans un petit labyrinthe végétal, plus calme que les allées.

— Est-ce comme cela que vous vous sentez en temps normal ? Comme une poupée ?

— Parfois, oui.

Ce qu'il lui faisait ressentir, en revanche, était si nouveau, si étrange. Elle était timide et audacieuse en même temps.

— Souvent, même, ajouta-t-elle. On me dit où aller, comment parler, avec qui m'asseoir et avec qui danser...

— Avec qui marcher au jardin ?

Alex ne put retenir un éclat de rire.

— Oui, d'habitude. Mais cette fois, Lady Smythe-Tomas a volé à mon secours.

Elle jeta un coup d'œil à la terrasse – assez loin, maintenant – où Lady Smythe-Tomas discutait toujours avec sa mère.

— Elle est tellement élégante, n'est-ce pas ?

— C'est l'une de mes meilleures clientes.

Était-elle plus que cela ? Alex revit avec amertume l'éclat de ses yeux verts.

— Est-elle l'une de vos... amies ? Une vieille amie ?

Malcolm baissa les yeux sur elle avec un petit sourire en coin et elle eut soudain peur d'avoir trop dévoilé ses émotions.

— Une amie, oui. Rien de plus. Nous nous ressemblons trop pour nous accorder d'une autre manière.

— Comme nous étions amis autrefois ? lâcha soudain Alex.

Malcolm fronça les sourcils.

— Autrefois ?

— Ne vous souvenez-vous pas de moi ? En Écosse ? Vous m'avez appris à pêcher et je n'ai jamais oublié.

À l'exception de leur rencontre fortuite à Hyde Park, Alex ne l'avait pas revu depuis ce jour fatidique où elle l'avait surpris en compagnie de Mairie McGregor. Il s'était hissé si haut depuis !

— Je me suis souvenue de vous après vous avoir croisé dans le parc. Je me suis sentie si stupide de ne pas m'en être aperçue plus tôt. Vous étiez un maître avec une canne à pêche dans les mains. L'êtes-vous toujours ?

— Je n'ai pas vraiment l'occasion de pêcher, à Londres.

Alex se détourna, sous prétexte d'admirer les fleurs.

— Regardez où vous êtes arrivé. Tout le monde visite le magasin Gordston, même Lady Smythe-Tomas ! Comment avez-vous réussi à fonder un établissement pareil ? On dit qu'il est d'une élégance rare, qu'on y trouve toutes les dernières modes.

— Vous n'y êtes jamais allée ?

Alex se mordit la lèvre, embarrassée.

— Je ne suis pas souvent libre de choisir les boutiques que je visite...

— Une poupée de porcelaine, hein ?

— Oui.

Malcolm la conduisit jusqu'à un banc à l'ombre d'un chêne et s'assit près d'elle.

— Pour être honnête, je n'ai pas grandi en rêvant de magasins de vêtements. Je suis né en Écosse et j'étais un garçon de la campagne, comme vous le savez.

— Oui.

Alex se souvenait encore de sa propre enfance, au milieu des collines, du ciel couleur lavande, de l'air froid et fumeux, de ses courses solitaires sur la lande. De l'excitation qu'elle avait connue quand Malcolm lui apprenait à pêcher.

— Jamais je ne me suis sentie aussi libre que lorsque l'on m'autorisait à explorer les chemins, là-bas.

Il la dévisageait avec attention. Son visage impassible ne trahissait pas la moindre émotion.

— C'est un bel endroit, oui. Rien ne surpasse ses collines. Mais ce n'est pas une bonne région pour travailler. J'ai été apprenti drapier à Glasgow après mon départ. À l'époque, mon père venait de mourir.

— Oh ! j'en suis désolée ! s'écria Alex.

En effet, elle se rappelait que le père de Malcolm avait été malade, la dernière fois qu'ils s'étaient vus.

— Ma mère lui manquait trop. Sa mort rapide a sans doute été une bénédiction, répondit Malcolm sans la moindre trace de trouble. Le travail a été pour moi un bon moyen d'oublier.

Alex joua quelques instants avec son ombrelle. Que devait-elle répondre ?

— Et vous avez aimé ce travail ?

— Oui, il m'a surpris. Comme vous l'avez dit, j'avais l'habitude d'arpenter la lande, d'être libre. Mais j'ai vite aimé pouvoir rencontrer mes clients et voir leur plaisir quand ils dénichaient le bon coupon de tissu, le bon style. J'ai même aimé tenir les comptes : voir tous les chiffres s'additionner. C'était tellement satisfaisant.

— Je vous envie un peu, murmura Alex. Cela doit être tellement agréable d'avoir un travail, d'apprendre à y exceller et d'en être récompensé.

Malcolm parut surpris.

— Vraiment ? Les journées sont longues, vous savez. On doit apprendre de ses erreurs et ne jamais ménager ses efforts. Même maintenant, avec les nouveaux grands magasins. Encore plus maintenant, en fait.

— C'est justement pour cela que je vous envie ! Vous tracez votre propre chemin dans la vie. Moi, on m'oblige toujours à suivre. Je ne sais même pas dans quel domaine je pourrais être douée.

Elle n'osa pas admettre devant lui qu'elle n'avait jamais rien essayé. Emily avait un don pour les affaires, Diana pour l'écriture. Tout ce qu'Alex avait fait, c'était s'occuper d'œuvres de charité - et cela lui apportait beaucoup de satisfaction, d'ailleurs.

— Nous sommes tous nés avec une destinée précise, et nous n'avons qu'à nous y plier, répondit Malcolm.

Alex crut percevoir une once d'amertume dans sa voix. Un sentiment qu'elle connaissait hélas très bien.

— Pas vous. Vous êtes ici, à Londres, comme un prince des marchands. Comme un Médicis ! Vous avez quitté la lande où vous êtes né.

Il lui avait toujours rappelé ces puissants princes de la Renaissance, même dans ses haillons de paysan.

Malcolm éclata soudain de rire. C'était une mélodie riche, puissante, lumineuse comme un soleil d'été.

— J'aime bien l'idée d'être un Médicis. Vous croyez qu'ils passaient leurs journées penchés sur des livres de comptes, comme moi ?

Alex sourit, se souvenant de l'avoir aussi vu comme un dieu nordique, explorant le monde en toute liberté.

— Ils ont bien dû le faire, pour accumuler une telle fortune. Entre deux guerres contre leurs ennemis, bien sûr. Vous savez, vous avez vraiment de la chance d'apprécier votre travail, et je ne vous laisserai pas dire le contraire.

Elle se cala au fond du banc, balançant ses pieds sous l'ourlet de sa jupe. Elle se sentait soudain étrangement mutine.

— Parfois, je me demande quel genre de travail j'aimerais faire. Peut-être que je pourrais devenir actrice, comme vous avez cru que je l'étais dans le parc !

Les pommettes ciselées de Malcolm rougirent d'un seul coup à ces mots.

— Vous êtes bien trop bonne et trop innocente pour une telle vie. J'ai été stupide de vous prendre pour une de ces femmes.

Alex repensa aux élèves de l'école caritative où elle enseignait de temps à autre. Ces filles s'étaient parfois retrouvées piégées dans des situations atroces, désespérées, avant de trouver le sanctuaire de l'école. N'étaient-elles pas « bonnes et innocentes », elles aussi ?

— Trop de femmes n'ont pas le choix du tout. Elles ne peuvent pas devenir apprenties, comme vous, répondit-elle.

— Je suis d'accord. Mes magasins emploient des dizaines de personnes, surtout des femmes. Si je pouvais seulement vous montrer…

— Te voilà, Alexandra ! l'interrompit soudain la voix de sa mère.

Alex leva les yeux et vit la duchesse approcher à toute vitesse sur le chemin. Elle souriait, mais ses yeux étaient remplis de colère.

— Lady Ellsworth est arrivée. Nous devons aller la saluer tout de suite.

— Bien sûr, Mère.

Le lourd manteau du devoir s'abattit de nouveau sur les épaules d'Alex, étouffant comme le plus épais velours. Elle se leva et lissa précipitamment sa jupe.

Avant de s'éloigner, elle ne put s'empêcher de jeter un dernier coup d'œil à Malcolm. Si seulement elle ne l'avait pas quitté sur une dispute. Allaient-ils se revoir ? La crainte de ne plus jamais le croiser l'attrista profondément, mais elle dut néanmoins faire de son mieux pour sourire.

— Bonne journée, monsieur Gordston. Je vous remercie pour cette promenade.

Il se leva aussi et la salua.

— Bonne journée, Lady Alexandra.

Sa mère lui prit le bras et l'entraîna plus loin avec autorité. Elle ne prononça pas un mot, mais Alex sentit sa désapprobation dans chacun de ses gestes crispés. Elle avait ignoré son devoir. Elle s'était retirée dans un coin désert du jardin avec un homme indigne d'elle au lieu de rester avec sa mère pour saluer ses amis. Ou de chercher un bon parti à séduire – même si la duchesse n'aurait jamais osé lui donner un ordre aussi direct.

Pourtant, Alex aurait tant voulu pouvoir passer la journée avec Malcolm, à parler de l'Écosse, de ses magasins ou même du rôle des femmes dans la société. Cet homme n'était pas lisse et poli. Il était si grand, si viril, rempli d'une énergie insatiable qui lui donnait le vertige.

Pourtant, être avec lui était une chose étrangement... facile. Pendant quelques minutes, elle avait pu être elle-même et discuter sans se soucier de sa position ou de ce que sa mère pourrait penser. Malcolm Gordston l'écoutait et la regardait comme s'il ne voyait qu'*elle*.

C'était agréable. Plus que cela, même. Hélas, ce bref interlude en sa compagnie était bel et bien fini. La mère d'Alex ne la quitterait plus des yeux, désormais. Cette idée l'attrista, la glaça comme si elle passait soudain de la douceur de cette journée au jardin au plus froid de décembre.

Peut-être... Peut-être qu'Emily accepterait de l'accompagner pour faire les boutiques, un de ces jours...

4

Malcolm se débarrassa de son élégant manteau et le jeta sur l'une des chaises de son bureau avant de dénouer sa cravate aux plis élaborés. Miss Mersey le réprimanderait sans doute en voyant qu'il n'avait pas suspendu sa veste – elle avait tout de la mère poule protectrice qu'il n'avait jamais eue et il appréciait ces attentions, sans le lui dire pour autant. Mais il était incapable de se soucier de cela pour le moment. Il étouffait !

Il ouvrit la fenêtre en grand et se pencha sur la balustrade pour inspirer une profonde goulée de cet air londonien noir de suie. En dessous de lui, les foules se pressaient le long de la rue. C'était une mer de chapeaux melon noirs et de coiffures emplumées. Sur la chaussée, les voitures à l'arrêt s'entassaient à perte de vue. Malcolm se sentait toujours aussi mal après avoir assisté à l'une de ces fêtes mondaines. Il fallait qu'il s'y plie pour le bien de son commerce, mais il y éprouvait toujours la même sensation d'oppression, lourde et suffocante. Il préférait de loin se réfugier dans son bureau ou arpenter les rayons de son magasin. Se concentrer sur ce qu'il savait faire de mieux : travailler.

Pourtant, ce jour-là, il avait passé quelques bons moments pendant cette garden-party frivole. Grâce à Lady Alexandra.

Sa voix douce, son sourire, le contact furtif et délicat de

sa main, tout cela faisait disparaître le reste à l'arrière-plan. Malcolm aurait voulu pouvoir passer la journée caché derrière ce dais de fleurs parfumées avec elle et lui parler, essayer de la faire rire. Il ne s'était pas senti aussi bien avec une femme depuis… depuis Mairie. Non, pas même à l'époque. Mairie avait été une charmante opportunité. Alexandra, elle, était tout *sauf* une opportunité.

Malcolm se secoua, dans l'espoir d'étouffer le souvenir de Mairie. Elle revenait si rarement hanter ses pensées, à présent, contrairement à autrefois quand il était encore jeune et inconscient. Mairie était la fille d'un commerçant local, fascinante avec ses sourcils bruns volontaires et son rire charmeur. Tous deux avaient passé du temps à se promener dans la lande, en dehors de la ville, en se chuchotant des secrets et en riant. En rêvant du jour où ils pourraient enfin s'élever dans le monde.

Malcolm lui avait demandé de l'accompagner à Glasgow, mais elle avait refusé. Elle avait prétendu qu'elle ne voulait pas faire de mal à son père. Ce jour-là, elle l'avait quitté, en colère, juste avant l'arrivée inattendue d'Alexandra. Et elle avait eu raison, bien sûr. Il n'aurait jamais pu lui offrir la vie de confort dont elle rêvait, à l'époque, et il ne se serait pas hissé si haut s'il avait dû s'occuper d'une épouse, d'une famille. Hélas, cette certitude n'avait pas apaisé sa colère ou sa douleur. Elle n'avait pas suffi.

Lady Alexandra ne ressemblait pas à Mairie. Elle était fine, timide et délicate quand sa passion de jeunesse avait été pleine de joie et d'énergie, pétillante de vie mais dure, au fond du cœur. Et, en dépit de la fortune que Malcolm avait accumulée, Alexandra restait encore plus hors de sa portée que Mairie ne l'avait jamais été. Cependant, quand elle abandonnait un peu de sa pudeur, quand elle lui souriait, cette même étincelle de vie brillait en elle.

Malcolm s'était senti attiré par cela, comme s'il était relié à elle par un fragile fil d'argent invisible. Il voulait découvrir tout ce qu'il y avait à savoir sur elle.

Hélas, c'était absolument impossible. Malcolm l'avait compris quand il avait appris que sa fée d'hiver était la fille du duc de Waverton. *Lady* Alexandra.

Il frappa le rebord de la fenêtre d'un poing rageur. Pourquoi fallait-il que ce soit Waverton ? La *brute* qui avait détruit la vie de son père en le chassant de ses terres, qui les avait condamnés à la misère et qui avait jeté Malcolm sans protection dans les griffes du monde. Comment un homme si cruel avait-il pu concevoir une fille comme elle ?

Malcolm referma la fenêtre d'un coup sec et s'assit à son bureau pour étudier de nouveau les plans du nouveau magasin de Paris – sa consécration. Mais le travail, qui occupait en général toute sa vie, ne put le distraire, cette fois. Tout ce que son esprit lui donnait à voir, c'était le sourire de Lady Alexandra. Ses yeux bleu bruyère. Il avait tellement envie de l'embrasser que son désir devenait une douleur poignante. Et pourtant, c'était la seule chose qu'il ne pourrait jamais espérer faire. La seule chose que toute son ambition ne pouvait pas lui payer.

5

Pensionnat pour jeunes filles de Miss Grantley – Un an plus tard

— *Je serai, tu seras, il sera, nous serons...*

Les filles assises en demi-cercle autour du bureau d'Alex répétèrent docilement les verbes français après elle, leurs regards pétillant d'envie d'apprendre. Alex sentait toujours son cœur se gonfler de fierté quand elle les voyait là, ressemblant tellement à Diana, Emily et elle pendant leurs études. Les élèves portaient toujours le même uniforme – des chemisiers blancs, des jupes bleues et des rubans rouges dans leurs cheveux – et elles avaient toujours autant envie de progresser, de savoir le plus de choses possible. Pour être prêtes à partir briller dans le monde.

Sans la moindre conscience de ce que ce monde leur réservait vraiment.

Parfois, Alex aurait aimé les garder ici, dans sa salle de classe, pour toujours. Elle aurait voulu les protéger, mais c'était impossible. À la fin de l'année, toutes ces jeunes filles sortiraient diplômées du pensionnat. Quelques-unes iraient dans une école de perfectionnement, sur le continent ou au Lady Margaret Hall d'Oxford, mais la plupart feraient leurs débuts dans le monde, comme Alex avant elles. Tout ce qu'elle pouvait faire pour les aider, c'était les préparer à ce qu'elles allaient découvrir.

Pourvu qu'elles ne connaissent pas le même destin qu'elle, songea-t-elle. Sa famille avait été victime d'un immense scandale quand la banqueroute de son père et son implication dans la tentative de vol de l'Étoile d'Orient avaient été rendues publiques à Paris – pendant l'Exposition universelle et en présence du prince de Galles lui-même. Le duc de Waverton, complice de bandits ! Et ruiné !

Mais Alex s'en était tout de même sortie, au final. Mieux encore, elle était heureuse. Elle adorait son nouveau travail d'enseignante au pensionnat de Miss Grantley. Tout comme lorsqu'elle donnait des cours dans son école caritative, à Londres, elle appréciait de pouvoir aider des jeunes femmes. Elle aimait les écouter et essayer de leur insuffler une confiance en elles qu'elle n'avait jamais eue à leur âge.

Elle aimait être simplement Miss Mannerly, professeure de français et de littérature. Ici, elle pouvait se cacher d'une manière qui aurait été inaccessible à Lady Alexandra, fille de duc. Fille de duc *en disgrâce*.

— Très bien, dit-elle aux filles. À présent, vous souvenez-vous du verbe « avoir » ?

Tandis qu'elles récitaient, Alex leur distribua une pile de livres neufs.

— Qu'est-ce que c'est, Miss Mannerly ? demanda l'une des filles.

— C'est un nouveau roman français. Je pense que vous êtes toutes prêtes pour une lecture plus exigeante, répondit Alex. Nous pourrons le traduire ensemble.

— Un *roman* ? murmura une autre fille.

Alex éclata de rire.

— Oui, mais pas aussi scandaleux que les autres romans

français que vous avez pu lire. Jetons-y un coup d'œil et voyons ce que l'on peut en tirer.

Le reste du cours fut consacré à la lecture du premier chapitre et les filles le traduisirent sans peine. Elles s'en sortaient tellement bien qu'Alex se laissa aller à rêver de sa dernière visite à Paris, pour l'Exposition. La tour Eiffel, toute neuve, s'élevait avec majesté dans le ciel, à deux pas de la Seine. Les bateaux flottaient sur le fleuve et le soleil transformait les vagues en une mer de diamants scintillants. La musique, les couleurs des œuvres exposées, les bals dans les jardins au clair de lune, le champagne et le foie gras lui revenaient soudain en mémoire.

Cet aperçu inattendu de Malcolm Gordston dans son luxueux nouveau magasin et ces yeux bleu glacier qui semblaient se rire d'elle. Le contact de sa main...

— Miss Mannerly, qu'est-ce que ce passage veut dire ? demanda soudain l'une des élèves, la tirant de ses souvenirs de la Ville Lumière et de l'homme merveilleux qu'elle ne reverrait sans doute jamais.

Presque à regret, Alex retrouva la routine de sa journée de cours. Elle aurait pu rire d'elle-même. Il était bien trop tard pour se permettre de rêver sa vie.

Une fois que la leçon fut terminée, les filles se déversèrent dans les couloirs en chuchotant et en gloussant. Alex, elle, rangea la salle. Elle remit les sièges en place, effaça le tableau noir, arrosa les plantes, se laissant bercer par ces tâches devenues familières. Elle *aimait* travailler chez Miss Grantley, songea-t-elle en reposant quelques livres sur les étagères. Ces couloirs et ces salles de classe avaient été son sanctuaire quand elle était arrivée là en écolière timide, et ils continuaient à l'être maintenant. C'était un havre paisible d'apprentissage qui sentait le papier, la craie et le parfum des filles ; un endroit où Alex pouvait se reconstruire, maintenant que son monde avait été bouleversé.

Elle enfila un cardigan gris sur son propre uniforme, constitué d'un chemisier, et d'une jupe bleue elle aussi. Elle glissa ensuite quelques livres sous son bras pour les monter à sa chambre. Sa journée de cours était terminée et ce n'était pas à son tour de surveiller les élèves au réfectoire. Elle allait donc pouvoir s'offrir une tranquille soirée de lecture au coin de sa cheminée, avec une tasse de thé et des sandwichs. Elle allait aussi pouvoir répondre à la dernière lettre que lui avait envoyée Diana depuis Vienne, où elle vivait à l'ambassade avec William. D'ailleurs, Alex avait hâte de lui écrire.

Au moment où elle éteignait les lampes, quelques coups résonnèrent à la porte et Miss Grantley en personne entra. Elle avait sans doute l'âge de la mère d'Alex, mais était plus grande et plus fine. Ses cheveux auburn étaient rassemblés en chignon haut et ses yeux noirs brillaient sous ses lunettes à monture métallique. Chacun de ses pas trahissait une énergie inépuisable.

Elle sourit et lança :

— Alexandra, ma chère, est-ce que vous auriez quelques minutes à m'accorder ?

— Oui, bien sûr, Miss Grantley. J'ai fini mes cours pour aujourd'hui.

L'espace d'un instant, Alex sentit sa nervosité monter. Avait-elle fait quelque chose de mal ? Est-ce que ses élèves ne faisaient pas assez de progrès ? Heureusement, le sourire attentionné de Miss Grantley la rassura bien vite.

— Est-ce que quelque chose ne va pas ? demanda tout de même Alex.

— Non, bien au contraire.

Miss Grantley l'invita à s'asseoir avec elle près de la

fenêtre. Sa jupe de laine bordeaux retomba gracieusement autour d'elle.

— J'espère que vous appréciez votre nouvelle vie à l'école...

— Oui, beaucoup, répondit Alex. Je ne m'étais jamais rendu compte de la gratification que l'on peut tirer de l'enseignement ! Voir les filles apprendre est si merveilleux.

Le sourire de la directrice s'élargit.

— C'est toujours ce que j'ai pensé aussi. Et toutes nos élèves aiment beaucoup leur Miss Mannerly ! Vous avez fait des miracles avec elles, surtout les plus timides.

Alex savait d'où venait son succès : étant très réservée elle-même, elle comprenait la peur qu'on pouvait ressentir, noyée dans une foule d'autres jeunes filles.

— Elles sont toutes adorables.

À part les quelques-unes qui essayaient de s'imposer auprès des autres, mais Alex avait vite appris à les dompter.

— Et votre famille ne vous manque pas trop ? Vos parents ?

Alex se mordit la lèvre. Difficile de regretter une vie qui, de toute manière, n'existait plus. La maison de Londres avait été vendue, celle de la campagne, fermée. Et son frère Charles, qui avait fait le désespoir de ses parents pendant des années avant même la crise, s'était enfermé dans leur vieux pavillon de chasse écossais, en dépit de son mauvais état. Ses parents, eux, vivaient à présent à Florence. Dans les lettres tristes que sa mère écrivait parfois, elle lui parlait de leur petit appartement, de leur unique domestique et du peu d'invitations qu'on leur envoyait. Si Alex appréciait sa nouvelle vie, sa pauvre mère, elle, était très malheureuse et cela faisait atrocement culpabiliser Alex de son propre bonheur.

— Oui, ils me manquent, admit-elle. Mais j'aime travailler ici. Je vous suis si reconnaissante de m'avoir offert un poste dans votre école.

— Au contraire, c'est *moi* qui dois vous remercier, ma chère. Vous avez un don pour l'enseignement et vous avoir dans mon équipe a été une grande joie pour moi. C'est pourquoi je suis navrée de devoir vous demander une autre faveur...

Une faveur ?

— Si je peux vous aider, je ferai tout mon possible.

Miss Grantley tira une lettre de sa poche. Elle avait l'air importante, écrite sur un papier coûteux et scellée à la cire rouge.

— J'ai reçu une demande d'une ancienne élève, Lady Bullard. Vous ne la connaissez sans doute pas, mais elle a été l'une de mes étudiantes les plus brillantes. Elle est à présent mariée à un membre de l'ambassade de Paris et a deux petites filles. C'est l'une des plus importantes donatrices de cette école. Elle m'écrit pour me demander si je peux lui conseiller une bonne gouvernante capable de travailler pendant quelques mois en France. Quelqu'un qui pourrait préparer ses filles à entrer au pensionnat l'an prochain.

Paris ? Alex se souvint de sa rêverie de la journée, des façades blanches des immeubles, du ciel rosé et des grands parcs arborés de la capitale française.

— Et vous pensez que je pourrais accomplir ce travail ?

Miss Grantley sourit de nouveau.

— Bien sûr ! Vous connaissez Paris et votre français est excellent. De plus, votre famille vous a préparée au monde de la diplomatie. Vous seriez parfaite.

Bien que ce projet parût très excitant, Alex hésitait encore. Après tout, elle n'enseignait pas depuis très longtemps.

— Je n'ai jamais été gouvernante, hasarda-t-elle.

— D'après ce que j'ai entendu, les filles de Lady Bullard sont très intelligentes et très sages.

Miss Grantley lui prit les mains avec douceur et les tapota d'un air rassurant.

— Je sais que vous craignez de paraître de nouveau devant le monde, ma chère. Mais je pense qu'il est temps pour vous de tracer votre propre chemin. Prenez cela comme un modeste premier pas.

— Si cela pouvait réellement vous aider...

— Oh oui. Et cela vous aiderait aussi, j'en suis sûre.

La directrice lui tendit la lettre et se leva.

— Réfléchissez-y, d'accord, Alexandra ? Rien ne presse.

Alex acquiesça. Une fois que ses livres furent rassemblés, elle monta dans sa chambre, au dernier étage. Elle fit chauffer la bouilloire pour son thé et se campa devant sa fenêtre en attendant qu'elle siffle. Le soleil commençait à descendre sur l'horizon et parait les gazons de reflets émeraude. Mais Alex ne vit ni les courts de tennis, ni les filles qui remontaient vers les bâtiments dans leurs robes blanches. Elle voyait la cité de Paris, telle qu'elle l'avait découverte lors de sa dernière visite.

Tout y avait été si beau, à l'époque, si fascinant ! C'était un monde nouveau de lumières électriques, de promenades à bicyclette en bord de Seine, de dîners avec le prince et la princesse de Galles, d'art moderne surprenant, de belles robes...

Sans compter toutes les merveilles du grand magasin Gordston : les étages de marbre et d'or envahis par un murmure étouffé. Là, elle avait pu apercevoir Malcolm Gordston en personne, le Viking de ses rêves.

Ce souvenir suffit à lui échauffer les joues. Il était si beau ; et elle ne s'était pas montrée aussi polie qu'elle l'aurait dû. La vérité, c'était qu'elle n'arrivait plus à contrôler ses émotions, quand elle le regardait !

Et si... Et s'*il* était toujours à Paris ? Et si elle le croisait, là-bas, dans un parc ou même dans la rue ? Alex ferma les yeux et laissa son imagination l'emporter aux côtés de Malcolm, sur les pavés parisiens. Son mouchoir lui échapperait dans le vent, un homme le ramasserait et le lui tendrait en souriant. Ce serait Malcolm, avec ses yeux bleus pétillants et son rire si chaleureux. Sa main effleurerait la sienne...

Alex rouvrit les yeux brutalement. Le pire était qu'elle ne savait plus si elle avait peur de le revoir, ou bien si elle le désirait de tout son cœur.

6

Paris

Malcolm contempla les vitrines nouvellement décorées du magasin, étudiant chaque détail d'un regard averti. La collection de robes, de chapeaux et de foulards englobait toute la variété des nouvelles tenues de sport – pour le tennis, la bicyclette et même le pilotage d'automobiles. On avait installé les toilettes blanches, vertes, bleues et marron autour d'une bicyclette, de matériel d'archerie et de clubs de golf. C'était tout ce que pouvaient désirer les jeunes femmes modernes, assoiffées d'action et de mouvement.

Même depuis la clôture de l'Exposition, le magasin parisien restait actif comme jamais. Des foules ininterrompues défilaient par ses portes à tambour, mélange de valets chargés de paquets et de femmes en fourrures et chapeaux larges. Le bâtiment entier brillait dans la lumière pastel : immaculé, luxueux. Parfait. Et c'était lui qui avait bâti cet empire.

En général, la vue de ses magasins emplissait Malcolm d'une paisible fierté et d'un désir toujours inassouvi d'en faire plus, de créer plus, d'*être* plus. Mais ce jour-là, il se sentait étrangement... vide.

Il se tourna vers la vitrine suivante qui présentait une

sélection de nouvelles robes de soirée : mousseline légère, soie délicate aux imprimés fleuris, dentelles et volants éthérés. Un nouveau regard vers la vitrine des sports et la vue des tenues de bicyclette en tweed lui rappela le dernier passage de Lady Alexandra à Paris. Son unique passage, en fait.

Il n'avait plus revu sa fée d'hiver depuis ce jour-là, plus d'un an plus tôt, mais il n'arrivait pas à bannir son image de son esprit. Au contraire, elle revenait le hanter trop souvent. Elle apparaissait devant ses yeux, flottant sur un nuage magique, dès qu'il se penchait sur ses livres de comptes, quand il inspectait les comptoirs ou parlait à ses fournisseurs. Ses lèvres rosées se fendaient d'un sourire timide, ses immenses yeux couleur bruyère le dévisageaient et son doux rire résonnait à ses oreilles. En fait, ces souvenirs revenaient toujours obséder Malcolm aux moments les moins opportuns.

Comme maintenant.

C'était absurde. Ils ne s'étaient croisés que quelques fois, et pourtant il pensait plus souvent à elle qu'à toutes ses conquêtes. Des actrices, des femmes mariées qui s'ennuyaient, toutes belles, sophistiquées, intelligentes – aucune ne le hantait comme Lady Alexandra.

Malcolm tenta de se concentrer sur un assortiment de chapeaux mais ne voyait pas les nœuds rayés, les bouquets de plumes d'aigrette ou les fleurs de velours. Il ne voyait qu'elle, le dévisageant sous le rebord de son chapeau bleu démodé.

Il avait entendu dire que le duc de Waverton, disgracié, était parti en exil. Après avoir passé des années à nourrir sa rancœur contre l'homme qui avait détruit sa famille et la vie de tant d'autres braves gens, Malcolm n'avait finalement pas eu besoin de lever le petit doigt pour se venger.

Waverton avait provoqué sa propre ruine, et c'était tant mieux. Depuis, Malcolm songeait souvent à enterrer une bonne fois pour toutes le passé, mais il n'en était toujours pas capable. Il ne savait toujours pas étouffer sa colère.

Au milieu de ce scandale public, il n'avait pas su ce qu'il était advenu de Lady Alexandra. Était-elle partie en Italie avec ses parents ? Vivait-elle chichement dans un appartement loué ? Était-elle triste, en colère, humiliée ? Malcolm avait horreur de l'imaginer noyée dans une telle existence.

Si seulement elle était venue lui demander de l'aide...

Non, c'était une idée absurde. Ils se connaissaient à peine. Pourquoi est-ce qu'une fille de duc, même en disgrâce, viendrait demander le soutien d'un marchand ? Pourtant, depuis leurs retrouvailles à Hyde Park, quand il s'était ridiculisé devant elle, il avait ressenti un profond besoin de la protéger. Peut-être à cause de sa vulnérabilité, ou du souvenir de Mairie pour laquelle il n'avait rien pu faire autrefois. Quoi qu'il en fût, quelque chose d'Alexandra s'attardait toujours autour de lui, comme les effluves d'un parfum.

Malcolm entendit soudain un cri dans son dos, suivi par une volée d'insultes en français. Faisant volte-face, il aperçut une femme et son enfant sur le trottoir d'en face. Elle s'agrippait à son fils tandis qu'un gendarme la houspillait. Quel spectacle atroce : cette femme si maigre, encore presque une jeune fille, vêtue d'une robe fanée et d'une veste rapiécée, serrant dans ses bras un enfant en larmes face à l'immense policier avec son gros visage rouge et ses rouflaquettes hérissées. S'il y avait bien une chose que Malcolm ne pouvait pas supporter, c'était la vue d'une brute.

Il traversa la rue en évitant de peu quelques voitures élégantes.

— Quel est le problème ? demanda-t-il en français.

Le gendarme se retourna vivement, manifestement

prêt à lui crier de circuler. Mais la vue du beau manteau de Malcolm, de son chapeau de soie et de sa montre en or, sans compter sa haute carrure bien plus impressionnante que la sienne, le fit vite changer d'avis.

— Mendier dans les rues est interdit par la loi, monsieur, expliqua l'homme de loi avec un bref salut. Je disais simplement à cette *créature* de partir.

— Je ne mendiais pas ! protesta la pauvre fille. Je cherchais juste du travail.

— Ici ? s'étrangla le gendarme. Personne ici n'engagerait une femme comme vous. Allez donc à Pigalle !

— Je ne serais pas aussi sévère, à votre place. Votre travail n'est-il pas de protéger le peuple ? intervint Malcolm avant de sourire à la fille qui serrait encore plus son enfant contre elle. Quel genre de travail cherchez-vous, mademoiselle ?

— Je suis couturière, répondit la jeune femme d'un air hésitant. J'ai fait de la broderie chez Paquin avant d'avoir mon bébé : des travaux spécialisés. Mais je suis aussi capable de coudre des ouvrages simples, de faire des retouches et des ourlets. Je pensais qu'un des magasins pourrait…

— Quelle fable charmante ! rugit le gendarme. Partez tout de suite, avant que je ne change d'avis ! Quant à vous, monsieur, toute cette affaire ne vous concerne vraiment pas.

— Au contraire. Je suis le propriétaire de ce grand magasin, de l'autre côté de la rue, et nous cherchons toujours de bonnes couturières. Si vous voulez bien venir avec moi, mademoiselle…

— Monsieur ! Je proteste ! s'étrangla à nouveau le gendarme.

Mais Malcolm l'ignora et prit avec douceur le bras de la jeune femme pour l'entraîner sur le trottoir d'en face. Elle était plus maigre encore qu'il ne l'avait cru, sous sa veste élimée.

Le gros policier lança une dernière menace dans leur dos :

— Si on vous cambriole, ne venez pas vous plaindre !

La fille dévisageait Malcolm d'un air soupçonneux tandis qu'ils passaient la porte à tambour dorée et pénétraient dans l'entrée. Mais elle ne s'enfuit pas et le bébé arrêta de pleurer, sans doute intrigué par le calme luxueux qui régnait à l'intérieur et le parfum de violette qui flottait dans l'air.

— Vous êtes vraiment le propriétaire de tout cela ? murmura la fille.

— Oui.

— Alors, pourquoi voudriez-vous engager quelqu'un comme moi ?

Malcolm revit soudain son ancienne maison écossaise, avec son sol en terre battue, son atmosphère lourde de fumée de tourbe et de chou bouilli. À l'époque, il avait bien connu le désespoir de ceux qui n'ont nulle part où aller…

— Nous avons toujours besoin de couturières, répéta-t-il. Nos ateliers ne chôment jamais. Et si vous connaissez vraiment la broderie, vous me seriez très utile. J'aimerais lancer une première collection originale, bientôt, au lieu de me contenter de copier le travail des autres.

Il fit traverser à la jeune femme les dalles de marbre blanc et noir pour l'entraîner vers les ascenseurs, ignorant les regards discrets de ses vendeurs vêtus de noir, alignés derrière les comptoirs. Tous les employés de Malcolm avaient l'habitude de ses « miséreux ». Certains avaient même été à la place de la fille, autrefois.

— Comment savez-vous que je suis vraiment douée ? demanda-t-elle en le suivant dans son ascenseur privé.

L'opératrice referma les portes dans leur dos.

— Je ne le sais pas, bien sûr. C'est pourquoi je vous emmène voir ma secrétaire. Elle vous conduira dans nos ateliers et vous pourrez démontrer vos talents.

Une étincelle d'espoir encore prudente s'alluma dans les yeux de la fille.

— Mais... Mais j'ai mon bébé, s'inquiéta-t-elle en montrant à Malcolm l'enfant qui s'était endormi sur son épaule.

— Nous pourrons aussi veiller sur lui. Où avez-vous appris la broderie ? Je suis navré, je ne connais pas votre nom. Pour ma part, je suis M. Gordston.

— Je m'appelle Élise. Et j'ai été éduquée à l'école de Mlle Gardinier quand j'étais plus jeune. Ma mère était blanchisseuse et, à sa mort, Mlle Gardinier m'a prise sous son aile.

— Je vois.

Comme nombre de commerçants, Malcolm connaissait très bien cette école, dont une branche avait récemment été ouverte à Londres, sous la férule de Mme Poole. Elle était réputée pour former d'excellentes couturières, gouvernantes et nourrices ; les élèves venaient toutes de familles démunies. Parfois, Malcolm lui-même engageait d'anciennes pensionnaires pour ses deux magasins.

— J'ai entendu parler de Mlle Gardinier, reprit-il.

— C'est un ange de bonté !

Pour la première fois, un sourire vint illuminer le visage d'Élise.

La porte de l'ascenseur s'ouvrit sur l'étage des bureaux aux murs recouverts de lambris sombres, comme à Londres, et aux sols cachés par d'épais tapis qui étouffaient les pas. Au même moment, Miss Mersey émergea de la salle des dactylographes, une pile de documents dans les bras.

— Monsieur Gordston ?

— Mlle Élise, que voici, est brodeuse, Miss Mersey, l'informa Malcolm. Pouvez-vous la conduire aux ateliers pour un entretien ?

— Bien sûr. Oh ! ma pauvre petite ! Venez avec moi et

laissez-moi vous offrir une tasse de thé, s'apitoya la secrétaire en posant ses documents.

Tout en souriant, elle prit l'enfant des bras d'Élise et les entraîna dans un couloir. Remis entre ses mains efficaces, la jeune femme et son fils se verraient rapidement offrir un repas chaud et un bain. Mais avant, Élise passerait son entretien. Après tout, Miss Mersey s'était depuis longtemps faite aux habitudes de Malcolm.

— N'oubliez pas, monsieur Gordston, lança-t-elle par-dessus son épaule, Miss Emily Fortescue a rendez-vous avec vous dans une demi-heure !

— Bien sûr, répondit Malcolm sans admettre qu'il avait en effet oublié.

Miss Fortescue était la fille de l'un de ses principaux concurrents, mais ils pensaient entamer une sorte de partenariat, à présent, et elle avait demandé un entretien pour en parler avec lui.

Soudain, Malcolm se souvint que Miss Fortescue connaissait Lady Alexandra. Elles étaient ensemble, la dernière fois qu'il avait vu sa fée d'hiver, alors que les deux jeunes filles cherchaient des tenues de bicyclette dans ses rayons. Peut-être... Peut-être qu'elle aurait des nouvelles d'Alexandra ?

Malcolm entra dans son bureau et s'assit à sa table, regardant vaguement la montagne de papiers qui l'attendait. Mais il était incapable de se concentrer sur son travail comme il le faisait d'habitude, d'oublier le monde devant sa porte. Au contraire, il se souvenait de Mairie, de sa passion de jeunesse pour elle et de la manière dont elle avait disparu, du jour au lendemain. Puis il songea à Alexandra et à son doux sourire. Il aurait tant voulu se perdre dans sa bonté pour toujours.

Miss Mersey frappa soudain à la porte et entra dans

la pièce en portant une nouvelle pile de dossiers. Elle les déposa sur la table et croisa les bras sur son chemisier écru amidonné.

— Mlle Élise est en train de s'installer, déclara-t-elle. Il semblerait qu'elle n'ait pas menti sur ses talents de brodeuse : elle est très douée. Quand je l'ai laissée, elle était en train de faire une démonstration d'un très beau point sur satin.

— De quoi parlez-v... ?

Malcolm était tellement noyé dans ses pensées, bien loin de ses affaires et de son magasin... Il n'arrivait même plus à comprendre ce qu'on lui racontait.

— Oh oui, c'est très bien, reprit-il finalement.

Miss Mersey le gratifia d'un petit signe de tête qu'il espérait affectueux.

— Vous et vos manies, monsieur Gordston ! Vous ne pouvez pas triompher de tous les dangers ou sauver toutes les créatures en détresse du monde !

Malcolm revoyait très clairement les visages avec lesquels il avait grandi, des enfants sales et affamés accompagnés de parents trop épuisés par leur travail pour trouver encore l'énergie de s'occuper d'eux, le soir. Il sourit faiblement.

— Non, sans doute pas. Mais nous pouvons en revanche aider certaines de ces créatures en chemin.

Miss Mersey tapota les papiers entassés sur le bureau – le courrier de l'après-midi.

— Vous devriez répondre à ces invitations. Elles pourraient nous apporter une nouvelle clientèle. Comme les invitées du salon de la comtesse de Brissac. C'est l'une des femmes les plus à la mode de Paris.

Malcolm jeta un rapide coup d'œil aux cartons imprimés sur d'épais papiers de luxe et scellés de fleurs et de couronnes. Participer à ces soirées était bon pour ses affaires, bien sûr : il fallait que l'on voie toutes ces femmes dans les rayons de son magasin. Mais il avait horreur de ce genre de fêtes mondaines.

— Je ne suis pas fait pour ces choses-là, Miss Mersey.

— Vous pouvez apprendre. Vous savez très bien vous montrer charmant, quand vous le *voulez*, soupira la secrétaire. Ce qu'il vous faudrait, c'est une épouse. Quelqu'un qui aurait l'habitude de la haute société et de bonnes relations. Quelqu'un qui pourrait tenir votre maison et vous aider à recevoir, à mener une vie sociale convenable. Quelqu'un capable de *vous* organiser.

— Je vous ai déjà pour ça !

Miss Mersey secoua la tête.

— Je suis là pour vous aider dans votre travail. Mes compétences se limitent à ce bureau. Vous avez besoin d'une hôtesse. Et d'une compagne pour vous aider dans votre vie.

Malcolm rejeta son stylo et se cala au fond de son fauteuil. Miss Mersey lui avait déjà fait remarquer plusieurs fois qu'il avait besoin d'un foyer bien tenu, et il n'était pas tout à fait contre l'idée. La pensée d'une *vraie* maison, chaleureuse, lumineuse, bien meublée, remplie de monde, de voix et de musique pour remplacer ses appartements de location était tentante. Quand il était petit, il avait trop souvent fui leur masure laissée froide et vide par la mort de sa mère. À l'époque, il allait régulièrement jeter des coups d'œil par les fenêtres des gens pour les voir souper en famille et rire au coin du feu. Oui, ce serait bon de connaître cela de nouveau.

Mais, d'un autre côté, comment pouvait-il avoir une famille à lui ? Ces brèves images si séduisantes s'étaient toujours évanouies bien trop tôt et il n'avait ensuite pu que rentrer dans sa ferme froide, où l'attendaient des restes de nourriture, un lit solitaire et de longues heures de travail. Qu'avait-il à offrir à une vraie lady pour la rendre heureuse ?

À présent, beaucoup de femmes auraient été prêtes à

l'épouser pour sa fortune, pour l'infinité de robes ou de chapeaux offerte par ses magasins. Mais combien auraient répondu aux critères de Miss Mersey ? Combien auraient pu lui apporter une vie sociale active, joyeuse, une maison élégante et confortable ? *Combien* auraient pu supporter ses manières brutes d'Écossais ? Il lui fallait une épouse qui n'attende pas trop de choses de lui, qui n'espérerait pas connaître l'amour que ses parents avaient connu. Et qui avait fini par les détruire tous les deux.

Une telle femme n'existait probablement pas. En tout cas, il ne la trouverait pas dans les salons huppés de la haute société.

Soudain, Malcolm revit passer devant ses yeux Lady Alexandra, sa fée d'hiver dans la robe de soie bleu pâle qu'elle avait portée chez les Cannon. Il se souvint de son doux sourire et de sa main sur son bras. Oui, cette femme aurait sans doute pu le combler – mais elle était hors d'atteinte pour lui.

Aussi loin qu'il s'en souvienne, Malcolm avait voulu contrôler sa destinée pour ne jamais sombrer dans les mêmes faiblesses que son père, pour ne pas laisser ses émotions le briser. Un jour, peut-être, il ferait un mariage de convenance ; mais jamais il ne mettrait son cœur en première ligne. S'il épousait une femme, ce serait pour continuer sa vie avec ce même contrôle absolu sur lui-même.

— Je vous promets de prendre vos avis en compte, Miss Mersey, conclut-il.

Sa secrétaire secoua de nouveau la tête d'un air désemparé.

— Vous devriez, oui. Tant que vous êtes jeune.

Au même instant, le téléphone de la maison, qui était manipulé par des opérateurs dans une salle du sous-sol et qui connectait tous les départements entre eux, se mit à sonner.

— Miss Fortescue est arrivée pour son rendez-vous, déclara Miss Mersey après avoir raccroché.

— Je vous remercie.

Malcolm attrapa sur la pile le dossier de son projet de partenariat avec les Fortescue.

— Pourriez-vous nous faire monter du café ?

— Bien sûr, répondit sa secrétaire avant de reprendre, hésitante : Miss Fortescue serait un bon parti, vous savez...

— Non, Miss Mersey, coupa Malcolm.

Emily et lui se ressemblaient trop pour s'entendre plus d'une heure d'affilée. Ils étaient tous les deux consumés par leur travail.

— Miss Fortescue a assez à faire avec ses problèmes sans s'occuper des miens en plus.

Miss Mersey pinça les lèvres et tourna les talons. Quelques minutes plus tard, Emily apparut à la porte. Elle sourit et tendit la main à Malcolm. Les efforts de Miss Mersey pour les pousser dans les bras l'un de l'autre étaient compréhensibles : Miss Fortescue était une belle femme, grande et mince, avec des yeux ambrés qui pétillaient et de beaux cheveux châtain foncé rassemblés en un chignon élaboré sous son grand chapeau. Ce jour-là, elle portait un ensemble de velours vert bordé de fourrure – à la dernière mode. Mais elle était aussi un véritable tourbillon d'énergie et d'efficacité. Bien trop semblable à lui, en effet.

Néanmoins, Malcolm l'avait vue *avec* Lady Alexandra. Étaient-elles proches ? Depuis quand se connaissaient-elles ?

— Monsieur Gordston, permettez-moi de vous féliciter pour la magnificence de votre nouveau magasin ! lança Miss Fortescue en s'asseyant en face de lui, avant d'ôter ses gants de peau verts. Il est encore plus splendide que lors de ma première visite, pendant l'Exposition. Vos vitrines sont stupéfiantes !

Malcolm sourit, un peu gêné. Il se trouvait rarement dans cette situation embarrassante : ne pas savoir comment dire ce qui lui tenait vraiment à cœur. Il aurait voulu interroger la jeune femme sur ses liens avec Lady Alexandra, lui demander ce que faisait sa fée d'hiver, en ce moment, et où il pourrait la trouver. Mais il n'avait pas l'habitude d'effrayer les femmes par trop d'insistance.

— Je suis heureux que vous approuviez.

— Bien sûr que j'approuve. Et, pour être honnête, je vous envie un peu. On dit que vous avez prévu une grande soirée d'inauguration, bientôt ?

— Tout à fait. J'espère que vous viendrez. Ainsi que votre père, s'il est à Paris.

Leur avait-on envoyé une invitation ? Sans doute, mais il n'en savait rien. C'était encore un de ces devoirs de bonne épouse dont Miss Mersey parlait...

— Je ne manquerais un tel événement pour rien au monde. M'en voudriez-vous d'amener quelques amis ?

Malcolm sentit monter en lui une étrange excitation en songeant que ses « amis » pouvaient inclure Lady Alexandra ; et qu'elle pourrait voir son magasin sous son meilleur jour.

— Pas du tout. Plus on est de fous...

Miss Fortescue éclata de rire.

— Cela vous donnerait surtout l'occasion de montrer à plus de monde vos merveilleuses marchandises.

Miss Mersey les interrompit le temps d'apporter les boissons et Miss Fortescue la remercia avec un sourire.

— Vous avez l'intention d'ouvrir un café et un restaurant au dernier étage, n'est-ce pas ? Mon père est très intrigué par votre proposition de collaboration concernant cette installation.

— Je n'ai pas encore la moindre expérience en commerce de bouche, mais nombre de mes clientes souhaiteraient pouvoir prendre une collation quand elles viennent au magasin. Fortescue est réputé pour sa grande connaissance des meilleurs vins et de la bonne chère.

— C'est en effet l'une de nos spécialités. Votre proposition nous paraît très avantageuse. Avez-vous déjà une première projection financière à me montrer ? Ou un plan pour l'espace que vous mettriez à notre disposition ?

Après une heure de négociations autour du café, Emily sourit et glissa une liasse de documents dans sa serviette.

— Nous aurons bientôt une réponse à vous apporter, monsieur Gordston. En attendant, je crains de devoir vous quitter : je suis attendue pour le thé. Notre discussion a été très enrichissante, comme toujours.

Malcolm se leva en même temps qu'elle et lui serra la main. Il cherchait toujours une manière subtile et délicate d'aborder le sujet d'Alexandra.

— C'est un plaisir de faire affaire avec vous, Miss Fortescue. N'hésitez pas à donner à Miss Mersey le nom de vos amis, elle se chargera de les inviter à l'inauguration.

— C'est très gentil à vous ! Je suis sûre que Christopher Blakely se fera une joie de venir. Vous connaissez sa famille, bien sûr ? Son frère, Sir William, a été nommé consul à Vienne et son épouse a toujours besoin de nouvelles tenues à étrenner.

— Ah oui. Elle écrit des articles de mode pour un journal londonien, si je ne me trompe pas.

— Vous avez une bonne mémoire. C'est bien Lady Blakely, que vous avez croisée quand elle était encore Miss Diana Martin.

— Mon travail exige que je me souvienne de ce genre de choses.

— Et vous êtes très doué pour cela. Nous nous reverrons donc à votre fête, monsieur Gordston !

Quand Miss Fortescue l'eut quitté, Malcolm se trouva de nouveau incapable de se plonger dans ses dossiers. Il s'approcha de la fenêtre et étudia un instant la parade huppée des voitures, des cavaliers et des chapeaux ornés de cascades de fleurs qui inondait la rue. Paris était toujours sur son trente et un, sous le soleil ou sous la pluie, et cette perpétuelle procession colorée avait d'habitude le don de l'inspirer.

Soudain, une silhouette immobile sur le trottoir attira son attention. La personne était seule et contemplait les vitrines du magasin. Contrairement à la plupart des femmes élégantes qui passaient dans leurs dentelles et leurs plumes, elle portait un simple ensemble chocolat qui soulignait sa finesse et un canotier qui ornait sobrement son chignon. Mais ses cheveux avaient une rare teinte blonde presque argentée qui brillait dans la lumière de la façade.

Tous ses sens en alerte, Malcolm se redressa. Était-ce possible ? Il avait souvent cru la voir dans la rue, dans un parc, mais ça n'avait jamais été elle. Aucune autre femme n'arborait une chevelure aussi extraordinaire. Et Malcolm avait toujours ri de ses espoirs absurdes, de son empressement à retrouver une femme qu'il n'avait vue que quelques fois dans sa vie.

Mais, *cette* fois, il y avait quelque chose de différent chez la jeune femme, en bas. Quelque chose dans son maintien si droit, figé comme si elle était sur le point de s'enfuir en courant. Quelque chose dans l'inclinaison de sa tête... Malcolm ouvrit la fenêtre et se pencha pour mieux la regarder, priant pour qu'elle relève la tête. Était-ce réellement Lady Alexandra ?

Emily Fortescue émergea du magasin et lança un appel

joyeux avec un grand signe de la main. La femme en robe brune se précipita à sa rencontre et quand elles s'embrassèrent, elle rejeta un peu la tête en arrière. Cette fois, plus de doute : c'était elle ! Malcolm ne s'était pas fait d'illusions. Et elle était encore plus charmante que lors de leur dernière rencontre. Elle riait, ses joues rosissaient de joie.

Tout en discutant, les deux femmes s'éloignèrent. Malcolm dut rassembler toute sa volonté pour ne pas les appeler, ou descendre en courant l'escalier pour les poursuivre dans les rues.

— Monsieur Gordston ! s'écria la voix indignée de Miss Mersey. Que faites-vous avec la fenêtre ouverte ? Il y a beaucoup trop de vent, dehors !

Malcolm jeta un dernier coup d'œil à la rue mais Alexandra avait disparu. Il referma la fenêtre à contrecœur. Au moins, maintenant, il savait qu'elle était à Paris, qu'elle fréquentait toujours Miss Fortescue, et qu'il avait donc une chance de la retrouver.

— Ce n'est rien, Miss Mersey, dit-il avec un sourire forcé. Pourriez-vous demander à M. Albret de monter me voir quand il aura un moment ?

Miss Mersey parut surprise.

— Le chef de la sécurité ? Il y a un problème ?

— Non, j'ai simplement une mission à lui confier. Et nous allons devoir ajouter quelques noms à la liste des invités pour l'inauguration...

7

Alex contempla la façade du grand magasin Gordston, fascinée. Le bâtiment était encore plus beau que la dernière fois qu'elle y était venue, à la recherche de vêtements de bicyclette avec Diana et Emily. Les murs de pierre blanche étaient immaculés, ornés de statues classiques qui regardaient les passants de haut, depuis les angles du toit. Les fenêtres aux encadrements dorés scintillaient comme des diamants et protégeaient un étalage de marchandises précieuses.

À son précédent passage, quand Malcolm l'avait contemplée, elle avait rougi et fui – qu'elle le regrettait, maintenant ! Elle avait attrapé la main de Diana et s'était échappée comme un petit lapin effaré. Avait-il eu une mauvaise idée d'elle, depuis ? Pensait-il qu'elle n'était qu'une jeune femme hautaine ? Cette idée inquiéta Alex beaucoup plus qu'elle n'aurait dû ; alors que ce souvenir n'était qu'un vestige de son ancienne vie. Un vestige auquel elle songeait beaucoup trop souvent.

Parfois, la nuit, elle restait éveillée dans son lit étroit et des images revenaient la hanter. Elle revoyait Malcolm lors de leurs retrouvailles dans le parc, avec ses yeux bleus lumineux et son sourire charmeur. Elle le revoyait dans le jardin, marchant à ses côtés, enfermé avec elle dans leur bulle d'intimité. Sa main lui caressait le bras et lui donnait envie de s'envoler très haut, très loin, avec lui. D'autres souvenirs plus anciens, venus de son enfance, refaisaient aussi surface. À l'époque, son monde lui avait paru si solide, immuable, et Malcolm était le garçon le plus beau et le plus gentil qu'elle avait connu.

À présent, il était devenu un homme d'affaires fortuné, puissant, et elle n'était plus qu'une gouvernante. Ils étaient plus éloignés l'un de l'autre que jamais. Elle avait changé. Elle avait vu la superficialité de son ancienne vie, quand on l'obligeait à naviguer dans le grand monde. Pourquoi n'aurait-il pas changé, lui aussi ?

Soudain, Alex aperçut son reflet dans la vitrine lumineuse et grimaça. Si un homme comme M. Gordston avait pu autrefois lever sur elle des yeux admiratifs, il ne la remarquerait même plus, maintenant. Pas dans son ensemble simple et son canotier. Autour d'elle, les Parisiennes paradaient dans un flot de dentelle, coiffées de chapeaux immenses chargés de tulle.

Mieux valait qu'elle ne revoie jamais Malcolm. Pourtant, Alex se surprit à examiner les fenêtres avec une pointe d'espoir mêlée à de la peur. Était-il ici ? Tout ce qu'elle voyait, c'était un flot aveuglant de ce soleil toujours si rose, à Paris. C'était magique, comme si tout pouvait arriver dans cette ville.

— Alex ! Ma chérie, te voilà ! claironna soudain la voix d'Emily.

Alex s'arracha à sa contemplation pour voir son amie passer la porte à tambour du magasin et descendre en courant les marches de marbre. Comme à son habitude, Emily n'était qu'énergie, vêtue de velours vert forêt bordé de fourrure avec un chapeau vert et or perché sur sa masse de cheveux châtains. Alex se sentit soudain si petite et insignifiante à côté d'elle ; mais, comme lorsqu'elles étudiaient ensemble chez Miss Grantley, une vague de joie et de rires l'envahit dès qu'Emily l'embrassa. Il était impossible de ne pas être heureuse aux côtés de cette fille.

— Je t'ai fait attendre longtemps ? demanda Em.

Elle passa son bras sous celui d'Alex et l'entraîna dans la rue animée, au milieu des gens pressés qui passaient les portes des chapeliers, des parfumeries et des pâtisseries en portant des boîtes et des paquets.

— Allons boire un thé, je meurs de soif !

— Je ne suis arrivée qu'il y a quelques minutes, gloussa Alex, emportée par l'élan d'Em. Lady Bullard est très généreuse : elle m'accorde tout mon après-midi pendant qu'elle emmène ses filles au Louvre.

— Je n'arrive toujours pas à y croire… Alex, toi ? Une gouvernante ? C'est bien trop affreux ! Trop Jane Eyre…

Emily la fit entrer dans un petit salon de thé paisible, comme un joyau doré à l'écart de la rue, et elles furent bientôt installées sur une banquette de velours, dans un coin. En face d'elles, une élégante dame déjeunait, accompagnée de deux chiens en colliers de perles.

— Je ne me sens pas du tout comme Jane Eyre, protesta Alex. Pour commencer, je n'ai pas encore rencontré mon M. Rochester.

— Oh ! ma pauvre ! Tu devrais sortir avec moi, de temps en temps. Nous te trouverons quelqu'un qui puisse t'emporter dans ses bras jusqu'à Thornfield.

— Oh non ! Rappelle-toi comment *ça* a fini ! Des folles dans les greniers, des incendies, des pasteurs… J'ai déjà eu mon content de drames avec ma famille. Cela me suffit.

Une théière d'argent fut déposée devant elles, accompagnée d'un plateau de pâtisseries, et Alex grignota une tartelette aux framboises avec un soupir de contentement.

— Tu sais, je suis très heureuse comme ça, reprit-elle.

— En travaillant comme gouvernante ?

Emily but son thé d'un air sceptique.

— Oui. Les filles sont adorables et elles apprécient nos promenades éducatives, dans Paris. Et puis, je suis là, en France ! Sans mes parents pour me tenir enfermée dans une suite d'hôtel et m'empêcher d'explorer la ville. Pour être honnête, Em, c'est le paradis.

Enfin, peut-être pas le *paradis*... Sa vie était assez solitaire et elle n'avait personne avec qui partager les délices de la ville ou à qui confier ses inquiétudes, ses peurs, ses joies. Mais c'était déjà mieux qu'avant.

Alex songea soudain à Malcolm Gordston, là-haut, dans son palais commercial. Qui avait-il pour se confier, lui ? Que pensait-il de son quotidien à Paris ? Quel genre de personne était-il devenu ? Était-il froid et sévère, calculateur ?

— Je peux comprendre ta joie d'être libérée de la vie ducale, murmura Emily. Ce qui s'est passé pendant l'Exposition a été si éprouvant. Et Miss Grantley est une femme si bonne. Elle est toujours là pour aider ses anciennes élèves dans le besoin. Mais tu n'as tout de même pas l'intention de te contenter de cela pour toujours ?

— En fait, je ne sais pas vraiment ce que je voudrais faire, admit Alex. Je n'ai aucune idée de ce que je suis *capable* de faire, maintenant que je ne vis plus comme une fille de duc. Je ne suis pas douée pour les affaires, comme toi, ou pour écrire, comme Diana.

— Oh ! ma chérie...

Emily lui prit la main et la serra fort entre les siennes.

— Tu es *toi*. Tu es la femme la plus gentille et la plus douce que j'aie jamais connue. Je suis sûre que tu continues à travailler pour des œuvres de charité, même ici, sur le temps libre que te laisse ton travail de gouvernante.

— Oh oui ! s'écria Alex avec enthousiasme. J'ai trouvé une école qui fonctionne comme celle de Mme Poole, à Londres.

Elle est dirigée par une certaine Mlle Gardinier. Elle prend des filles condamnées à la rue ou issues de familles désespérément pauvres, et leur apprend la couture, la cuisine, le soin des enfants pour les aider à trouver du travail. Dès que j'ai un moment de libre, je vais y donner des cours de lecture et d'anglais.

Emily éclata de rire.

— Cela ne m'étonne pas de toi ! Parce que c'est ce que tu fais de mieux : aider les autres. Je suis sûre qu'en trouvant le bon époux tu pourrais avoir le temps et l'argent pour en faire encore plus. Peut-être même fonder ta propre école de charité.

— Et où pourrais-je bien trouver ce mystérieux et généreux époux ? Qui voudrait bien d'une fille de duc pauvre et en disgrâce ?

— Oh ! beaucoup plus d'hommes que tu ne le crois. Un titre reste un titre ; et tu es charmante. Tu serais un atout pour tout foyer digne de ce nom.

Em tapota du bout des doigts la nappe amidonnée, faisant scintiller sa bague d'émeraude et de topaze.

— Laisse-moi te faire une liste...

Alex éclata de rire.

— Non, Em. Pas encore une de tes listes !

— Alors, fais-moi au moins le plaisir de sortir avec moi un de ces jours. J'ai reçu une invitation pour la grande soirée d'inauguration du magasin Gordston et je compte bien t'en faire profiter. Tout le monde y sera ! Même Chris Blakely qui vient de rentrer de Vienne et qui aura sans doute des nouvelles de Di et Will. Viens avec nous !

Aller au magasin Gordston ? Où elle croiserait sans aucun doute Malcolm ? Alex se détourna en faisant de son mieux pour ne pas rougir. Ne pas s'abandonner à l'espoir.

— Je n'ai plus de robe décente pour une telle soirée. Toutes mes toilettes de bal sont dépassées depuis longtemps...

— Je suis sûre qu'elles t'iront encore très bien. Ou, si tu veux, je pourrai te prêter l'une des miennes ! On pourrait aussi aller t'acheter quelque chose de nouveau. Les styles de cette année sont ravissants : tu devrais voir les jupons. Promets-moi d'y penser, ma chérie. Ce serait si amusant.

— Je ne peux pas te laisser m'acheter une robe. Et les tiennes seraient beaucoup trop longues pour moi. Mais je vais y réfléchir, d'accord. Après tout, Lady Bullard insiste depuis longtemps pour que je prenne une soirée de congé.

— Et elle a bien raison. Tu ne peux pas passer toutes tes soirées avec deux gamines mal mouchées.

— Elles ne sont pas mal mouchées ! Je m'y emploie, gloussa Alex. Mais dis-moi plutôt ce que *tu* fais, ces temps-ci. Cela doit être bien plus original qu'enseigner le français et les bonnes manières.

Emily remplit de nouveau leurs tasses de thé et prit un petit éclair au chocolat sur le plateau.

— Je travaille tout le temps. Père essaie de négocier un partenariat avec M. Gordston : un restaurant et un café dans son magasin. C'est pour ça que je suis allée le voir, aujourd'hui.

Alex aurait voulu lui poser tant de questions concernant le magasin et M. Gordston : comment il était, s'il avait l'air bien, ce qu'il avait dit... Mais elle avait peur d'éveiller les soupçons de son amie. Elle s'essuya donc la bouche avec la serviette damassée et fit de son mieux pour masquer sa curiosité.

— Tu crois que l'accord va se conclure ?

— Je l'espère. M. Gordston n'est pas homme à dévoiler son jeu trop tôt, mais il a eu l'air intéressé. C'est un homme étrange...

— Vraiment ? Comment ça ?

Alex tenait à peine en place.

En face d'elle, Emily haussa les épaules.

— Difficile à dire. À force de mener des négociations, j'ai appris à « lire » les hommes plutôt facilement. Je sais ce qu'ils veulent et comment nous pouvons nous aider mutuellement. Mais M. Gordston garde ses avis pour lui. Il ne montre absolument aucune faiblesse. Mais il est très honnête en affaires et nous arrivons presque toujours à conclure des accords profitables. Oh mon Dieu, regarde ce chapeau ! ajouta-t-elle en se tournant vers la vitrine. Il est hideux !

Alex fut un peu déçue de ne pas avoir pu tirer plus d'informations de son amie au sujet de Malcolm Gordston, mais elles rirent ensemble du chapeau et se mirent à parler des dernières coupes de corsages à la mode, des dernières nouvelles de Vienne envoyées par Diana et de leurs autres amies d'école. Quand elles se séparèrent, Alex promit une nouvelle fois de réfléchir à l'invitation pour l'inauguration.

Elle prit un raccourci pour rejoindre la rue des Bullard, traversant un petit parc. Il faisait si bon, en cette fin de journée. La lumière qui inondait les façades claires prenait des teintes presque corail qui assombrissaient le rouge des géraniums. Des lampes s'allumaient par endroits derrière les fenêtres, ajoutant une touche d'ambre à l'ensemble. Quelles vies se déroulaient donc dans tous ces appartements ? Quelles histoires se racontaient, tout autour d'elle ?

Oh ! comme elle adorait Paris ! songea Alex en contemplant la lumière vive qui dansait sur les pavés, en inspirant le parfum des pains frais dans les boulangeries et en écoutant le murmure soyeux des jupes des femmes qui passaient près d'elle sur les trottoirs. Des enfants criaient et riaient en se pourchassant dans les allées du parc. Les rubans colorés de leurs chapeaux flottaient derrière eux et leurs nourrices les rappelaient sans cesse près d'elles.

Alex les regarda faire pendant un long moment, gagnée par une étrange mélancolie. Un petit garçon vêtu d'un ensemble marin de serge bleue la percuta soudain.

— Pardon, madame ! cria-t-il.

— Ce n'est rien, répondit-elle avant de reprendre précipitamment sa route.

Emily avait au moins eu raison sur un point : parfois, Alex rêvait d'une autre vie. Elle aurait voulu avoir sa propre famille. Une famille très différente de celle dans laquelle elle avait grandi et dont les membres n'étaient liés que par leur nom, leur devoir, la réputation et le statut de leur lignée. Elle voulait des enfants à aimer et à choyer, qui l'aimeraient peut-être en retour. Qui vivraient sereins, en sachant qu'ils auraient toujours une maison où revenir – juste parce qu'ils étaient chéris pour ce qu'ils étaient.

Mais à présent, ce désir était hors de sa portée, aussi éloigné que la lune elle-même. Et Alex sentit le froid de la tristesse l'envahir.

Elle pressa le pas, tournant à l'angle de la rue des Bullard. Une enfilade de façades élégantes l'accueillit, ponctuée de petites boutiques et bordée de marronniers. À certaines portes, des concierges aux aguets observaient les passants. Les filles allaient sans doute l'attendre, après avoir pris leur bain et soupé avec leur nourrice. Alex aurait pour tâche de les coucher et de leur lire une histoire, comme chaque soir. Puis la nuit entière s'étirerait devant elle, silencieuse et solitaire.

Une des domestiques l'attendait dans le hall de la maison.

— Pardon, mademoiselle, murmura-t-elle d'un air étrangement nerveux.

Alex fut soudain saisie d'inquiétude et elle s'empressa de se débarrasser de son chapeau.

— Qu'y a-t-il ? Lady Bullard me demande ? Les filles sont malades ?

— Oh non, mais un visiteur vous attend dans la salle de musique. Il dit...

La voix de la servante se fit presque inaudible. Elle froissait son tablier blanc à l'en déchirer.

— Il dit qu'il est *duc* !

8

Alex jeta un petit coup d'œil par la porte entrouverte de la salle de musique tendue d'or et de bleu ciel. Dans la lumière du couchant, la pièce était envahie par la pénombre. Alex constata avec stupéfaction que la bonne avait bien entendu : c'était en effet un duc qui l'attendait ici... Son père !

Que pouvait-il bien être venu faire à Paris ? Il ne manigançait rien de bon, c'était certain. Ses parents s'étaient enfermés à Florence, dans leur appartement loué, depuis qu'ils avaient été contraints de quitter l'Angleterre. Quand Alex avait refusé de les y rejoindre et avait préféré travailler pour Miss Grantley, ils lui avaient à peine écrit au début. Il leur avait fallu du temps pour accepter son choix, mais elle sentait bien qu'ils ne se résoudraient jamais à l'approuver.

Le duc de Waverton se tenait près de l'une des grandes fenêtres, le regard plongé dans le coucher de soleil parisien. Il ne l'avait pas encore vue. Il avait tellement changé, depuis leur dernière conversation ! Leur séparation ne datait que de quelques mois, mais il paraissait vieilli de plusieurs années. Ses cheveux étaient plus gris et ses épaules plus maigres sous son manteau anthracite. Il s'appuyait sur une canne à pommeau doré pour marcher.

Alex eut soudain terriblement envie de courir vers lui et de le serrer dans ses bras, comme lorsqu'elle était petite fille. À l'époque, son père lui paraissait si puissant, un roc immuable face au monde, un bouclier qui la protégerait toujours. Mais elle n'était plus une enfant, songea-t-elle avec amertume. Elle était une femme et elle construisait seule sa propre vie. Quant à ses parents, ils étaient faillibles, après tout. Humains, comme elle. Et elle les avait déçus.

— Père ? appela-t-elle à mi-voix en passant la porte, lissant nerveusement sa jupe d'une main. Est-ce vraiment vous ?

Le duc se détourna de la fenêtre. Pendant quelques secondes, son visage creusé de nouvelles rides ne trahit pas la moindre émotion. Puis il sourit.

— Alexandra, ma petite Fleur !

Il s'approcha d'elle, lourdement appuyé sur sa canne, et déposa un rapide baiser sur sa joue. Ses lèvres étaient froides.

— Cela me fait tellement plaisir de te revoir. Tu as l'air d'aller bien.

— Vous aussi, Père, mentit Alex.

Elle lui prit le bras et le conduisit à l'un des divans de satin installés entre la harpe et le piano. C'était là que ses élèves répétaient, chaque matin.

— Que faites-vous à Paris ? Est-ce que quelque chose ne va pas ?

— Oh non ! Ce n'est qu'une brève visite. Je suis en route pour Londres, où je dois retrouver nos avocats, et j'ai pensé venir te voir tant que j'étais à Paris.

— J'en suis heureuse.

En dépit des paroles rassurantes de son père, Alex n'était pas tranquille. Il y avait une tension, chez le duc. Une nervosité.

— Mère va-t-elle bien ?

— Les médecins l'ont envoyée se reposer à Baden-Baden et y prendre les eaux, pour sa santé.

— Sa santé ?

Cette fois, Alex était vraiment inquiète. Dans sa dernière lettre, sa mère s'était plainte de ses appartements et de sa pauvreté, mais pas de sa santé…

— Oui. Notre logement est assez humide. Ses rhumatismes et ses migraines la font beaucoup souffrir. Mais je suis certain qu'elle sera bientôt remise sur pied. Peut-être même que nous pourrons nous installer dans la campagne toscane avant l'hiver.

Alex acquiesça gravement. Comment comptaient-ils payer le traitement à Baden-Baden et la Toscane ? Et tout cela ferait-il vraiment du bien à sa mère ?

— Et Charles ? demanda-t-elle.

Son père soupira.

— Il est toujours en Écosse. Il nous écrit peu.

— En Écosse. Oui…

Son frère n'avait jamais été heureux dans la haute société londonienne. Il s'était caché dans leur vieux pavillon de chasse dès que le scandale avait éclaté. Alex l'imaginait souvent en parfait gentilhomme de campagne, peut-être même avec une barbe, en train de courir les collines avec son fusil de chasse ou de boire du whisky près de sa cheminée, le soir. Il ne trouverait sans doute jamais d'épouse convenable, là-bas ; et cela ne faisait probablement pas partie de ses projets, de toute manière.

Penser à l'Écosse lui rappela soudain Malcolm. Tout comme Charles, il était capable de s'adapter aux apparences et aux mondanités de la vie citadine, mais il restait clairement un Écossais de cœur. Fort, courageux, toujours fidèle à lui-même.

Mais les choses avaient changé. Le monde s'était écroulé autour d'Alex et sa famille.

— Je suis vraiment désolée, Père, murmura-t-elle. Que puis-je faire pour vous aider ?

Il lui prit la main et la serra fermement entre les siennes. Sa chevalière appuya douloureusement contre la paume d'Alex.

— Je suis heureux que tu m'aies posé la question, ma chérie. C'est justement pour cela que je suis venu te voir.

Tout à coup, Alex perçut une nouvelle intensité dans la voix de son père et sa gorge se noua.

— Mes gages...

— Non, Fleur. Les gages d'une gouvernante ne suffiraient jamais à nous aider. Mais il y a une chose que tu pourrais faire pour nous, pour ta mère, pour Charles et pour moi.

— Quoi donc ?

— Tu pourrais... Non, tu *dois* te marier, déclara son père d'un ton sans réplique, retrouvant son ancienne autorité.

C'était de nouveau le duc d'autrefois, qu'Alex connaissait trop bien et qui n'accepterait aucun refus.

— Me marier ?

La fermeté implacable de son père la terrifia soudain. Le mariage... Emily et elle venaient d'en parler. Elle-même y avait repensé en regardant les enfants jouer dans le parc. Mais ses vagues rêveries romantiques n'avaient sans doute rien à voir avec l'idée qui hantait son père.

— Mais je n'ai plus aucun prétendant, protesta-t-elle. Avez-vous... quelqu'un en tête ?

— Non, personne en particulier, bien sûr. J'ai été préoccupé par tant de choses, ces derniers temps. Mais ta mère et moi en avons parlé avant son départ pour l'Allemagne. Tu n'auras peut-être plus autant de prétendants qu'avant, mais il existe encore beaucoup de gentilshommes qui seraient honorés d'avoir une épouse telle que toi. Une femme qui a reçu la meilleure éducation possible et qui est capable de diriger la plus raffinée des maisons.

Un homme *riche*, donc. Alex comprenait son père à

demi-mot. Autrefois, ses parents avaient voulu lui faire épouser un prince. À présent, ils étaient prêts à se contenter d'un arriviste fortuné ; un homme ravi d'acheter la fille d'un duc, même ruiné.

— Je mène une vie très retirée, ici, Père, répliqua Alex. Je n'ai jamais l'occasion de rencontrer des jeunes hommes convenables.

Son père haussa les épaules d'un air confiant.

— Oh ! ce n'est pas un problème, j'en suis sûr ! Tant de personnes sont restées à Paris, après l'Exposition. Des hommes d'affaires en tout genre... Je suis sûr qu'une de tes anciennes amies accepterait de te faire sortir en société. Ou même les Bullard – il paraît qu'ils sont très respectables.

Alex se souvint de l'insistance d'Emily, qui voulait la faire sortir de sa routine. Qui tenait à l'emmener à la fête de Malcolm Gordston.

— Père, je ne pense pas que...

— Alexandra, coupa son père.

La main du duc se resserra sur son poignet et il la dévisagea avec sévérité.

— Je ne te le demanderais pas si ce n'était pas *nécessaire*. Si nous avions la moindre chance de retrouver notre fortune, je te laisserais du temps pour te décider, même si tu n'es plus une débutante. Mais nous n'avons plus le luxe d'attendre. Avec l'aide d'un bon parti, Charles pourrait sauver son domaine et ta mère aurait tous les soins dont elle a besoin. C'est très urgent. Les Waverton ne reculent pas devant leurs devoirs et ne tournent pas le dos à leur famille. Je sais que tu n'oublieras jamais ta place ou ce que tu nous dois.

Oh ! Alex savait très bien tout cela. Quand elle était petite, la première leçon qu'on lui avait apprise était que l'antique titre des Waverton passait avant tout le reste.

Toujours. Chaque membre de la famille était un maillon de cette chaîne et en avait conscience. Une fois de plus, Alex sentit retomber sur elle l'insoutenable pression d'autrefois.

Enseigner lui avait offert une merveilleuse liberté. À présent, le nœud se resserrait de nouveau autour de sa gorge. Son père était implacable, une fois qu'il savait ce qu'il voulait. Alex se souvenait encore trop bien de ce qui était arrivé aux Gordston, tant d'années plus tôt.

— Je garderai l'œil ouvert, Père.

Le duc eut un petit sourire triste et lui tapota la main.

— Bien entendu. Je sais que tu feras toujours de ton mieux pour aider ta famille, Alexandra. Tout comme nous essayons de faire de notre mieux pour toi. Personne ne veut vivre seul, sans relations ; et c'est ce qui nous arriverait si nous oubliions nos devoirs les uns envers les autres.

Vivre seule. Oui : son père *n'hésiterait pas* à la renier si elle refusait de se plier à sa volonté. Quelle constatation atroce…

— Allons, viens souper avec moi, reprit-il d'une voix légère, comme si le sujet était clos. Nous pourrions peut-être établir une liste de prétendants convenables. J'ai encore un peu d'influence dans le monde, tu sais.

Alex s'efforça de sourire.

— Cela me ferait très plaisir, Père. Laissez-moi juste en toucher deux mots à Lady Bullard et me changer.

Une fois de retour dans sa petite chambre, Alex déposa son chapeau et ses gants sur sa coiffeuse et se regarda dans le miroir. Ses fines boucles pâles s'échappaient une fois de plus de leurs épingles et une traînée de poussière tachait son chemisier. Elle s'assit, défit son chignon et secoua ses cheveux, envahie par un soudain engourdissement. Elle essaya d'imaginer son avenir, comme Di, Em et elle le faisaient si souvent à l'école, mais rien ne lui vint. Elle n'arrivait pas du tout à se projeter. Autrefois, elle avait souvent rêvé d'un prince anonyme, noyé dans les brumes de son futur. Depuis, elle enchaînait leçons et salles de classe, se promenait dans Paris, tout en faisant de son mieux pour se bâtir de nouveaux rêves.

Mais il n'y avait rien. Son esprit restait vide. Quand elle ferma les yeux, cependant, Alex vit une image surprenante apparaître des limbes. Elle tenait la main de Malcolm, les cheveux au vent, tandis qu'ils marchaient côte à côte sur une colline recouverte de bruyère. Ils riaient. Libres, mais pas solitaires – plus jamais solitaires.

Quand elle rouvrit les yeux, Alex eut soudain envie de pleurer la disparition de cette si belle image, la joie perdue de cet instant.

— Pourquoi ne suis-je pas née dans une autre famille ? soupira-t-elle.

Hélas, elle était *elle*. Une Waverton. Et elle ne pourrait jamais échapper à son destin.

Alex tenait le bras de son père, tandis qu'il lui faisait monter les larges marches recouvertes d'un tapis rouge du Grand Véfour. C'était l'une des institutions les plus respectées, luxueuses et courues de Paris ; un petit palais niché rue de Beaujolais. L'endroit était enveloppé dans des drapés de velours écarlates, des miroirs scintillants couvraient toute la hauteur des murs et, au-dessus des têtes, s'élevait un plafond en dôme peint représentant un festin bucolique dans le style gréco-romain. Des statues dorées de déesses grandeur nature portaient des globes électriques au-dessus de leurs têtes, illuminant le couloir qui menait à la salle, ainsi que les portraits et paysages accrochés aux murs tendus de velours.

Une délicieuse odeur de chocolat et de sauces raffinées

aux herbes flottait dans l'air. Depuis la salle, les accords d'un orchestre parvenaient jusqu'à la rue. En se glissant entre les tables, Alex vit des comtesses et des princes, des actrices célèbres, des héritières américaines. Toute cette foule huppée riait.

Alex n'avait pas remis les pieds dans un tel endroit depuis des mois et elle sentit son estomac se nouer en tendant son manteau à un valet en livrée de satin. Elle pressa une main contre sa poitrine, pour apaiser les battements de son cœur, et jeta un rapide coup d'œil à son reflet dans le grand miroir à cadre d'argent qui lui faisait face. Elle avait découvert un nouveau monde dans lequel vivre, depuis quelques mois, et à présent, tout s'effaçait sous ses yeux. Voulait-elle vraiment tout cela ? Retrouver son ancienne vie ?

Elle avait enfilé l'une des plus belles robes qu'elle avait conservées de ses bals de débutante : une création de tulle blanc aussi légère qu'une tombée de neige, bordée de velours bleu sombre, et avait emprunté des gants à Lady Bullard. Lady Bullard lui avait aussi gentiment proposé l'aide de sa femme de chambre pour sa coiffure. La jeune fille, qui sortait de l'excellente école de Mlle Gardinier, avait fait un très bon travail. Elle avait réussi sans peine à dompter les boucles fuyantes d'Alex et à les rassembler en une pompadour ornée de rubans bleus.

Ce n'était pas mal, songea Alex dans un effort pour se donner du courage. Mais sa robe datait de l'année *précédente* et elle ne portait pour tout bijou qu'un petit médaillon d'or sur une chaîne.

Elle se souvint alors de l'Étoile d'Orient, l'énorme saphir que sa mère avait toujours si fièrement arboré mais qui avait attiré tant de malheurs à leur famille. De toute évidence, Alex s'en sortait mieux maintenant. Elle redonna un peu de volume à son chignon, veillant à ne pas faire tomber le fragile échafaudage de boucles, et sourit à son père quand il la rejoignit. Dans son costume du soir, il avait retrouvé un peu de sa prestance d'antan ; on oubliait presque sa maigreur grisonnante. Mais ses yeux, eux, restaient las. Alex avait conscience de ce qu'elle lui devait et du poids de ses obligations filiales.

— Y allons-nous, ma chère ? lança le duc en lui offrant son bras. J'avoue que j'ai très envie de savourer une nouvelle fois leur pigeon en bécasse.

— Moi aussi, répondit Alex dans un éclat de rire.

Elle lui prit le bras, le sentant amaigri sous sa veste. Puis, le serrant un peu avec un sourire d'encouragement, elle reprit :

— Et la mousse de noisettes ! Cela fait beaucoup trop longtemps…

Tandis que son père la conduisait dans la magnificence dorée de la salle principale, Alex eut l'impression que rien n'avait changé. Les fresques classiques qui ornaient les murs, les miroirs qui élargissaient l'espace de chaque côté, l'éclat des joyaux et la moire du satin… Elle était avec son père, le duc de Waverton, et le monde était tel qu'il avait toujours été. Bientôt, elle se noierait de nouveau sous le fardeau de l'opulence, des regards, des attentes.

Elle prit une profonde inspiration et remarqua certaines de leurs connaissances qui les saluaient de la tête. Une ou deux personnes se détournèrent, mais la plupart les dévisageaient avec curiosité. Alex garda la tête haute, un sourire épinglé aux lèvres, en faisant de son mieux pour ne pas rougir. Elle n'avait aucune envie de laisser qui que ce soit la prendre en pitié.

Son père fut arrêté par de vieux amis, Lord et Lady Avondale, et prit le temps d'échanger quelques mots avec eux tandis que le maître d'hôtel conduisait Alex à leur table.

Autrefois, il n'y avait pas si longtemps en fait, ils auraient réservé la meilleure table, près du parquet où l'on dansait et où l'on aurait pu les voir. Mais ce soir-là, la table qu'on leur avait attribuée était située dans un angle de la pièce.

Alex s'en moquait. Ici, au moins, elle n'attirerait pas l'attention et pourrait regarder tranquillement tout ce qui se passait. Après qu'elle eut mené pendant tant de mois une vie calme et retirée dans ses salles de classe, cette animation était éprouvante. Toute la lumière, le bruit, le mélange de musique, de rires, les effluves de lys et de roses qui montaient des centres de table, les parfums des femmes... C'était presque trop.

Alex regarda les couples virevolter sur le parquet ciré, dans un kaléidoscope de robes colorées et de costumes noirs. Si seulement Emily avait pu être là pour lui décrire toutes ces nouvelles modes ! Les fleurs de velours qui bordaient les décolletés ou encore les volants de dentelle sur les manches...

Tout d'un coup, Alex commença à *s'amuser*. La musique, les toilettes, tout cela était si frivole, si bête et si délicieux à la fois. Est-ce que ça ne lui avait vraiment pas manqué ? Même pas un peu ? Si, parfois, mais elle ne voulait plus d'une vie qui se réduirait à cela. Elle avait découvert quelque chose de bien mieux en enseignant.

Son père la rejoignit enfin et le serveur, en veston rouge et or, apparut pour leur servir deux flûtes de champagne. Alex but une gorgée, savourant les bulles fraîches qui pétillèrent sur sa langue. Cela, au moins, lui avait manqué, reconnut-elle *in petto*.

Alors que son père s'asseyait en face d'elle dans un fauteuil de brocart vert clair, Alex eut l'impression qu'une lieue de nappe blanche damassée, une forêt de cristal et d'argent scintillant les séparaient. C'était comme lorsqu'elle était petite et qu'on l'envoyait embrasser ses parents à l'heure du thé. Ils étaient toujours assis de part et d'autre de la grande table, séparés par une infranchissable barrière de faïence, d'argent, de soie – toutes ces choses qui les maintenaient irrémédiablement à distance. Et elle retrouva la saveur douce-amère de ses anciens rêves d'amour…

Son père étudia le menu dans sa reliure dorée et, quand il eut commandé, se mit à converser de tout et de rien. Comment la mère d'Alex avait su décorer leur appartement de Florence, par exemple. Ou le temps qu'il faisait à Paris ces derniers mois. Les gens que la duchesse pourrait retrouver au spa. Mais Alex, elle, n'oubliait pas la vraie raison pour laquelle il l'avait amenée ici : pour trouver un époux. Une partie de son plaisir s'évapora à cette idée et elle commença à jeter des regards soupçonneux à tous les hommes qui s'arrêtaient pour saluer son père. Elle laissa le serveur remplir une nouvelle fois son verre et le vida d'un trait.

— Voilà Sir Ronald Bascombe, annonça son père en lui montrant un homme qui venait d'entrer dans la salle.

Il était courbé sur une canne et des touffes de cheveux gris jaillissaient sans ordre de son crâne au sommet nu.

— C'est un très riche armateur.

— Oh ! Père, franchement ! s'écria Alex, horrifiée. Il doit avoir quatre-vingt-dix ans !

— Son neveu, alors ?

Son père fit un petit signe de tête en direction du jeune garçon qui se tenait près de Sir Ronald et soutenait le vieil homme pendant sa périlleuse traversée de la salle. Il était grand et efflanqué. Ses joues encore lisses affichaient à peine l'ombre d'un duvet clair.

— Celui-ci doit en avoir douze, répondit Alex. C'est déjà l'époque des vacances, à Eton ?

Son père rit de mauvaise grâce.

— Alexandra, ce projet n'aboutira jamais si tu n'y mets pas du tien. Moi aussi, je me soucie de ce qui serait le mieux pour toi, tu sais. Est-ce que tu n'as pas envie de tenir une maison respectable ? De retrouver ta position dans le monde ?

Bien sûr que si, songea Alex. Elle se souvint des enfants qu'elle avait vus jouer dans le parc, dans la lumière dorée d'après-midi, et sentit son cœur se serrer. Elle *voulait* sa propre maison, sa propre famille. Mais pas avec un homme comme Sir Ronald – ou son neveu. Vivre avec eux ressemblerait plus à un emprisonnement perpétuel qu'à une vraie famille.

Les serveurs apportèrent le premier plat, une bisque de homard délicieusement parfumée. Tout en remuant la soupe pâle dans son bol festonné d'or, Alex jeta un coup d'œil distrait à la porte d'entrée. Un couple venait de faire son apparition et le maître d'hôtel se précipita pour les accueillir. Même les danseurs parurent s'arrêter un instant pour regarder les nouveaux venus qui s'étaient immobilisés sous la douce lumière dorée de l'entrée.

Alex fut parcourue par un courant glacé. Toute la salle se brouilla autour d'elle et perdit ses couleurs. L'homme qui venait d'arriver était Malcolm Gordston ; et il était accompagné par Lady Smythe-Tomas. Ils semblaient tout droit sortis d'une revue de mode. Les cheveux cuivrés de Lady Smythe-Tomas étaient maintenus par des rangs de perles et d'émeraudes assorties à sa robe de velours vert. Malcolm, lui, avait tout du dieu nordique qu'Alex avait autrefois vu en lui, même dans son traditionnel costume noir. Ce n'était pas étonnant que tout le monde se retourne sur leur passage.

Alex se sentit soudain si négligée, dans sa vieille robe blanche. Malcolm avait l'habitude de fréquenter des femmes autrement plus raffinées...

— Qui diable est cet homme, avec Lady Smythe-Tomas ? marmonna son père d'une voix agacée.

— C'est M. Malcolm Gordston, bien sûr, propriétaire des grands magasins Gordston, répondit Alex. Vous ne le reconnaissez vraiment pas, Père ?

Elle ne parlait pas seulement de sa photographie dans les gazettes, mais aussi de l'Écosse, tant d'années plus tôt. Cependant, même si son père avait été capable de mémoriser le visage d'un pauvre fils de fermier – ce dont Alex doutait –, c'était à présent si loin ! Malcolm était un homme très différent, maintenant : il était puissant, riche, sûr de lui. Et c'était la famille d'Alex qui avait chuté dans le ruisseau.

— C'est ta mère qui s'occupe des achats. Comment pourrais-je distinguer un marchand d'un autre ? grommela le duc.

Néanmoins, il étudia Malcolm avec intérêt tandis que le maître d'hôtel conduisait les nouveaux venus à une table encore vide, très près des danseurs. Lady Smythe-Tomas ne lâchait pas le bras de Malcolm. Elle riait et il lui souriait avec affection en retour.

— C'est étrange, il me dit quelque chose, murmura le père d'Alex. Ces grands magasins rapportent donc de l'argent ?

— Oui, répondit froidement Alex. Beaucoup.

Elle faisait de son mieux pour ignorer le couple resplendissant, mais il lui était impossible de ne pas entendre leurs rires, leurs bavardages. Lady Smythe-Tomas se permit même d'effleurer le bras de son compagnon, à table, pour lui montrer une ligne du menu.

Tout à coup, Malcolm leva les yeux et croisa le regard choqué d'Alex. Elle sentit instantanément son visage s'embraser et se détourna pour déplier nerveusement sa serviette.

— Il n'a pas quatre-vingt-dix ans, celui-là, ma Fleur, lui glissa son père à l'oreille. Et il n'est pas non plus élève à Eton.

Est-ce qu'il lui suggérait sérieusement de faire la cour à Malcolm Gordston ?

— Père, vous venez de dire que vous ne fréquentiez aucun marchand. Et il est accompagné par Lady Smythe-Tomas. Il ne ferait jamais attention à moi.

Le visage de son père se durcit.

— Les choses ont changé, Alexandra, et tu le sais aussi bien que moi. Aussi charmante que puisse être Lady Smythe-Tomas, elle n'est pas fille de duc.

Alex savait bien à quel point les choses avaient changé. *Très* bien. Elle prit son verre de vin au moment où le serveur leur apportait le poisson et fit de son mieux pour ne pas dévisager Malcolm et la splendide Lady Smythe-Tomas. Elle n'avait aucune envie de céder à la jalousie – et encore moins de le montrer au monde entier ! Hélas, son amertume était bien là, trouvant son reflet dans les yeux verts de sa rivale.

— Veux-tu danser, Alexandra ? proposa soudain son père.

Alex le dévisagea, surprise : il était très rare qu'il danse.

— Je... Oui, bien sûr.

L'orchestre jouait la « Gartenlaube Waltz » de Strauss. Alex prit le bras de son père et vit que Malcolm s'était déjà avancé sur le parquet pour virevolter avec Lady Smythe-Tomas.

Alex fit de son mieux pour ne pas trop les regarder, ne pas être jalouse ou se demander ce qu'ils étaient vraiment l'un pour l'autre – jusqu'à ce que le mouvement les amène à se percuter. Elle leva les yeux sur Malcolm, murmurant des excuses précipitées et tentant d'empêcher ses joues de rougir.

— Oh ! quelle chance ! s'écria joyeusement Lady Smythe-Tomas. Je voulais vous demander quelque chose, Votre Grâce, et voilà que vous apparaissez enfin en face de moi. Accepteriez-vous de danser avec moi, pour bavarder un peu ? Malcolm, vous pouvez peut-être offrir votre bras à Lady Alexandra, pendant ce temps ?

— Bien sûr, j'en serai ravi, répondit Malcolm d'une voix polie qui ne trahissait pas la moindre émotion.

Sa main, à la fois chaude et forte, glissa autour de la taille d'Alex. Elle sentit les doigts rudes de son cavalier griffer le tulle de sa jupe. Peut-être qu'il n'avait pas prévu de danser, ce soir-là – tout comme elle. Les événements la prenaient par surprise, comme un bouquet de feux d'artifice aveuglant qui aurait soudain explosé dans sa tête. Malcolm tendit son autre main pour prendre la sienne et Alex glissa ses doigts sur les siens. Ils paraissaient si menus, dans sa grande paume ! Émerveillée, Alex ne put détacher ses regards de leurs doigts entrecroisés et ne sut que dire. Elle n'arrivait même plus à respirer. Jamais elle n'avait osé rêver d'un tel instant, pendant lequel le temps s'arrêterait. C'était une scène tirée d'un livre. De *Cendrillon*, peut-être.

Et bientôt, son carrosse redeviendrait citrouille... Mieux valait qu'elle profite le plus possible de ce moment.

La musique accéléra soudain et les couples qui les entouraient se mirent à danser plus vite. Malcolm serra un peu plus la main d'Alex dans la sienne et elle sourit, naïvement, debout face à lui. Il lui fit décrire un grand cercle et la foule les obligea à se serrer un peu plus qu'il n'aurait été convenable. En cet instant, Alex aurait pu s'envoler, ivre de liberté.

Il s'était passé tant de mois depuis sa dernière danse ; et pourtant, ses pieds se souvenaient des pas, du rythme. D'ailleurs, Malcolm était bon danseur, ce qui aidait Alex. Même dans son sobre costume du soir, il avait tout d'un Viking en maraude, mais il bougeait avec une grâce fluide et élégante. C'était *amusant* de danser avec lui, de tournoyer dans ses bras, et pendant quelques secondes Alex en oublia même sa timidité.

— Vous êtes très doué, monsieur Gordston, dit-elle. Je crois que je m'attire la jalousie de toutes les femmes présentes…

Et c'était vrai. De nombreuses autres danseuses les contemplaient sans le moindre sourire, les lèvres pincées. Alex aperçut Lady Smythe-Tomas qui dansait et riait avec le duc. Ses mouvements étaient souples, insouciants. Pas une seule fois elle ne jeta de coup d'œil à Malcolm. Était-elle *avec* lui ? Ou bien entretenaient-ils des relations d'une nature différente ?

— La danse a fait partie de mon entraînement, pour passer d'apprenti drapier à propriétaire de magasins de luxe, répondit Malcolm avec un grand sourire avant de la faire tournoyer si vite qu'elle éclata de rire. J'ai dû apprendre à m'habiller, à boire de la soupe sans faire de bruit, à danser sans marcher sur les pieds…

— Vous avez eu de bons professeurs, alors. Je ne me suis jamais sentie aussi légère. C'est comme si je dansais sur un nuage !

Ils passèrent avec souplesse à côté d'un autre couple et Alex se laissa un peu plus aller contre lui, fermement accrochée à son épaule. Elle s'enivra de son parfum – une essence hors de prix de citron vert qui lui rappelait la chaleur estivale. Cela l'amena à se souvenir de leur promenade dans les jardins des Cannon – perdus ensemble dans leur Éden.

— Comment vous portez-vous depuis notre dernière rencontre, monsieur Gordston ? On raconte que votre magasin est devenu l'une des merveilles de la ville.

— Nous arrivons à peine à garnir nos rayons avant qu'ils ne soient de nouveau pris d'assaut, donc je ne peux pas me plaindre. Paris m'a accueilli à bras ouverts.

Il lui sourit et la contempla pendant un long moment, de ses yeux bleu pâle. En fait, son regard était même si intense qu'Alex sentit ses pommettes s'échauffer. Cette horrible rougeur trahissait une fois de plus son trouble !

— Et vous, Lady Alexandra, appréciez-vous la Ville Lumière ? Êtes-vous venue avec votre famille ?

Alex jeta un rapide coup d'œil à son père. Que savait vraiment Malcolm des malheurs des Waverton ? Il avait sans doute entendu des ragots, comme tout le monde. Que pensait-il d'eux, à présent ? Est-ce qu'il les méprisait ? Est-ce qu'il avait pitié d'eux ? Mieux valait se montrer honnête avec lui. De toute manière, ses extraordinaires yeux bleus semblaient lire tous les secrets du cœur d'Alex… C'était une sensation troublante : pendant sa vie entière, personne n'avait encore paru la *voir* pour ce qu'elle était.

— Mon père et ma mère vivent en Italie, maintenant, répondit-elle. Moi, j'habite à Paris. Je suis la gouvernante des filles de Lady Bullard.

Malcolm parut abasourdi.

— Gouvernante ?

Alex fit de son mieux pour garder la tête haute et sourire. Elle s'efforça de soutenir le regard envoûtant de son cavalier, même si tout son être lui criait de s'enfuir. De se cacher quelque part. Elle ne supportait pas ces jugements sévères – et encore moins venant de lui !

— Oui. J'enseigne à deux petites filles, de vrais anges, heureusement… En tout cas, la plupart du temps. Ces derniers mois, je ne vois de Paris que les parcs et les boutiques de poupées !

La musique ralentit un peu et le rythme de la danse suivit.

— Je me vois contraint de vous présenter mes excuses, Lady Alexandra, dit Malcolm à mi-voix.

— Oh ? s'étonna Alex, inquiète. Est-ce que vous m'avez marché sur le pied ? Je n'ai rien senti.

Il gloussa.

— Pas du tout. Danser avec vous, c'est comme danser avec une plume. Non, je vous prie de m'excuser parce que je ne me souvenais plus de la fois où nous avons dansé ensemble, en Écosse.

— C'était il y a très longtemps.

Elle regrettait un peu ces belles journées lumineuses, quand elle était petite, courant librement dans les collines.

— Je suis sûre d'avoir beaucoup changé, depuis.

— Pas tant que ça. Vous étiez déjà une petite fée, à l'époque, toute d'or et d'argent, virevoltant de tous côtés. Et vous étiez si rapide que personne ne pouvait vous rattraper.

Alex sourit.

— Ma nourrice me trouvait trop mince et fragile. Elle m'obligeait à boire plus de lait mais cela n'a pas aidé : je n'ai pas grandi davantage. Si seulement j'avais su, à l'époque, que j'étais simplement issue du peuple fée !

Malcolm la gratifia d'un petit sourire complice, qu'elle ne déchiffra pas complètement.

— Oui, vous l'êtes. Ma grand-mère me racontait des histoires de votre Petit Peuple. Elle disait qu'il ne fallait jamais vous faire confiance, que vous risquiez de vous envoler à chaque instant, ne laissant derrière vous que le souvenir de votre magie.

— C'est merveilleux ! J'aimerais vraiment *pouvoir* m'envoler. Mon frère et moi cherchions toujours des cercles de fées dans les collines, mais nous n'en avons jamais trouvé. Cela aurait été fantastique de pouvoir les faire apparaître avec une simple formule magique...

— Et vous étiez toujours en train de courir dans les prés, de poser des questions.

— Oui, j'ai vraiment dû vous ennuyer. Je me souviens très bien de votre père et de vous. Vous étiez très patients avec Charles et moi. Un jour, vous m'avez même laissée essayer votre faux. Je suis surprise de ne pas m'être coupé un orteil !

Malcolm éclata de rire.

— Vous n'étiez pas si mauvaise. Si jamais l'enseignement ne vous convient pas...

— Il faudrait qu'un fermier soit bien désespéré pour m'engager.

Alex songea à ces jours passés, quand elle le connaissait encore bien, avec ses joues tannées, son grand sourire, sa main ferme qui la guidait dans les collines. Qu'était-il arrivé à ce jeune garçon pour le transformer en ce qu'il était maintenant ?

— Comment se porte votre père ? demanda-t-elle. Est-ce que vous le voyez souvent, depuis que vous avez bâti votre empire marchand ?

Le sourire de Malcolm s'effaça d'un seul coup et son visage avenant s'assombrit comme si l'on venait de tirer un voile devant. Alex sentit son cœur se briser.

— Mon père est mort il y a des années. Peu de temps après le début de mon apprentissage chez le drapier.

— Oh...

Elle aurait dû s'en souvenir : il le lui avait déjà dit ! Elle se sentit soudain très mal.

— Je suis vraiment désolée. Ce n'est pas étonnant que vous ayez disparu du domaine après cet automne-là. De toute manière, au bout de quelques années, nous avons arrêté d'aller en Écosse. Je n'ai jamais su pourquoi et cela m'a énormément manqué. Charles vit là-bas, maintenant. Il a tellement de chance !

Elle parlait pour ne rien dire, mais elle n'arrivait pas à s'en empêcher. Quelque chose avait changé entre eux, comme si l'air s'était soudain mué en une brise glaciale sans qu'elle sache pourquoi.

Malcolm ne répondit pas, se contentant de la faire glisser avec grâce au milieu des autres couples. Ses mains chaudes la tenaient fermement à travers la finesse de sa robe. Alex leva les yeux sur lui et fut surprise de lui trouver un regard distant. Presque fâché.

Elle pensa de nouveau au garçon rieur qu'elle avait connu pendant cet automne magique, en Écosse. À ce jour où elle l'avait aperçu près du portail – et il n'était pas seul à ce moment-là. Il était avec une fille, une magnifique créature baptisée Mairie, qui arborait une cascade de cheveux noirs ondulés et avait passé un châle rouge autour de ses épaules. Alex avait tant voulu s'excuser auprès de Malcolm après l'accès de rage de son père ; mais il avait quelqu'un d'autre à l'époque, une femme bien plus belle, pour lui tenir compagnie.

Elle étudia attentivement le profil de Malcolm, dans la splendeur de ce luxueux restaurant parisien, si loin de l'Écosse. Que lui était-il arrivé ? Avait-il déjà ressenti une telle tendresse pour quelqu'un d'autre, ou bien ce sentiment était-il enfoui profondément sous cet *autre* Malcolm Gordston, ce riche Viking du monde moderne ? Le garçon qu'il avait été avait-il complètement disparu ? Cette crainte attrista profondément Alex.

— Nous avons tant changé, depuis le temps, murmura-t-elle.

— Oui, mais ce n'est pas encore assez, répondit Malcolm d'une voix qui la troubla.

Que voulait-il dire ?

La musique s'arrêta soudain et Alex lui lâcha la main à regret. Elle recula d'un pas. En dépit de la chaleur qui régnait dans la salle, une vague de froid la traversa.

— Aimeriez-vous prendre un peu l'air ? demanda Malcolm en lui montrant d'un geste les grandes baies vitrées qui ouvraient sur la terrasse et le célèbre jardin du Grand Véfour.

Dehors, Alex aperçut quelques couples qui se promenaient dans la lumière déversée par les nombreuses fenêtres du restaurant.

— Le parfum infernal de ces lys de serre est étouffant. Et vous avez les joues rouges…

Alex pressa le dos de la main sur ses pommettes brûlantes. Elle était tentée de sortir avec lui, bien sûr, pour prolonger un peu ces précieux instants en sa compagnie.

Elle jeta un rapide coup d'œil à son père, qui discutait à table avec ses vieux amis, de l'autre côté de la salle illuminée. Lady Smythe-Tomas était toujours avec lui, parlant fort et riant sans cesse.

— Lady Smythe-Tomas ne va pas vous chercher ? s'enquit-elle.

Malcolm regarda la table à son tour et sourit.

— J'en doute fort. Elle est bien trop occupée. Et je vous promets de ne pas vous retenir trop longtemps.

— Je ne vous laisserais pas faire, de toute façon. Il est hors de question que je manque le célèbre croquembouche du Véfour ! répondit fermement Alex.

Ces derniers temps, elle s'était en partie libérée des carcans de son ancienne vie. À présent, elle pouvait se permettre d'affirmer ses propres désirs, tant qu'elle en avait l'audace. Et Malcolm lui insufflait un aplomb qu'elle n'avait jamais ressenti avant.

Il lui offrit son bras et la conduisit au-dehors, par la porte que leur ouvrit un domestique en livrée. Le marbre blanc de la terrasse brillait dans la nuit, froid et lisse sous les escarpins de satin d'Alex. Par endroits, des plantes en pots venaient adoucir son austérité. On avait disposé quelques tables en fer forgé et quelques chaises pour permettre aux clients de converser en privé. La soie et le satin des robes à longue traîne murmuraient dans le silence. Des couples passaient près d'eux, puis s'évanouissaient dans le soir, parlant à voix basse et échangeant des sourires mystérieux.

Alex aurait aimé pouvoir leur ressembler – être aussi énigmatique et sophistiquée qu'eux. Elle aurait aimé être le genre de femme dont Malcolm avait besoin, dans sa vie. Mais, fée ou non, elle ne serait sans doute jamais faite pour lui…

Elle s'accouda à la balustrade et contempla la nuit. Les jardins offraient une vue splendide sur la cité, qui méritait bien son surnom de Ville Lumière. C'était une ville de secrets, de magie, de beauté, où n'importe qui aurait pu se cacher. Ici, on pouvait devenir tout ce que l'on voulait.

— N'est-ce pas splendide ? murmura-t-elle doucement, presque effrayée à l'idée de briser le charme.

Malcolm s'appuya sur le rebord de pierre à côté d'elle, si près qu'elle pouvait s'enivrer de son parfum ensoleillé, de sa chaleur.

— Jamais je n'aurais pu imaginer un décor pareil avant de le voir de mes propres yeux.

— Quand j'étais petite, répondit Alex, j'ai trouvé un livre de gravures dans notre bibliothèque. Il était rempli d'images de Paris et de quelques châteaux, comme Versailles.

Elle avait passé des heures, perdue dans ce livre qui lui ouvrait la porte d'un monde de contes de fées.

— Je ne pouvais pas croire que toute cette beauté puisse exister hors d'un livre, avant de venir ici.

— Quand j'étais enfant, je ne connaissais que la campagne. Le ciel gris et froid, les collines austères toutes mauves et vertes. C'était si différent…

— Et maintenant, vous êtes là. À Paris. Mieux encore, vous êtes le maître de la cité !

Il baissa les yeux sur elle, le visage plongé dans une semi-obscurité qui le rendait encore plus énigmatique.

— Oui. Nous sommes là.

Et la ville était aussi merveilleuse que le livre le lui avait laissé supposer. Malcolm tendit sa main et elle la prit, troublée. Elle avait presque le vertige à force de sonder ses yeux bleus. Ils se promenèrent lentement jusqu'à l'autre bout de la terrasse, là où la lumière était encore plus faible et les voix, plus lointaines. Alex sentait l'humidité du gazon se mêler aux derniers effluves d'un parfum de femme dans la brise.

— Est-ce que vous êtes allée à Versailles ? demanda soudain Malcolm. Est-ce que c'était aussi beau que vous l'aviez imaginé en lisant votre livre ?

Alex secoua la tête.

— Non, je n'ai jamais eu l'occasion d'y aller. Je dois me concentrer sur mon travail, maintenant, et je n'en ai plus le temps. Peut-être devrais-je y emmener mes élèves, quand nos leçons d'histoire auront atteint le XVIIIe siècle. Je n'ai même pas eu le temps de retourner voir la tour Eiffel depuis que je l'ai visitée avec le prince et la princesse de Galles, il y a si longtemps, maintenant ! J'ai tellement eu envie de la revoir – et pas seulement par-dessus les toits de Paris…

— Dans ce cas, me laisseriez-vous vous offrir un déjeuner dans l'un des cafés de la tour, un de ces jours ?

Sa voix restait douce mais se parait d'une intensité qui surprit Alex. À croire qu'il avait presque peur de sa réponse.

— Je…

Elle hésita un instant, puis se souvint qu'elle devait se montrer audacieuse. Qu'elle pouvait aussi se permettre de faire ce dont elle avait envie, par moments. Qu'elle avait le droit de se laisser aller aux sentiments qui l'envahissaient à la vue de Malcolm.

— J'aimerais beaucoup cela, répondit-elle. En général, on m'accorde deux demi-journées de congé par semaine.

— Alexandra ! coupa soudain la voix de son père.

Alex se retourna vivement et découvrit sa silhouette dans l'encadrement de la porte. Aurait-elle dû être gênée d'avoir été surprise ainsi avec Malcolm ? Peut-être, mais étrangement, elle s'en moquait. Elle aimait fréquenter Malcolm. Avec lui, elle se sentait libre, enfin elle-même. Franche. C'était une sensation enivrante.

— J'arrive, Père, répondit-elle.

Puis, en lançant un sourire à Malcolm, elle ajouta :

— J'ai hâte de visiter la tour avec vous, monsieur Gordston. Merci beaucoup.

Alors même qu'elle s'éloignait de lui, Alex ne put s'empêcher de sourire. Ou de se demander s'il la suivait des yeux. Avait-il aussi hâte de la revoir ? Une telle pensée lui fit tourner la tête.

Malcolm regarda Lady Alexandra rejoindre son père dans le restaurant. Elle marchait en se tenant très droite, comme une reine, à la manière des vraies ladies. Ses cheveux d'or pâle brillaient dans la pénombre. Elle jeta un rapide regard par-dessus son épaule au moment où elle allait franchir la porte. Ses yeux pétillèrent et elle lui adressa même un petit signe de la main.

Son père, lui, n'avait pas l'air aussi enchanté qu'elle...

Malcolm eut un petit rire et tira un cigare de sa poche pour l'allumer dans la douceur du soir. Il était évident que le duc, qui avait régné sur ses terres comme un maharadjah cruel, chassant tous ceux qui ne lui étaient plus utiles sans le moindre remords, n'avait pas envie de marier sa fille à un simple marchand. Même riche. Malcolm aurait dû se satisfaire par-devers lui d'avoir enfin réussi à triompher de cet homme – et c'était le cas. La vengeance n'en était pas moins savoureuse quand elle se faisait attendre. Hélas, sa victoire serait sans doute de courte durée et lui laisserait en bouche une amertume qu'il connaissait trop bien. Celle de ne pas suffire. De ne pas être à sa place.

Mais il ressentait aussi quelque chose d'autre, une vague impression qu'il préférait ne pas examiner de trop près. Une sensation… d'excitation à l'idée d'avoir revu Alexandra. C'était un frisson électrique, léger et lumineux, qui lui rappelait le pétillement d'un verre de champagne. Alexandra était une femme surprenante ; une fille pleine de charme qui avait acquis une beauté délicate en mûrissant. Chacun de ses mouvements trahissait son éducation soignée, et pourtant elle parvenait à tracer seule son chemin dans le monde.

Que lui était-il arrivé depuis leur dernière rencontre ? Avait-elle appris à voir le monde comme il le voyait, lui – un labyrinthe rempli de dangers et d'épreuves à surmonter ? Il espérait que non… Elle avait toujours été si douce, si joyeuse et si innocente. S'il en avait eu le pouvoir, il l'aurait protégée toute sa vie durant pour que cela ne change pas.

Troublé, Malcolm étudia la braise rougeoyante de son cigare, petit point de lumière dans la nuit parisienne. La vie n'était jamais aussi facile, pas même pour quelqu'un comme Lady Alexandra ; de dures leçons attendaient à chaque coin de rue. Chacun devait se battre pour ce qu'il voulait. Et Malcolm se rendit soudain compte qu'il la voulait, *elle*. Il voulait tout ce qu'elle représentait.

Mais selon ses propres conditions. Il était libre, maintenant, il avait créé sa destinée et jamais il ne serait aussi faible que son père. Il garderait toujours le contrôle de son cœur et de tout ce qui devait lui arriver dans sa vie, même avec une femme comme Alex. *Surtout* avec une femme comme elle. Les fées étaient des créatures imprévisibles, toujours prêtes à s'échapper.

Malcolm allait devoir trouver un moyen d'attraper celle-ci et de lier ses ailes à sa propre vie.

9

Alex n'en croyait pas ses yeux. Comment avait-elle pu attendre aussi longtemps avant de revenir au Champ-de-Mars et de monter sur la tour de M. Eiffel ? C'était stupéfiant, bouleversant. Une vision d'ingénieur qui ne trouvait pas ses racines dans le monde réel, qui s'élançait vers le ciel soutenue par son improbable dentelle métallique...

Elle retint son chapeau et pencha la tête en arrière pour regarder tout en haut de la tour, hypnotisée par les entrelacs sophistiqués des poutrelles. C'était une belle journée chaude. Le ciel de France était limpide, d'un bleu que ne venait ternir aucun nuage, et le soleil brillait avec douceur. À présent que la plupart des pavillons de l'Exposition avaient été démontés, le parc retrouvait ses vastes étendues d'herbe verte. Les arbres, taillés en topiaires, étaient entretenus avec soin par des jardiniers en uniforme bleu. Des fleurs jaunes, blanches et rouges garnissaient les plates-bandes triangulaires et des foules se pressaient le long des allées. La rumeur excitée de l'Exposition s'était tarie, mais Paris conservait son élégance habituelle, sa vivacité.

Ce spectacle aida presque Alex à oublier sa nervosité, ou la raison de sa présence : elle était venue retrouver Malcolm Gordston.

Elle se détourna de la tour avec un frisson. Elle avait

à peine réussi à fermer l'œil, la nuit précédente, dans sa petite chambre familière chez les Bullard. Elle n'arrivait pas à comprendre d'où lui était venue une telle audace, au Grand Véfour, ou pourquoi elle avait accepté l'invitation de Malcolm. Pendant des heures, elle s'était tournée et retournée entre les draps, revivant leur dernière rencontre. Chaque pas de danse, chaque murmure sur la terrasse, chaque sourire et chaque mot. Cela ne lui ressemblait pas d'aller se promener seule dans un jardin avec un homme, surtout la nuit.

Et pas n'importe quel homme, en plus... Malcolm Gordston, le plus beau qu'elle ait jamais connu. Une telle confiance masculine irradiait de lui. Sa démarche gracieuse et souple, féline, était dangereusement attirante. Alex se souvint de sa faiblesse d'autrefois pour lui, en Écosse. Même dans sa jeunesse, Malcolm avait la même assurance et Alex était tombée sous son charme. Était-ce sage, d'avoir accepté le rendez-vous de ce jour ?

Elle savait pourtant pourquoi elle avait accepté de le retrouver ici. Pourquoi il *fallait* qu'elle le voie. C'était à cause de ce qu'elle avait ressenti quand il avait déposé un baiser sur ses doigts. Jamais elle n'avait éprouvé pareille sensation, avant. Cette chaleur. Ce frisson exalté qui avait accompagné les lèvres de Malcolm.

Alex passa au milieu d'un groupe d'enfants qui faisaient rouler des cerceaux le long de l'allée et s'assit sur l'un des bancs de fer forgé disposés à l'ombre d'un marronnier parfumé. Elle lissa sa jupe et redressa son chapeau. Elle portait ce jour-là l'une des quelques robes qu'elle avait gardées de son ancienne vie – une mousseline bleu ciel ornée de dentelle ivoire sous une veste bleu plus foncé. Nerveuse, elle se mit à jouer avec la poignée d'ivoire de son ombrelle. Si seulement elle avait la force de se calmer... Si elle savait sourire avec sérénité, d'un air un peu mystérieux, comme une mondaine aguerrie. Comme Lady Smythe-Tomas... Mais Alex était bien trop tendue pour cela.

Ne sois pas stupide, s'admonesta-t-elle. Ce n'était qu'une promenade pour savourer la douceur de l'après-midi. Les retrouvailles de deux personnes qui s'étaient connues dans leur enfance. Et si elle se trompait ? Et s'il s'agissait de... quelque chose d'autre ? Malcolm l'avait trouvée séduisante sans savoir qui elle était, lorsqu'ils s'étaient croisés par hasard dans Hyde Park. Était-elle toujours belle à ses yeux, maintenant ?

Elle ne savait même pas si cette perspective l'intriguait ou la terrifiait. Et elle, que pensait-elle de lui ?

Malcolm était un homme envoûtant. Et cela était très mauvais pour son propre équilibre émotionnel.

Alex serra un peu plus fort la poignée sculptée de l'ombrelle entre ses mains. Peut-être que l'insistance de son père pour qu'elle se marie l'influençait plus qu'elle ne l'aurait cru. Elle n'avait pas pensé à l'amour depuis bien longtemps – et jamais elle n'avait envisagé une romance avec un homme comme Malcolm.

Saisie par un élan soudain, elle se leva, prête à prendre ses jambes à son cou. Mais c'était trop tard. Malcolm était là, à quelques pas d'elle dans l'allée. Le rebord de son chapeau jetait une ombre mystérieuse sur son visage ciselé et si élégant. Le soleil faisait briller ses cheveux clairs.

Il porta la main à son chapeau pour la saluer et sourit. Ses dents blanches illuminèrent ses traits et Alex ne put s'empêcher d'approcher.

— Lady Alexandra. Quelle belle journée pour une promenade, n'est-ce pas ?

Tout à coup, elle n'eut plus envie de s'enfuir. Le nuage

d'angoisse qui avait terni son ciel parfait s'évanouit, ne laissant plus qu'azur et lumière. Elle lui rendit son sourire.

— En effet.

— Ma secrétaire m'a chargé de vous remercier d'avoir su m'attirer loin de mon bureau. Elle trouve que je pâlis à force de ne plus respirer d'air frais.

Dans ce cas, sa secrétaire devait être aveugle ! Malcolm était l'homme le plus sain qu'Alex ait jamais vu ; grand et vigoureux, avec une peau tannée par le soleil. Elle éclata de rire.

— Dites à votre secrétaire que c'est un plaisir pour moi. Vous devez avoir beaucoup de travail à l'approche de votre grande inauguration…

— Viendrez-vous ?

— Oh oui, avec mon amie Miss Fortescue.

— Je suis ravi de l'apprendre. La soirée devrait être assez spectaculaire, avec des chanteurs, des tableaux vivants et un buffet.

Alex rit et prit le bras qu'il lui offrait. Ils s'approchèrent tranquillement de la tour Eiffel.

— Je crains de ne rien avoir d'assez élégant à porter pour une telle soirée, avoua-t-elle. Mais je sais toujours apprécier un bon buffet.

Malcolm lui jeta un rapide coup d'œil, mais son expression était cachée par son chapeau.

— Quoi que vous portiez, vous serez plus resplendissante que les autres…

Alex sentit ses joues s'embraser. Était-il sincère ? Ou bien n'était-ce que de la flatterie comme elle en avait tant entendu autrefois ? Elle songea à Lady Smythe-Tomas et à ses robes à la dernière mode. Jamais elle ne pourrait se mesurer à un tel raffinement.

— C'est gentil de votre part, mais nous sommes à Paris. Le domaine des Paquin et des Worth...

Alex ne put cacher son émerveillement en voyant le chapeau extravagant d'une passante, bordé d'une cascade de plumes de paon.

— C'est ce genre de choses que l'on porte ici. Oh ! mon Dieu...

Malcolm examina le chapeau avec une moue de professionnel exercé.

— Vous aimeriez vraiment porter quelque chose comme ça ? Cela correspond à vos goûts ? Vos *vrais* goûts, et pas ce que vous assènent les revues de mode ?

À l'entendre, on pouvait croire qu'il s'intéressait vraiment à sa réponse, comme si son opinion était importante pour lui. Jamais personne n'avait encore traité Alex avec un tel respect.

— Non, finit-elle par avouer. Pas vraiment. Je risquerais de perdre l'équilibre, si je portais une coiffure telle que celle-là ! Et je ne suis pas assez grande pour que ce soit seyant.

Elle effleura le rebord de son propre chapeau de paille orné de rubans bleus et de roses de soie ivoire. Il était passé de mode depuis des années mais restait l'un de ses préférés. Il lui faisait penser aux frais matins à la campagne, avec ses mignonnes nuances pastel.

— Je crois que je me sens plus à l'aise avec des toilettes simples. Mais, hélas, la mode actuelle n'est pas de mon avis.

— Vous pourriez influencer la mode, si vous le vouliez, Lady Alexandra. Les gens pourraient suivre votre exemple, et plus l'inverse. Ils pourraient avoir envie de vous ressembler.

Alex sentit ses joues s'empourprer.

— Oh non, c'est impossible ! Je n'ai jamais eu une personnalité très intéressante et mes goûts sont sans doute trop... enfantins.

— Croyez-moi, Lady Alexandra, apprendre à devancer la mode et à inspirer les gens m'a rendu riche. Vous êtes exactement le genre de femme capable d'influencer le goût du jour : une femme qui se moque des diktats qui l'entourent.

Cette fois, Alex éclata de rire.

— Mais cela n'a aucun sens ! protesta-t-elle. Pour savoir lancer de nouvelles modes, ne faut-il pas au contraire faire grand cas du style ?

— Pas du tout. Rien n'est plus attirant que l'indifférence et l'originalité. Vous savez ce qui vous va et vous le portez, quoi qu'en disent les autres. C'est cela, le vrai style.

— En ce qui me concerne, c'est surtout une question de nécessité. Je dois me contenter d'un salaire de gouvernante, maintenant, ne l'oubliez pas.

— Si vous étiez aussi riche qu'une reine, vous habilleriez-vous différemment ?

Alex réfléchit quelques instants.

— J'aurais *plus* de vêtements, c'est certain, parce que je les adore. Mais mon style resterait sans doute plus ou moins le même.

Ils arrivèrent sous la tour, à l'ombre, et firent la queue pour prendre leurs tickets. La foule des promeneurs continuait à défiler autour d'eux.

— Et vos employeurs ? demanda soudain Malcolm. Est-ce qu'ils ont des exigences concernant votre garde-robe ?

— Oh non, pas du tout ! J'ai de la chance de travailler pour les Bullard : ils sont gentils et leurs filles sont vraiment adorables, même si elles font parfois preuve d'un certain caractère ! Elles prennent leur leçon de danse, aujourd'hui. Avec un peu de chance, elles seront fatiguées ce soir et resteront calmes... Elles suivent plusieurs cours hors de la maison pendant la semaine et Lady Bullard me laisse disposer de mon temps libre.

— Que faites-vous, en général, pendant ces heures de repos ? Pas les boutiques, à mon avis. Je ne vous ai pas encore vue dans mon magasin, ces derniers temps.

Alex hésita. Elle n'avait encore jamais parlé à personne de ses activités parisiennes, pendant ces longs après-midi de liberté.

— Parfois je visite un musée, mais la plupart du temps je m'occupe de mes œuvres de charité.

— De charité ?

Malcolm parut surpris et intrigué.

— Oui. Je suppose que la plupart des ladies s'occupent de ce genre de choses. Pour ma part, j'enseigne bénévolement dans une école tenue par une Mlle Gardinier. Elle dispense de nouvelles compétences aux jeunes femmes en difficulté pour les aider à retrouver du travail.

— Je connais bien Mlle Gardinier et sa mission.

Cette fois, ce fut Alex qui ne put cacher son étonnement. L'école n'était pas très connue du public.

— Vraiment ? demanda-t-elle.

— Oui. Nous employons parfois des anciennes élèves, chez Gordston. Par exemple, une Mlle Élise vient d'entrer comme brodeuse dans nos ateliers.

— Élise ? s'écria Alex. Oh ! j'en suis très heureuse !

— Vous lui avez donné des cours ?

— Ses talents de couturière dépassent de loin mes maigres connaissances, mais nous avons écrit un peu ensemble et je lui ai enseigné quelques bases d'anglais. Vous l'avez vraiment employée ?

— Oui. Elle est très prometteuse.

Alex soupçonna soudain Malcolm d'être bien plus gentil et généreux qu'il ne voulait le laisser croire. Mais elle n'eut pas le temps de lui poser d'autres questions concernant son

propre travail de charité. Ils arrivèrent devant le guichet et Malcolm acheta leurs billets.

— Ascenseur ou escalier ? demanda-t-il.

— Oh ! escalier ! J'adore voir le paysage se transformer lentement au fur et à mesure de la montée...

Il lui jeta un petit coup d'œil sceptique.

— Vous êtes sûre ?

— Oui. Je suis bien plus forte que j'en ai l'air, monsieur Gordston ! Voulez-vous que je le prouve en faisant la course ?

Malcolm la gratifia d'un grand sourire, digne d'un Thor prêt à plonger en pleine bataille. Alex retroussa sa jupe et tous deux s'élancèrent en courant dans l'escalier en colimaçon, sous le regard éberlué des autres visiteurs. Les jambes de Malcolm étaient bien plus longues que les siennes, mais Alex avait l'habitude de courir après les énergiques filles Bullard, de feinter et d'éviter les obstacles. Lorsqu'elle atteignit la première plate-forme, elle avait laissé Malcolm à la traîne, plusieurs marches derrière elle.

— Je reconnais votre victoire, Lady Alexandra, lâcha-t-il, le souffle court.

Alex rit, une main plaquée contre ses côtes pour essayer de reprendre son souffle malgré son corset.

— Je pense que nous sommes à égalité.

— Pas du tout. Vous avez gagné selon les règles. Je crois que je vous dois un verre de champagne. Vous aviez aimé ça, au Grand Véfour, non ?

Alex vit un petit café installé près de la balustrade. Des serveuses se pressaient devant les grands miroirs pour remplir des verres de vin ou replacer les tables et les chaises dispersées par les clients. Alex craignait un peu l'effet combiné du champagne *et* de Malcolm sur ses nerfs. N'allait-elle pas se sentir encore plus étourdie et frivole ? Soudain, elle eut *envie* d'être frivole, au moins une fois dans sa vie.

— Je l'admets : j'adore le champagne. J'accepte donc les lauriers de la victoire !

Elle s'assit sur l'une des chaises, près de la balustrade, et regarda Malcolm aller chercher leurs boissons au bar. Les serveuses gloussaient quand il leur parlait – Alex n'était donc pas la seule à se sentir un peu bête avec lui. Elle sourit quand il revint et lui tendit une flûte.

Elle en but une gorgée, appréciant les bulles sur sa langue, et se tourna pour observer la ville qui s'étendait à leurs pieds. Cela lui permit aussi de reprendre un peu le contrôle de ses émotions.

— Est-ce que vous trouvez cette ville plus belle le jour ou la nuit ? Je crois que je n'arriverai jamais à me décider...

— Je pense que Paris a toujours la même beauté. C'est l'endroit le plus charmant que j'aie jamais visité.

— La campagne écossaise ne vous manque-t-elle pas ? demanda encore Alex.

Quand ils étaient jeunes, Malcolm avait tellement eu l'air d'appartenir à ces collines sauvages... D'un autre côté, maintenant, il semblait aussi appartenir à cette cité raffinée. Cet homme était un caméléon et elle avait hâte de découvrir chaque facette de sa personnalité.

— Je sais que vous êtes parti tôt de chez vous pour devenir apprenti. Mais est-ce que vous repensez parfois à votre enfance ?

Malcolm fronça un instant les sourcils et prit une gorgée de champagne.

— Bien sûr. Une fois que l'Écosse est dans votre sang, on ne peut plus s'en débarrasser.

— Je pense que j'aimerais y retourner, un jour, mais je doute que mon frère apprécie que je brise sa solitude, au pavillon de chasse.

— Votre frère ?

— Oui, Charles. Vous vous souvenez peut-être de lui... Il était persuadé d'être très mûr, à l'époque, et il ne voulait jamais jouer avec sa petite sœur. Il vit dans le pavillon, maintenant, et n'y reçoit jamais personne. Je me demande à quoi la maison peut bien ressembler, après toutes ces années.

— Elle ne doit plus être comme dans nos souvenirs, c'est certain, murmura Malcolm d'une voix étrangement dure.

Avait-elle dit quelque chose de mal ?

— Non, probablement pas, admit-elle.

Il lui sourit de nouveau, mais d'un air soudain distant – à moins qu'elle ne se fît des idées ? C'était comme s'il s'était métamorphosé sous ses yeux. Lequel était le vrai Malcolm ? se demanda Alex.

— Voulez-vous un autre verre de champagne ? proposa-t-il.

Elle rit.

— Oh ! c'est trop de tentations ! Je ne devrais pas.

— Voyez cet après-midi comme des vacances. Une chance pour nous de faire comme si nous étions de vrais Parisiens.

— J'aimerais cela : être parisienne. Merci beaucoup.

Malcolm alla chercher deux nouvelles flûtes et, laissant les bulles leur monter à la tête, ils profitèrent de la chaleur du jour en essayant de reconnaître tous les bâtiments qu'ils apercevaient depuis cette hauteur. Ils discutèrent aussi des merveilles de l'Exposition qu'ils avaient tous les deux explorée, un an plus tôt. Alex se surprit bien vite à rire, emportée par la bonne humeur de cette journée, de la ville, du soleil, du champagne. Et de l'homme assis près d'elle.

— Gordston ! cria soudain une voix d'homme à quelques pas de là. J'ai deux mots à vous dire !

D'un seul coup, la délicate bulle de bonheur de ce clair après-midi éclata. Tous les autres clients du café se retournèrent vers eux.

Abasourdie, Alex jeta un coup d'œil par-dessus son épaule,

à temps pour voir un homme avancer vers eux d'un air menaçant. Il ne portait pas de chapeau. Ses cheveux bruns trop fins étaient ébouriffés, ses joues étaient rouges sous sa barbe et ses yeux brillaient d'un éclat inquiétant. Alex eut soudain peur de lui et sa main se referma instinctivement sur le manche de son ombrelle.

Malcolm lui prit le bras et la força à se lever de sa chaise. Sa main ferme froissa la manche d'Alex quand il la traîna derrière lui sur le chemin des escaliers. L'homme les suivit.

— Pas maintenant, Nixson, dit sèchement Malcolm. Ce n'est pas un lieu où traiter nos affaires. Nous sommes en compagnie d'une lady.

L'homme examina Alex avec un mépris qui attisa sa colère. Elle se crispa un peu plus sur le manche de son ombrelle.

— Une lady ? Avec *vous* ? J'en doute !

Malcolm poussa doucement Alex plus loin et se campa entre l'homme et elle. Tout à coup, Alex se demanda si elle était vraiment en danger, ici. Si cette altercation cachait quelque chose.

— Si vous persistez à insulter cette demoiselle, reprit Malcolm, je me verrai obligé de réagir en conséquence. Et si vous avez quelque chose de professionnel à me dire, demandez un rendez-vous à ma secrétaire. Mais ma réponse ne changera pas. Je vous l'ai déjà dit, et je suis sûr que Lady Smythe-Tomas partage mon avis.

— Espèce de crapule ! grommela l'homme. Vous ne savez pas ce que vous faites, ni ce dont vous vous privez. Écoutez-moi, je vous en supplie...

— J'ai dit non, Nixson, et ma décision est prise.

Au même instant, deux des gardes de la tour en uniforme bleu apparurent et écartèrent l'homme de force. Tout le monde les dévisageait avec intérêt, comme s'il s'agissait d'un spectacle de la Comédie-Française.

— De quoi est-ce que cet homme parlait ? demanda Alex tandis que Malcolm reprenait son bras pour l'entraîner de nouveau dans les escaliers.

Derrière eux, l'homme criait toujours, mais les gardes le tenaient fermement.

— Qui est-il ?

— C'est une affaire professionnelle, grommela Malcolm en retrouvant son accent le plus marqué. Rien de grave.

— Rien de grave ?

Alex revoyait encore le visage congestionné de l'homme et ses petits yeux haineux.

— Mais il était furieux ! protesta-t-elle.

Malcolm s'arrêta brusquement au milieu d'une volée de marches et se tourna vers elle. Son visage avait l'air gravé dans le marbre. L'homme charmant et rieur qui avait discuté avec elle quelques minutes plus tôt avait complètement disparu...

— En affaires, Lady Alexandra, il arrive toujours un moment où l'on doit se montrer impitoyable. Je suis sûr que votre famille comprend cela très bien.

— Ma famille ? balbutia Alex, troublée. Je ne vois pas ce que...

Sans lui répondre, Malcolm reprit sa descente à grandes enjambées. Alex courait presque pour le rattraper, troublée par tout ce qui venait de se passer, quand le talon de sa chaussure se prit dans l'une des grilles métalliques des marches. La surprise l'envoya tomber la tête la première vers la rambarde.

Une terreur froide l'envahit, comme si son sang s'était soudain changé en glace. Elle s'emmêla les pieds dans les plis de sa jupe et perdit encore plus l'équilibre. Une douleur acérée vrilla sa cheville. Elle eut l'impression de tomber pendant des heures, mais sa chute ne dura qu'un bref instant.

Malcolm l'attrapa vivement par la taille et la souleva de terre. Son visage n'était plus qu'un masque d'horreur.

— Vous êtes blessée ? cria-t-il.

— Ma… Ma cheville, balbutia Alex, terrassée par un nouvel élancement qui remonta le long de sa jambe.

Il la reposa sur les marches et s'agenouilla devant elle, ignorant les regards curieux des passants.

— Laissez-moi voir.

Alex sentit ses joues s'empourprer et elle s'en voulut intérieurement de sa sottise.

— Oh ! non…

— Votre cheville est peut-être cassée. Et c'est ma faute : je n'aurais jamais dû vous bousculer comme ça ! Mes accès de colère sont… Je suis vraiment désolé. Puis-je regarder ?

Alex ravala son trouble et acquiesça. Elle retroussa lentement sa jupe sur quelques centimètres, juste assez pour lui montrer son pied dans son soulier.

Malcolm passa une main sur sa cheville, juste au-dessus du revers de cuir de la bottine. Ses doigts étaient forts et chauds, doux même à travers le bas de laine blanche. Alex ne put s'empêcher de frissonner quand il se mit à palper son pied et son mollet, à la recherche d'une blessure. L'espace d'un instant, elle en oublia presque sa douleur lancinante.

Elle dut s'appuyer des deux mains sur les épaules de Malcolm pour ne pas perdre l'équilibre, mais la caresse de ces paumes musclées sur sa jambe lui donnait le vertige.

— Je ne pense pas que vous ayez la cheville cassée, dit-il avec douceur. En revanche, elle commence à enfler. Laissez-moi vous emmener à mon magasin : nous devons faire un bandage au plus vite.

Alex n'était pas certaine de pouvoir supporter ce genre de tête-à-tête avec lui.

— Ce ne sera pas nécessaire ! protesta-t-elle. Je suis sûre que je n'ai rien.

— Vous êtes blessée, et c'est ma faute, répliqua Malcolm d'une voix plus ferme. Laissez-moi au moins vous aider pour me faire pardonner d'avoir gâché notre bel après-midi.

Alex ne put qu'acquiescer lentement.

— Très bien. Allons-y.

— Je crains que ma secrétaire, Miss Mersey, n'ait pris sa journée. Vous allez donc devoir vous contenter de mes soins maladroits, dit Malcolm en aidant Alex à s'asseoir sur une méridienne, dans un coin de son bureau.

Il trouva rapidement un coussin à placer avec soin sous sa cheville enflée.

— Je suis sûre que vous ferez une parfaite Florence Nightingale, répondit Alex avec un sourire.

En fait, son pied allait déjà un peu mieux. Elle ne ressentait plus qu'une vague douleur sourde et ses nerfs s'étaient calmés, eux aussi, quand ils s'étaient enfin retrouvés dans le silence feutré du grand magasin, loin de l'animation de la tour. Elle décida néanmoins, non sans culpabiliser un peu, de profiter de ce moment où Malcolm était tout à elle. Cela n'arriverait sans doute pas souvent.

— Je ne sais pas, répondit-il d'un air un peu piteux. Déjà, je n'ai pas de lampe pour travailler, contrairement à elle. Mais je ferai de mon mieux.

Il tira une carafe de brandy aux reflets ambrés et bruns d'un placard et servit un verre qu'il plaça avec autorité dans la main d'Alex.

— Tenez, buvez ça le temps que j'aille chercher des bandages.

Quand il eut quitté le bureau, Alex en examina le décor

avec curiosité, convaincue qu'elle n'aurait pas d'autre chance d'y entrer. C'était un espace élégant, presque dépouillé en comparaison de l'opulence de marbre et de velours du reste du magasin. Les murs étaient recouverts de lambris sombres. Un tapis vert sapin faisait écho au vert des chaises molletonnées et de la méridienne. L'ensemble donnait une impression de confort et de calme – exactement le havre dont on pouvait avoir besoin pour s'extraire du tumulte des affaires.

Le bureau était très organisé, mais recouvert de papiers et de dossiers d'aspect austère. Deux étagères étaient remplies de registres, et de nombreuses toiles étaient accrochées aux murs dans des cadres d'or vieilli.

Alex se leva avec soin et boitilla jusqu'à elles pour les examiner. Le goût artistique des gens en dit long sur leur personnalité, elle en était convaincue. Les portraits de famille et paysages mornes que ses parents appréciaient et qui avaient recouvert les murs de leur demeure depuis des générations lui avaient paru immuables, autrefois. Emily, elle, collectionnait de lumineuses toiles impressionnistes contemporaines. Et Malcolm ? Aurait-il des portraits d'anciennes amantes ? Des souvenirs mélancoliques de ses collines écossaises ?

Alex découvrit bien vite qu'il s'agissait de toiles de maîtres classiques : des cités hollandaises sous des cieux gris perle, des saints et des héros de guerre, des natures mortes qui paraissaient réelles. Tous ces tableaux, à n'en pas douter, étaient authentiques et de la meilleure qualité – Alex avait exercé son regard grâce à Miss Grantley. Hélas, aucune de ces œuvres ne lui apprenait grand-chose sur l'énigmatique Malcolm Gordston, à part qu'il avait du goût. Elle se sentit bouleversée, presque étouffée.

Le seul tableau qui ne l'écrasa pas par sa splendeur

était déposé sur un petit chevalet, près du bureau. C'était un petit Raphaël représentant une Vierge à l'Enfant dans des tons lumineux de rouge, de bleu et d'or. Il était si ravissant, si fascinant dans la tendresse qui émanait des deux personnages. Leurs têtes blondes étaient penchées l'une vers l'autre et l'enfant caressait la joue de sa mère. C'était un portrait chargé d'amour, d'affection protectrice. Cette mère était sans doute celle dont rêvaient tous les enfants. Celle qu'Alex aurait aimé avoir.

À quoi avait ressemblé l'enfance de Malcolm ? Alex ne se souvenait pas du tout de sa mère et savait que Malcolm avait été envoyé au travail très tôt. Regrettait-il de ne pas avoir connu un amour et une tendresse semblables dans sa vie ?

Alex se détourna, incapable de contempler plus longtemps les yeux azur de la Madone sans pleurer. Pour calmer ses nerfs, elle but une longue gorgée de brandy.

Malcolm revint quelques minutes plus tard, les bras chargés d'une bassine d'eau et d'une petite boîte en bois. Une serviette était passée sur son épaule. Il fronça les sourcils quand il la vit debout.

— Vous ne devriez pas marcher sur cette cheville, dit-il sévèrement.

Il posa son fardeau et se débarrassa de son manteau. Ses épaules larges étiraient le lin délicat de sa chemise. Alex fut incapable de détourner les yeux de lui.

— Je voulais voir vos tableaux, répondit-elle en s'asseyant docilement sur la chaise la plus proche. Ils sont vraiment très beaux. Surtout celui-ci. Un Raphaël, n'est-ce pas ?

— Oui.

Malcolm jeta un rapide coup d'œil à la toile et un nuage voila son regard bleu pâle.

— J'ai eu un mal fou à l'obtenir. C'était lors d'une vente

aux enchères à Düsseldorf et cinq autres personnes luttaient pour l'emporter.

— Mais il fallait que vous l'ayez, murmura Alex, presque pour elle-même.

Pourquoi Malcolm aimait-il tant ce tableau ?

— Quand je désire vraiment quelque chose, je suis prêt à tout pour l'obtenir.

Il s'agenouilla près d'elle et ses cheveux lui effleurèrent un instant le bras. Sans un mot, il lui ôta délicatement son soulier. Avec tant de douceur qu'Alex osait à peine respirer, il entreprit alors de rouler son bas déchiré et de placer son pied dans l'eau chaude de la bassine.

Il fallait à tout prix qu'Alex trouve une distraction – n'importe laquelle – sans quoi elle risquait de s'évanouir.

— Est-ce qu'elle, la Madone je veux dire, ressemble à votre mère ?

Malcolm leva les yeux d'un air surpris.

— Ma mère ? Je ne saurais pas le dire : je me souviens à peine d'elle. Elle avait aussi des yeux bleus, cela, je le sais. Et elle me souriait de la même façon quand elle me couchait, le soir.

— C'est pour ça que vous avez acheté ce tableau ?

— Pour me rappeler ma mère ?

Il se tut un long moment, l'air songeur.

— Je ne sais pas. Je pense que j'avais juste besoin de cette pointe de tendresse et de douceur. Il n'y en a pas beaucoup, dans ma vie.

Alex fut attristée par ses paroles. Elle aurait voulu le toucher, caresser ses cheveux, trouver un moyen de le réconforter. Mais bien qu'ils soient proches physiquement, en cet instant, elle ne pouvait ignorer sa timidité, qui les séparait. Elle serra les poings.

Malcolm sécha son pied avec soin et examina sa cheville

enflée. Alex dut lutter pour ne pas s'écarter. Personne n'avait encore vu sa peau nue d'aussi près, avant. Mais les mains de Malcolm étaient si chaudes, si douces, si… excitantes, d'une certaine manière. Bien qu'une part d'elle lui criât de se cacher, Alex avait encore plus envie que cet instant se poursuive le plus longtemps possible.

C'est encore enflé, constata Malcolm. Vous allez devoir faire très attention en marchant, pendant quelques jours. Mais vous avez de la chance : il n'y a rien de cassé.

— J'ai déjà moins mal.

Malcolm ouvrit la boîte qu'il avait apportée et en tira une écharpe de soie magnifique, d'un bleu canard resplendissant. Elle apportait une étrange touche de couleur dans cette pièce sombre.

Il entreprit de l'enrouler autour de la cheville d'Alex qui ne put s'empêcher de protester.

— Vous n'allez tout de même pas utiliser un aussi beau tissu pour me faire un bandage !

— Je n'ai pas trouvé de vrais bandages. Je suis sûr que ça fera l'affaire. La couleur ne va pas ? Je pourrais vous en apporter une rose, ou vert pâle si vous voulez.

Alex ne put se retenir d'éclater de rire. L'expression abasourdie qui accueillit son hilarité et le regard inquiet de Malcolm sur le pansement furent adorables.

— Non, le bleu me semble tout à fait acceptable, répondit-elle. Mais c'est beaucoup trop joli, et trop cher !

— Pas du tout. Vous ne pouvez pas rentrer chez vous sans protéger votre cheville, le mal ne ferait qu'empirer.

Il noua fermement l'écharpe, en l'ornant de boucles élégantes, sans lui laisser le temps d'en dire plus. Il était si soigneux, si doux, comme s'il la croyait faite de porcelaine.

Alex eut l'impression de se retrouver en face d'un autre Malcolm : l'homme qui s'était disputé d'un air farouche avec l'inconnu sur la tour n'avait rien à voir avec celui qui s'occupait d'elle à présent. Toutes les facettes de son caractère défilaient sous ses yeux sans jamais se figer. Connaîtrait-elle un jour le vrai Malcolm ?

— Voilà, murmura-t-il en admirant son ouvrage. Cela devrait suffire en attendant que vous ayez vu un médecin.

Alex examina son bandage raffiné.

— Je ne pense pas qu'un médecin serait capable de faire mieux. Où avez-vous appris à soigner les gens comme ça ?

Malcolm haussa les épaules.

— J'étais fils de fermier, et maintenant je dirige des grands magasins qu'on livre sans arrêt. Les accidents sont monnaie courante.

— Dans ce cas, j'ai bien de la chance de m'être trouvée avec *vous* quand je suis tombée, monsieur Nightingale, plaisanta Alex.

Il secoua la tête d'un air sombre.

— Vous n'auriez pas été si pressée de redescendre les escaliers si je n'avais pas laissé ma colère me dominer. M. Nixson est un idiot, mais je n'aurais pas dû m'emporter comme cela.

Alex fut tentée de lui demander ce qui avait causé leur dispute, mais Malcolm aurait sans doute refusé de lui répondre. Elle se contenta donc d'observer son pied blessé. Même sans chaussure, elle n'aurait pas pu être plus élégante.

Malcolm se redressa sur ses talons, appuyé sur les bras du fauteuil. Il était si proche qu'elle pouvait de nouveau s'enivrer de son parfum ensoleillé. Elle sentait même la chaleur de ses mains près des siennes. Il lui aurait suffi de se pencher un peu – juste un peu – pour presser ses lèvres contre la joue de son Thor et goûter enfin la saveur de sa peau. Ensuite, elle aurait tourné la tête, à peine, et…

Le regard de Malcolm plongea un instant dans le sien. Ses

iris bleus s'assombrirent comme un ciel d'orage. Pendant quelques secondes, le souffle court, Alex eut l'impression qu'il devinait toutes ses pensées et ses désirs. Allait-il l'embrasser ? Non, il se détourna et s'écarta. Alex ne put que s'affaler dans le fond du fauteuil, déçue.

Malcolm se releva et tourna les talons pour récupérer son manteau. Gênée, Alex se mit à jouer nerveusement avec sa jupe. Si seulement elle pouvait être plus sophistiquée, plus élégante... Si seulement elle savait comment l'inciter à l'embrasser.

— Laissez-moi trouver une voiture pour vous raccompagner chez vous, lança-t-il.

— Oh ! ce n'est pas bien loin ! protesta Alex, de plus en plus embarrassée.

— Sottises, femme ! Vous ne pouvez pas partir à pied et gâcher tous mes efforts ! s'écria Malcolm avec une sévérité moqueuse. Je vais faire appeler mon cocher, et ce n'est pas négociable.

Sur ce, il quitta la pièce d'un pas vif.

Alex dut étouffer un nouveau fou rire.

10

Les choses ne pouvaient pas continuer ainsi. C'était stupide. De la folie !

Malcolm rejeta son stylo et repoussa les documents qui encombraient son bureau. Le magasin avait fermé ses portes et la nuit tombait sur les rues de Paris. Les fenêtres des appartements s'illuminaient au fur et à mesure du retour de leurs occupants. D'habitude, c'était le moment de la journée qu'il préférait : quand le silence envahissait les bureaux, lui permettant de se retrouver seul avec son travail. Il s'y perdait avec bonheur, tellement absorbé que le monde semblait s'effacer autour de lui.

Mais pas ce soir-là. Ce soir-là, la présence d'Alexandra continuait à envahir son sanctuaire, aussi réelle que si elle était vraiment dans la pièce, assise près de lui. Dans ses rêves, il l'imaginait installée sur la méridienne. Il pouvait presque sentir le parfum de la jeune femme, entendre son rire et sa voix si douce. Les règles immuables qui régissaient sa vie d'homme d'affaires, si soigneusement élaborées pour effacer le chaos de sa jeunesse, avaient été renversées.

Il fallait qu'il reprenne le contrôle !

Malcolm finit par abandonner son travail et se caler au fond de son fauteuil. Les yeux fermés, il revit Alex sur la tour baignée par un soleil qui réchauffait l'acier, en train de siroter son verre de champagne et de se moquer des toilettes extravagantes qu'elle voyait défiler. Il ressentait encore le contact léger, féerique, de sa main sur son bras quand ils avaient dansé au Grand Véfour ; et songeait malgré lui à la manière un peu timide qu'elle avait de le regarder sous ses longs cils. Elle posait sur le monde des yeux si émerveillés. Tout en elle trahissait un raffinement délicat, sans le moindre mépris ou le moindre artifice. Elle était simplement... elle.

Et il voulait découvrir davantage de choses sur elle. Il voulait tout savoir. Il avait tellement envie de la revoir qu'il était incapable de se concentrer sur ses tâches quotidiennes.

Qui aurait cru que la fille du duc de Waverton saurait un jour le bouleverser à ce point ? Cet homme avait détruit son père !

Malcolm rouvrit les yeux et examina les ombres qui planaient dans son bureau, au-delà du halo doré de sa petite lampe. Avec Alex, il n'y avait eu ni silence, ni obscurité.

Miss Mersey n'avait-elle pas dit qu'il avait besoin d'une épouse ? De quelqu'un capable de lui offrir un foyer et de l'aider en société ? Il avait balayé ses conseils d'un revers de la main, mais elle avait peut-être raison, après tout. Alexandra était-elle la femme qui pourrait transformer sa vie ? La compagne qu'il avait si longtemps attendue sans même le savoir ?

Cette pensée était saisissante. Depuis Mairie, il avait vécu en solitaire et avait aimé ne dépendre de personne. Il avait été si certain que sa vie entière se résumerait à cela. Mais maintenant, cette destinée idéale lui semblait un peu creuse, bancale.

Peut-être qu'une part de lui avait finalement envie d'une vraie maison où quelqu'un l'attendrait, le soir. Le sourire d'Alexandra l'accueillerait quand il passerait la porte. Elle rirait pendant le souper et valserait dans ses bras lors des bals. Elle lui donnerait un vrai foyer, il n'habiterait plus de simples appartements loués et vides. Oui, elle serait *capable* de tenir pour lui une maison chaleureuse, accueillante, élégante ; et sa présence lui permettrait enfin d'être invité à toutes ces fêtes où un commerçant n'avait d'habitude pas sa place. Plus important, Alexandra serait sienne, allongée à ses côtés toutes les nuits. Elle lui permettrait enfin d'assouvir ce désir brûlant qui le dévorait. Dans de telles circonstances, le mariage aurait certainement ses charmes.

Un autre avantage vint à l'esprit de Malcolm, même s'il n'était pas très fier de l'admettre... Le duc de Waverton, plongé en disgrâce, aurait sans doute honte d'avoir un marchand pour gendre – même si ce marchand était capable de racheter ses anciens biens trois fois au moins. Voir le fils d'un de ses anciens métayers, un homme qu'il avait traité avec tant de mépris, rendre à sa fille le luxe et la sécurité qu'il ne pouvait plus lui donner l'enragerait. Et c'était une pensée satisfaisante – plus que satisfaisante.

Alexandra, elle, serait sans doute tellement reconnaissante de se voir offrir une telle chance qu'elle n'empiéterait pas trop sur sa vie soigneusement planifiée.

Envisageait-il vraiment cela ? Le mariage ? Pour *lui* ? Malcolm faillit éclater de rire. Il ne se reconnaissait plus ! Pourtant, ce projet tentant ne le quittait pas, scintillant devant lui comme un fruit défendu qui serait enfin à sa portée.

Était-ce le cas ? Que penserait Alexandra, ce fruit délicieux, s'il lui offrait une bague de fiançailles ?

Dans la pénombre du bureau, Malcolm fronça les sourcils. Comment parviendrait-il à la convaincre ? Elle n'était pas femme à se pâmer devant des robes de luxe, des fourrures, des joyaux, des voitures – et pourtant, il aurait été ravi de lui offrir tout ce que sa fortune pouvait acheter. Si elle le laissait faire, il la recouvrirait chaque jour de diamants, d'émeraudes et de perles dignes de sa beauté. Peut-être qu'elle voulait une place influente en société, comme la plupart des autres femmes, mais il en doutait. Une somptueuse demeure ? Des voyages aux quatre coins du monde ?

Hélas, son doux sourire timide dévoilait si peu ses pensées, ses désirs ou ses passions... L'espace d'un instant, intense et imprudent, Malcolm avait cru qu'elle voulait l'embrasser. Qu'elle voulait qu'il la touche au moins autant que lui le souhaitait. Mais cette flamme avait vite disparu de son regard.

Malcolm se souvint soudain de l'expression d'Alexandra quand elle avait parlé de son travail à l'école de Mlle Gardinier, du temps qu'elle offrait à toutes ces jeunes femmes qui vivaient des épreuves difficiles. Son enthousiasme pour cette mission avait illuminé son visage, révélant le profond désir qu'elle avait d'aider son prochain. Cela, Malcolm pouvait le lui offrir. Grâce à lui, elle aurait la possibilité de proposer de l'argent à toutes les œuvres de charité de la ville si elle le souhaitait, peut-être même d'en créer une à son tour.

Est-ce que cela suffirait ?

Agité et incapable de tenir en place, Malcolm s'écarta de sa table et quitta le bureau. Les ascenseurs étaient immobiles, à cette heure tardive, et il s'engagea dans l'escalier. Abandonnant derrière lui les étroits couloirs et les tapis des bureaux, il rejoignit les vastes sols de marbre du troisième étage où était installé le département de joaillerie.

La nuit, le magasin vide débarrassé de la rumeur des clients prenait des allures étranges et hantées. C'était son domaine. Il y était enfin seul.

Malcolm s'approcha du comptoir où étaient exposés les assortiments de bagues dans des vitrines de verre épais verrouillées depuis la fermeture. Il ouvrit la première, garnie des plus beaux bijoux sur un lit de velours pourpre, et examina les pièces une à une. Un diamant rose entouré d'une couronne de plus petites pierres diaphanes. Un saphir de la taille d'un pouce de bébé. Un bouquet de rubis rouge sang.

Hélas, il n'imaginait aucun de ces trésors au doigt d'Alexandra. Aucun d'eux n'aurait le pouvoir d'illuminer ses yeux ou de les faire pétiller de plaisir. Il se pencha alors sur la seconde vitrine, mais rien ici non plus ne lui parut convenir.

Pour la première fois depuis très longtemps, Malcolm, empereur des marchands, ne savait comment obtenir ce qu'il voulait.

Alex regarda les filles relire leurs leçons d'un air très concentré. Charlotte, l'aînée, ne levait pas les yeux, mais la petite Amelia s'agitait, impatiente. Elles étaient tellement adorables qu'Alex sentit son cœur se serrer.

Dehors, la lumière dorée du matin montait, se déversant par la fenêtre de la salle de classe pour éclairer le parquet ciré. La rue, en contrebas, était remplie de cuisinières qui partaient au marché un panier à la main, de nourrices qui emmenaient de petits enfants au parc et de voitures qui s'arrêtaient devant toutes les boutiques ; mais la maison Bullard, elle, baignait dans un silence serein.

Alex ne pouvait s'empêcher de penser à Malcolm, si vibrant d'une énergie intarissable, de confiance et de passion. Elle avait tellement eu envie de l'embrasser, dans le bureau ! Ce désir ne la quittait plus. Même plongée dans son travail, elle était incapable de songer à autre chose.

Elle soupira. Son père était parti pour l'Angleterre ce

matin-là et Emily était à Lyon pour ses affaires. Peut-être qu'elle-même se sentait juste un peu seule, perdue, et c'était sans doute pour cela qu'elle rêvassait tant. Non, ce n'était pas la vraie raison de sa distraction. C'était à cause de Malcolm. Elle effleura du bout des doigts l'écharpe de soie bleue qu'elle portait autour du cou, se souvenant avec émotion des grandes mains de Malcolm sur sa cheville.

— À quoi pensez-vous, Miss Mannerly ? demanda soudain Charlotte.

Alex leva les yeux et se rendit compte que la fillette la dévisageait d'un air perplexe.

Elle s'efforça de sourire.

— Je suis navrée, les filles. Je crois que j'ai eu une absence. Avez-vous terminé votre lecture ?

— Est-ce que vous pensiez à un prétendant ? demanda Amelia avec un sérieux de grande personne.

— D'où te vient cette idée, Amelia ?

Alex avait-elle trahi ses sentiments, même devant les enfants ?

Les fillettes échangèrent un regard.

— On feuilletait un des livres de maman. Il y avait une gouvernante, dedans, et elle recevait un… un…

Amelia buta sur les mots.

— Un *billet doux*, acheva sa sœur. Écrit par un homme. Et elle s'est évanouie.

Alex se mordit la lèvre pour ne pas éclater de rire.

— Tout d'abord, je n'ai jamais reçu de billet doux, et je ne m'évanouis pas. De plus vous n'êtes pas en âge de lire les romans de votre mère. Pas avant plusieurs années.

Elle se souvint des romances qu'elle cachait elle-même chez Miss Grantley quand Emily, Diana et elle y étaient élèves. Elle ne put s'empêcher de secouer la tête, amusée.

— Mais ses livres sont tellement plus intéressants que

les nôtres, protesta Charlotte. Est-ce que vous *avez* un prétendant, même s'il ne vous envoie pas de lettres ?

Alex songea à Malcolm, à ses yeux bleu glacier qui se paraient de petites rides quand il souriait – trop rarement. Elle sentit de nouveau sa chaleur sur sa peau. Était-il un prétendant ? Non, certainement pas. Il était entouré de trop de femmes bien plus élégantes et sophistiquées pour s'intéresser à elle. Une danse et une flûte de champagne ne suffisaient pas pour faire la cour.

Aimerait-elle qu'il la courtise ? Jamais encore elle ne s'était posé cette question et l'idée fit naître en elle une étrange… excitation. À quoi est-ce que cela ressemblerait ?

— Navrée de vous décevoir, les filles, mais non, répondit-elle.

— Oh ! lâcha Amelia dans un murmure. Nous aurions tellement aimé être des demoiselles d'honneur… Avec des couronnes de fleurs et des ceintures bleues !

Alex rit de bon cœur.

— Eh bien, si j'ai un jour un prétendant, je saurai m'en souvenir. Maintenant, montrez-moi votre progression en lecture.

Après une demi-heure de leçons supplémentaire, on frappa à la porte de la salle de classe et Lady Bullard entra. Elle se débarrassa de ses gants et la traîne de son élégante robe de marche en satin et velours bleu la suivait dans un froissement d'étoffe.

— Venez, mes chéries : votre professeur de musique est là et j'ai un rendez-vous chez M. Worth ! Il est temps de laisser Miss Mannerly seule un moment.

Quand les filles furent sorties en courant, Lady Bullard aida Alex à ranger les livres et à remettre les chaises en place.

— Je crains que les filles n'aient feuilleté certains de vos livres, annonça Alex.

La plupart des gouvernantes auraient eu peur d'admettre une chose pareille, de crainte d'être blâmées pour leur manque de vigilance. Mais Lady Bullard se contenta de rire.

— C'était une histoire de gouvernante qui s'évanouissait…

— Oh non ! s'écria la mère avec un nouveau sourire. Ma sœur m'envoie toujours les dernières romances en vogue à Londres. Je prendrai soin de les cacher la prochaine fois que les filles viendront dans mon salon. Nous n'avons pas besoin des cauchemars gothiques qui nous réveilleraient en pleine nuit si elles découvraient de nouveaux romans audacieux. Des châteaux en pleine tempête, des naufrages, ce genre de choses…

— Après avoir lu l'histoire des lettres d'amour de la gouvernante, elles se sont mis en tête d'organiser mon mariage, reprit Alex.

— Quelles effrontées !

Lady Bullard jeta à Alex un regard interrogateur.

— Je n'ai pas vu de lettres arriver pour vous, à part celles de votre mère et celles de Lady Blakely venant de Vienne, mais… Eh bien, si vous deviez *avoir* un prétendant…

— Je n'en ai pas, répondit vivement Alex en chassant une fois de plus l'image de Malcolm de son esprit. En tout cas, je ne pense pas.

— Vous ne pensez pas ?

Lady Bullard s'assit sur l'une des petites chaises, comme si elle avait soudain oublié son rendez-vous.

— Miss Mannerly, je sais que je ne suis pas beaucoup plus âgée que vous, mais je *suis* mariée et je sais que votre mère est loin d'ici. Vous m'avez fait une immense faveur en venant à Paris pour enseigner à mes filles. Si jamais je peux vous aider en retour, vous donner le moindre conseil…

Alex aurait voulu demander à *quelqu'un* ce que ses sentiments signifiaient vraiment, mais elle n'avait aucune envie d'abuser de la bonté de Lady Bullard.

— Il y a… un homme qui m'intéresse, j'imagine. Mais ce n'est pas un prétendant. Je ne pense pas qu'il verrait une femme comme moi d'un œil sérieux.

Lady Bullard parut étonnée.

— Oui, pourquoi en effet ? Vous n'êtes que jolie, gentille et dans les petits papiers de personnes influentes, dit-elle avec une pointe d'ironie.

Cependant Malcolm avait bâti sa fortune seul. C'était un homme qui connaissait bien le monde.

— Je ne pense pas qu'il s'intéresse à ce genre de détails.

— La beauté est toujours importante, dans ces affaires-là. Ce qui compte, c'est que vous découvriez ses intentions à votre égard. Une femme doit toujours faire preuve de prudence en amour.

— Oui, je sais.

Alex avait bien conscience de son statut précaire…

Lady Bullard acquiesça gravement.

— Bien entendu. Dites-moi, avez-vous l'intention de vous rendre chez Mlle Gardinier, cet après-midi ? J'ai préparé un carton de livres pour ses élèves.

Une demi-heure plus tard, Alex était en route pour l'école, son carton dans les bras. À cette heure, la rue était très animée, remplie de bruit et de mouvement, mais les pensées d'Alex l'entraînaient bien loin de tout ça, dans le calme bureau du grand magasin Gordston. Avec Malcolm.

« Une femme doit faire preuve de prudence. » Lady Bullard avait on ne peut plus raison. Alex voyait tous les jours le résultat des erreurs de jugement des malheureuses qui fréquentaient l'école de Mlle Gardinier. Elle-même n'était pas certaine de ce que l'avenir lui réservait. Mais, hélas, en ce qui concernait Malcolm, elle n'arrivait pas à penser à la prudence.

11

En quittant l'école après les cours de l'après-midi, Alex se retourna pour faire un dernier signe de la main aux jeunes femmes qui se pressaient derrière la fenêtre de l'étage. Comme toujours après une longue journée de travail, elle se sentait fatiguée mais heureuse. Les élèves la faisaient toujours rire et lui permettaient de voir sa vie sous un jour nouveau. En dépit des épreuves qu'elles avaient traversées, elles étaient toujours de bonne humeur et curieuses, prêtes à partager des histoires amusantes et instructives.

Si seulement Alex avait pu leur demander des conseils. Elles connaissaient bien mieux les hommes qu'elle. Sans doute pourraient-elles l'aider à mieux comprendre ses sentiments. Le simple fait de penser à Malcolm la tenait éveillée des nuits entières.

Elle soupira et se détourna de l'école, ses livres de cours sous le bras. Même loin de sa famille, elle ne manquait *pas* de personnes vers qui se tourner. Les élèves de Mlle Gardinier, Lady Bullard, Emily, même Miss Grantley qui répondait toujours à ses lettres. Mais toutes ces femmes la croyaient bien plus mûre et posée qu'elle ne l'était – surtout en ce moment. Elle ne voulait pas leur montrer à quel point elle se sentait hésitante et romantique, ces derniers temps.

Alex quitta la rue calme pour se retrouver dans une

avenue plus animée et entreprit de descendre en direction de la Seine. Soudain, elle sentit ses livres glisser sous son bras. Elle tenta désespérément de les rattraper avant qu'ils ne tombent sur les pavés sales.

— Laissez-moi vous aider, proposa une voix grave, près d'elle.

Un bras vêtu d'une coûteuse veste de laine bleue apparut dans son champ de vision.

La voix, elle, lui était familière. Surprise, Alex se redressa et son regard fut immédiatement plongé dans les yeux bleus de Malcolm. Il sourit et Alex eut soudain l'impression que la journée devenait encore plus claire.

Elle le laissa volontiers se charger de ses livres, le souffle court.

— Quelle chance que vous passiez par là, monsieur Gordston !

Alex se souvint alors de ce qu'il lui avait dit dans son bureau : elle devait l'appeler Malcolm.

Le sourire du jeune homme s'élargit.

— J'ai une confession à vous faire. En fait, je vous attendais.

— Vous m'attendiez ?

C'était bien la dernière chose qu'Alex pensait entendre.

— Oui, je me suis présenté chez les Bullard et le majordome m'a dit que vous étiez à l'école de Mlle Gardinier.

— Vous vouliez me parler de quelque chose ?

— Oui, je... Je ne crois pas que ce soit l'endroit idéal pour discuter. Voulez-vous que nous nous installions dans ce petit café, là-bas ? Ou bien êtes-vous attendue par Lady Bullard ?

— Non, j'ai fini mon travail de la journée. Je serais ravie de passer un peu de temps avec vous.

À la vérité, elle était très excitée à l'idée de pouvoir lui parler pendant un moment, d'être près de lui. Qu'avait-il donc de si urgent à lui dire ?

Il la conduisit jusqu'à l'une des petites tables qui meublaient la terrasse du café, sous l'auvent rouge, et un serveur leur apporta rapidement une carafe de vin. Alex contempla le visage de Malcolm, par-dessus le rebord de son verre. Elle ne savait pas quoi dire. Il avait l'air… différent. Aussi beau que d'habitude, avec ses cheveux dorés qui brillaient au soleil ; mais également intimidé. Peut-être.

Pourquoi donc ? Malcolm Gordston ne doutait jamais de rien. Sa confiance en lui était presque palpable, comme une aura lumineuse qui l'entourait en permanence. Soudain, une pointe d'inquiétude monta en elle.

Il y avait bien quelque chose de changé en lui. Il vida son verre d'une traite, parut sur le point de s'exprimer, puis secoua la tête et resta silencieux.

Alex effleura nerveusement l'écharpe bleue qu'elle avait passée sous le col de sa veste de tweed. Elle ne savait comment briser cette gêne entre eux. Elle se souvint de la douce intimité qui les avait liés dans son bureau, de cet instant exaltant où elle avait cru qu'il allait l'embrasser.

— Monsieur Gordston… Malcolm, commença-t-elle, si jamais j'ai fait quelque chose qui vous a contrarié…

— Pas du tout.

Il lui lança un étrange sourire nerveux et lui prit la main. Ses doigts étaient chauds à travers le gant qu'elle portait.

— Seulement, j'ai quelque chose à vous dire et je ne sais pas comment aborder le sujet.

Alex sentit son cœur s'emballer et le feu lui monta aux joues.

— Oh ! ce n'est tout de même pas si difficile de me parler, non ?

— Bien sûr. En fait, j'ai presque l'impression de pouvoir tout vous dire.

— Sauf maintenant ?

— Sauf ceci. Vous voyez, Lady Alexandra…

— Juste Alex. Vous vous souvenez ?

Il sourit.

— Juste Alex, donc. Oui. Vous voyez, on m'a récemment fait comprendre – de nombreuses fois – que je devrais songer à me marier.

Le monde se figea autour d'Alex. Elle se sentit soudain transportée dans une autre réalité, étrange et irréelle.

— Vous marier ?

— Oui. Avec quelqu'un capable de m'offrir un vrai foyer, de m'accompagner tout au long de ma vie. Je n'ai jamais pensé à cela auparavant. En tout cas, pas depuis longtemps. Mais j'admets que ce conseil commence à me paraître sensé. Je ne suis plus si jeune et… Qu'y a-t-il ?

Un étrange petit rire étranglé venait d'échapper à Alex et elle porta la main à ses lèvres pour le contenir.

— Rien. Seulement, c'est étrange… On m'a récemment dit la même chose : que je devrais me marier.

Il eut l'air surpris.

— Peut-être est-ce le destin, dans ce cas.

— Le destin ?

Malcolm fouilla la poche de son manteau et en tira un petit écrin de velours. Quand il l'ouvrit, Alex découvrit une magnifique bague : un ancien camée entouré d'une couronne de perles délicates.

— Lady Alexandra, j'ai l'honneur de vous demander votre main.

Impossible ! Cette fois, elle *devait* rêver. Elle contempla la bague, abasourdie par la vitesse avec laquelle sa vie avait changé et par un raz-de-marée d'espoir mêlé de peur.

— Mais nous ne nous connaissons pas encore très bien, Malcolm, protesta-t-elle.

Les yeux bleus hypnotiques ne la quittaient pas et Alex se

rendit compte qu'elle n'avait aucune envie de se détourner, elle non plus.

— Vraiment ? Moi, j'ai l'impression de vous connaître. Vous êtes douce, cultivée, belle et surprenante. Je pense que nous nous apprécions, que nous pourrions nous entendre. Pas vous ?

S'apprécier. S'entendre. Ce n'était pas vraiment le genre de grande déclaration passionnée qu'Alex lisait dans les romans, mais étrangement cela lui parut sonner plus juste. Ce genre de sentiments pouvait sans doute durer et servir de fondation à une nouvelle existence solide.

Elle le regarda un long moment. Que pensait-il vraiment ? Que ressentait-il ? Que se passait-il entre eux ? Et que devait-elle faire ?

— Je sais que je ne suis pas l'homme que vous espériez épouser, poursuivit-il avec calme, comme s'il prenait son silence pour de l'hésitation. Mais je veux essayer de vous rendre heureuse. De vous offrir une vie confortable.

— Confortable ? murmura Alex.

Le confort était bien la dernière chose qu'elle ressentait quand elle était avec lui – au contraire, il la troublait, il la déstabilisait, il la rendait plus nerveuse. Mais en dépit des dures leçons qu'elle avait apprises dans le monde réel, il était vrai qu'elle avait envie de plus. De quelque chose de spécial.

— Et l'école de Mlle Gardinier ? Vous pourriez passer beaucoup plus de temps à y travailler. Vous auriez assez d'argent pour aider toutes les œuvres de charité qui touchent votre cœur.

— Inutile de m'acheter, Malcolm.

Néanmoins, ses paroles avaient visé juste. S'il lui avait offert des bijoux, des fourrures et des robes, Alex aurait eu la force de refuser. Elle avait appris très jeune que la richesse pouvait être une chaîne, une malédiction qui changeait les gens. Comme elle avait changé le gentil garçon avec qui elle avait exploré les collines écossaises, autrefois. Celui qu'elle voulait retrouver. Mais aider l'école...

Malcolm éclata de rire.

— Il faut me pardonner. J'ai été un homme d'affaires pendant trop longtemps. Les négociations sont devenues ma seconde nature. Mais je pense sincèrement que nous pourrions avoir une belle vie ensemble. Et je veux vous voir heureuse. Seulement, je ne sais pas comment faire. Vous êtes très différente de toutes les femmes que j'ai rencontrées.

— Me proposer des fonds illimités pour les œuvres de charité que je soutiens est vraiment un projet très tentant. Je dirais que vous me connaissez assez bien, en effet, répondit Alex.

C'était d'autant plus tentant d'imaginer un homme tel que Malcolm à son bras, mais elle n'osa pas l'admettre à voix haute. Il était beau, rempli d'une vitalité, d'une énergie insatiables. Et il était intéressé par tant de choses dans la vie. De son côté, avec sa connaissance de la société, Alex pourrait l'aider et se rendre utile. Ils pourraient aussi avoir des enfants...

Elle sentit son visage s'empourprer à l'idée d'avoir une famille avec lui. De *fonder* une famille.

— Acceptez-vous de réfléchir à ma proposition ? demanda Malcolm d'un air tendu.

Alex contempla la bague aux fleurs délicates gravées sur fond corail.

— Et si j'acceptais maintenant ? Qu'en penseriez-vous ?

— Je penserais que je suis l'homme le plus chanceux de Paris.

Il posa doucement sa main sur la sienne.

— Est-ce que vous dites oui ?

— Je... Je ne sais pas.

Si seulement le monde autour d'elle cessait de tournoyer, elle saurait peut-être quoi faire pour assurer leur bonheur à tous les deux, songea Alex.

— Vous m'avez prise par surprise...

C'était le moins qu'elle puisse dire. Elle effleura les perles qui ornaient le camée.

— La bague ne vous plaît pas ? J'ai examiné beaucoup de bijoux plus précieux, mais ils ne m'ont pas semblé convenir. J'ai trouvé celle-ci chez un antiquaire et elle m'a fait penser à vous. Bien sûr, vous pouvez choisir la bague que vous préférez dans mon magasin. Des diamants, des émeraudes...

— Oh non ! s'écria Alex.

Elle n'aurait échangé ce joli camée pour rien au monde.

— Celle-ci est ravissante. Seulement, je ne sais pas quoi vous répondre. Laissez-moi un peu de temps pour réfléchir à tout cela.

— Aussi longtemps que vous le voudrez. Nous pourrions peut-être dîner ensemble plus tard, cette semaine ? Cela me donnerait l'occasion de vous courtiser dans les règles.

Alex acquiesça.

— Oui, un dîner me semble parfait.

Après leur repas, se passerait-il d'autres choses ? Alex était trop bouleversée pour comprendre ce qui lui arrivait, mais elle savait au moins une chose : la proposition de Malcolm était plus que tentante.

12

Le moment de vérité était peut-être enfin venu. Après le souper, ce soir-là, Malcolm serait un homme fiancé – ou alors tous ses projets pourraient être réduits à néant.

Il contempla son reflet dans le miroir tout en attachant sa cravate à l'aide d'une épingle ornée d'une perle. Il avait passé son costume le plus élégant, en doux cachemire noir, sur un gilet de brocart doré. Ses cheveux étaient taillés avec soin. Ressemblait-il réellement à un futur époux respectable, dans cette tenue ? Avait-il opté pour la bonne apparence aux yeux d'une lady comme Alexandra ou devait-il se changer ?

Il ne put réprimer un éclat de rire. Il fallait qu'il se contrôle.

— Calme-toi, marmonna-t-il. Tu as accompli des exploits bien plus difficiles, dans ta vie, qu'aller simplement dîner avec une femme.

Pourtant, ses négociations professionnelles les plus complexes n'étaient rien comparées au fait de courtiser une femme en vue d'en faire son épouse.

Et pas n'importe quelle épouse. Lady Alexandra.

Malcolm se souvenait encore du plaisir qu'il avait ressenti quand il avait déposé un baiser sur ses doigts, au café. Ce simple contact furtif avait suffi à envoyer une vague de désir au creux de ses reins. Jamais encore il n'avait ressenti ce genre de chose, une telle fièvre provoquée par une femme en particulier. C'était l'air surpris d'Alexandra qui l'avait empêché de la prendre dans ses bras, et rien d'autre. Elle était si différente, sa petite fée... Avec elle, il allait devoir se montrer doux et prudent – en tout cas, s'il voulait parvenir à la séduire.

Et il le voulait. Plus que tout. Trop. Quand Miss Mersey lui avait suggéré de se marier, cette idée lui avait paru absurde. À présent, il ne s'imaginait plus vivre en célibataire. Il voulait une femme. Il voulait Alex.

Il la désirait dans son lit, assise à table près de lui, à son bras, et il voulait lui offrir tout ce dont elle pourrait avoir envie. Il voulait la rendre heureuse. La voir rire. C'était à la fois fascinant, étrange et incompréhensible.

Malcolm attrapa l'écrin qui contenait la bague. Il était toujours convaincu qu'un bijou plus précieux aurait été plus adapté à la fille d'un duc, mais l'émerveillement qui avait envahi le regard d'Alex quand elle avait découvert le camée lui murmurait que son instinct avait été le bon. L'élégance discrète de cette bague lui convenait bien.

Il ne lui restait plus qu'à espérer conclure l'affaire dans la soirée et passer enfin cette bague au doigt de sa fiancée.

Alex se tourna et se retourna devant le miroir, examinant son reflet sous toutes les coutures. Elle aurait aimé avoir une nouvelle toilette à la mode, mais sa robe de taffetas vert pomme bordée de dentelle ivoire restait belle malgré tout. Sa teinte lui rappelait l'été et les nœuds qui ornaient le décolleté étaient très mignons. Alex avait assorti sa tenue d'un rang de perles hérité de sa grand-mère. Amelia et Charlotte avaient insisté pour la coiffer et agrémenter ses boucles de rubans blancs. Les filles avaient même déclaré qu'elle « avait l'air d'une princesse ».

Avait-elle seulement l'apparence d'une femme sur le point de se fiancer à l'un des plus importants commerçants de la ville ?

Était-elle sur le point de se fiancer ? Si seulement elle avait su quoi faire... Toute la nuit et toute la journée, ces questions avaient hanté Alex. Une part d'elle songeait encore que la demande de Malcolm n'avait été qu'un rêve. Pourquoi aurait-il voulu l'épouser, elle, alors que Paris regorgeait de beautés plus sophistiquées, plus élégantes et plus riches ? Il aurait pu choisir n'importe quelle femme.

Alex se souvint de son enfance en Écosse, tant d'années plus tôt, et du gentil garçon qui lui avait appris à pêcher, qui s'était promené à travers les landes avec elle. Elle l'avait idolâtré ! Est-ce que ce garçon existait encore, caché sous l'étoffe de l'homme ? Et la jeune fille qu'elle avait aperçue avec lui, lui tenant la main et le couvant d'un regard si tendre ? Pensait-il encore à elle ?

Quand Malcolm lui avait demandé sa main, le premier réflexe d'Alex avait été de se jeter dans ses bras et de crier : « Oui ! » Pourtant, quelque chose l'avait retenue, sur cette terrasse de café. Le mariage était une chose sérieuse. Alex n'avait encore jamais rencontré d'autre homme capable de lui faire ressentir un semblant de frisson, alors qu'un seul regard de Malcolm la bouleversait. Mais que ressentait-il vraiment pour elle ? Que pourrait-elle lui apporter, si elle devenait son épouse ?

Elle aurait aimé voir le monde, en savoir plus sur la vie. Une fille de duc grandissait tellement à l'écart de la réalité et elle-même n'avait pas encore vécu seule assez longtemps pour rattraper son retard d'apprentissage. Il ne lui restait plus qu'à avancer tant bien que mal et à écouter ses instincts.

Ils lui disaient qu'elle désirait Malcolm Gordston, qu'il

était inutile de faire appel à la raison dans cette situation. Alex attrapa donc ses gants et s'apprêta à partir.

— Miss Mannerly, une voiture est arrivée ! cria Charlotte dans le couloir.

Quelques secondes plus tard, les deux filles faisaient irruption dans sa chambre, les yeux brillants d'excitation.

— C'est la plus belle voiture qu'on ait vue !

Alex jeta un coup d'œil par sa fenêtre, qui donnait sur la rue. Les filles avaient raison : la voiture noire tirée par un équipage de chevaux gris était magnifique.

L'instant fatidique était arrivé et elle allait devoir prendre une décision. Quel que soit le chemin qu'elle choisisse, ce soir-là, sa vie s'en trouverait transformée pour toujours.

Qu'allait-elle faire ?

Le Bistro Alibert était un lieu élégant, mais pas aussi luxueux que le Grand Véfour. Ce n'était pas l'endroit où l'on faisait du bruit et où l'on se montrait. En fait, la salle rappela à Alex le bureau de Malcolm, avec ses lambris sombres et ses riches velours. Des banquettes rouges flanquaient les tables de bois poli. D'épais tapis étouffaient le bruit des pas. L'air était lourd du parfum des vins, de la fumée de quelques cigares, des viandes saignantes et du chocolat noir.

Le maître d'hôtel les conduisit jusqu'à une petite table, dans un coin calme. C'était une alcôve confortable. Les banquettes garnies de coussins de velours rouge encadraient la table recouverte d'une impeccable nappe blanche. Un paravent la séparait du reste de la salle. Malcolm et l'homme échangèrent quelques mots à voix basse en examinant la carte des vins, puis le maître d'hôtel s'éclipsa, laissant Alex et son prétendant en tête à tête.

Il était si beau, dans la lumière des bougies, songea-t-elle.

Ses cheveux clairs étaient coupés avec soin, le brocart de son gilet brillait et ses yeux bleus prenaient une intensité nouvelle quand il lui souriait. Alex se sentait à la fois nerveuse et plus sûre que jamais d'être exactement à sa place auprès de lui.

— Est-ce que votre magasin est prêt pour sa grande inauguration ? demanda-t-elle en dépliant sa serviette avec fébrilité tandis qu'un serveur remplissait leurs verres de vin.

— Rien n'est jamais vraiment prêt en ce qui me concerne, surtout quand il s'agit de mes magasins, répondit Malcolm avec un sourire.

Alex rit.

— Vous voulez dire que ça ne peut pas être *parfait*.

— Non, mais ça devrait l'être.

— Rien ne peut être parfait, vous savez, mais vos magasins n'en sont vraiment pas loin. Je n'ai jamais rien vu d'aussi luxueux, d'aussi raffiné et en même temps de si...

— Si ?

— Accueillant, j'imagine. Chaleureux. Tout le monde aimerait y faire des achats, que l'on soit serveuse de café ou princesse. La lumière, les parfums, les couleurs. C'est certainement un paradis coupé du monde, un lieu hors du temps.

Malcolm parut surpris.

— C'est bien ce que je désire créer : un sanctuaire pour les femmes.

— Et votre fête d'inauguration sera à cette image ! Dites-moi ce que vous avez prévu. Vous avez parlé d'acteurs formant des tableaux vivants...

— Oui, des membres de la Comédie-Française. Il y aura aussi un orchestre, et peut-être un coureur cycliste capable d'expliquer ce sport aux femmes pour les inciter à acheter des tenues adaptées.

On leur servit le potage et ils continuèrent à discuter des préparatifs de l'inauguration. Alex se permit même quelques suggestions. Au fil de la conversation, sa nervosité disparut peu à peu. Elle finit par savourer pleinement ce moment passé avec Malcolm, par rire et par imaginer à son aise la beauté du magasin tel qu'il le décrivait.

Le poisson succéda aux assiettes de potage vides et Alex prit le temps de mieux observer son compagnon. Ici, dans la lumière des bougies, il ressemblait plus que jamais à un dieu nordique. Ses cheveux et sa peau prenaient des reflets cuivrés ensoleillés. Il souriait en parlant avec fierté de son travail. Tout à coup, Alex sut ce qu'elle avait à faire. La prudence, c'est très bien ; mais elle ne lui aurait rien apporté ce soir-là. Elle voulait épouser Malcolm Gordston. C'était décidé. Elle voulait l'aider dans son travail et créer un foyer accueillant pour eux deux. Elle voulait découvrir ce que l'avenir leur réservait.

Et, plus que tout, elle voulait simplement être avec *lui*. En apprendre plus sur lui, passer plus de temps en sa compagnie. L'aider si elle en avait l'occasion. Sentir de nouveau ses mains sur sa peau et connaître la saveur de ses baisers.

Dès qu'elle eut pris conscience de tout cela, Alex sut ce qui lui restait à faire et une vague d'excitation monta en elle. Elle avait pris la bonne décision, non ? Une grande aventure l'attendait forcément…

Elle sourit à Malcolm et il se figea.

— Est-ce que vous avez réfléchi à ma proposition ? demanda-t-il d'une voix à la fois grave et tendue.

— Bien sûr. Pour être honnête, j'ai été incapable de penser à quoi que ce soit d'autre.

Elle but une longue gorgée de vin pour se donner du courage et reprit :

— À présent, je crois... Non, je sais ce que je désire. J'accepte de vous épouser avec joie, Malcolm.

Un sourire encore incertain illumina le visage de Malcolm.

— Vous voulez bien être ma femme ?

Alex acquiesça. Elle eut soudain l'impression qu'un énorme poids venait de disparaître de ses épaules, la laissant légère et libre.

— Oui, je le veux.

Elle gloussa nerveusement, incapable de se contenir. Elle aurait *tant* voulu être plus sophistiquée, comme Lady Smythe-Tomas ou ses amies, mais elle était incapable de cacher sa joie dans un moment pareil. Ou ses peurs. Ou ses espoirs.

Malcolm se pencha sur elle et l'embrassa. Ce fut un baiser passionné, exigeant, brûlant et fiévreux. Alex sentit les mains pressées de Malcolm explorer la peau que sa robe laissait nue. Soudain, elle se sentit submergée par un désir inconnu qu'elle ne savait pas dompter.

Elle s'écarta brutalement. Que devait-elle faire ? Où devait-elle poser les yeux ? Ses pommettes étaient en feu et elle maudit une fois de plus sa ridicule peau claire qui dévoilait la moindre de ses émotions. On ne l'avait encore jamais embrassée ; mais elle avait lu suffisamment de scènes de baisers dans les romans pour deviner qu'elle avait sans doute tout fait de travers. Tout son corps lui hurlait de prendre Malcolm dans ses bras et de recommencer ! De recréer ces merveilleuses sensations entre eux pour lui prouver qu'elle savait comment faire...

Hélas, elle en était incapable. Pendant toute sa vie, elle avait été entravée par les règles de la bienséance – en particulier, celle qui disait qu'une femme ne doit jamais embrasser un homme de son propre chef. Alex ne voulait surtout pas commettre une autre erreur. Elle se glissa donc au fond de la banquette et détourna les yeux. Qu'elle se sentait stupide…

Malcolm se détourna aussi, sans lui laisser le loisir de sonder son expression. Il serrait les dents comme s'il était contrarié et Alex se maudit une seconde fois pour sa bêtise.

— Je… Je suis désolée, balbutia-t-elle. C'était idiot de ma part de…

Malcolm secoua vivement la tête.

— Non, Lady Alexandra. C'est ma faute. Je vous promets de mieux me contrôler, à l'avenir.

Oh non, surtout pas !

— Ce n'est pas ça, protesta-t-elle tant bien que mal. C'est juste que…

Hélas, Malcolm l'interrompit en prenant soudain sa main pour passer l'antique camée à son doigt. La bague lui allait à la perfection, scintillant avec délicatesse dans la flamme des bougies. C'était le symbole du nouveau lien qu'ils avaient tissé entre eux.

Alex contempla longuement le bijou, faisant jouer ses reflets sous toutes les coutures. Elle aurait dû être folle de joie, en cet instant – elle le savait. Mais sa maladresse, quand Malcolm l'avait embrassée, avait brisé quelque chose entre eux. L'atmosphère avait changé d'un seul coup et Alex ne savait absolument pas quoi faire pour réparer le mal qu'elle avait causé.

13

Il avait agi avec une grossière barbarie. Il avait fait ce qu'il s'était toujours promis d'éviter : il avait perdu le contrôle, la situation lui avait échappé, et c'était inadmissible.

Malcolm faisait les cent pas sur la mezzanine du magasin, ses regards passant pour la millième fois de sa montre au grand hall, en dessous de lui. Alexandra devait arriver d'un instant à l'autre pour choisir une robe à porter le soir de l'inauguration, mais elle n'était pas encore là. Cela allait être leurs premières retrouvailles depuis leurs fiançailles. Il avait à la fois hâte… et peur de ce qui se passerait entre eux.

Jamais il n'aurait dû laisser son désir pour Alexandra le dominer comme cela, au restaurant. Elle avait eu raison de s'écarter quand il l'avait embrassée. Il avait pris l'habitude de garder un strict contrôle sur tout ce qu'il faisait mais au moment où il l'avait touchée, où leurs lèvres s'étaient rencontrées, le désir était monté brutalement en lui. Même le baisemain qu'il lui avait fait plus tard, après l'avoir accompagnée jusqu'à la porte de la maison des Bullard, avait réveillé ce besoin primal.

Il allait devoir se montrer prudent avec elle, mieux se maîtriser et, surtout, ne jamais laisser apparaître l'animal en lui. Alex était différente, délicate, spéciale. Il ne pouvait pas se permettre de la faire fuir. Pas maintenant qu'elle était enfin à sa portée. Ses émotions ne devaient pas risquer d'influer sur cet accord – pas plus que pour n'importe quelle autre négociation d'affaires. C'était hors de question.

— Monsieur Gordston, pourriez-vous jeter un coup d'œil à ces documents ? demanda Miss Mersey en approchant, les bras chargés de papiers.

Elle se figea à quelques pas de lui quand il l'accueillit par un grommellement d'ours.

— Oh ! je vois, ajouta-t-elle. Lady Alexandra n'est pas encore arrivée ?

Elle avait été la première personne à qui Malcolm avait parlé de ses fiançailles, et c'était elle qui s'était chargée d'en informer le personnel. Tous avaient immédiatement insisté pour décorer le magasin avec des gerbes de fleurs et des guirlandes blanches, afin de fêter l'événement. Sa secrétaire, elle, avait été atrocement souriante depuis l'annonce.

— Non, elle n'est pas là, répondit froidement Malcolm.

Pourvu qu'elle ne vienne pas seulement pour mettre fin à leurs fiançailles avant de s'enfuir loin de lui, songea-t-il. *Si* elle venait.

— Les vendeuses du rayon des robes de bal sont surexcitées, lui confia Miss Mersey. Toutes les marchandises de l'étage ont été rassemblées pour être présentées à Lady Alexandra ! Elle sera radieuse, pendant la fête… Et quelle réclame cela nous fera !

— Elle n'est pas un panneau de réclame, mais ma future épouse ! aboya Malcolm.

Miss Mersey accusa le coup.

— Bien sûr, monsieur Gordston, et tous vos employés sont ravis pour vous. Mais la question est : êtes-*vous* heureux de vous marier ? Vraiment heureux ?

Heureux ? Malcolm la dévisagea un moment sans comprendre. Il ne savait pas vraiment ce qu'était le bonheur.

Il ne l'avait pas connu. Sa vie était pleine de la satisfaction née de son travail et cela lui avait toujours suffi. Bien sûr, Alexandra était un trophée que tout homme serait ravi de gagner.

Mais, quand elle était près de lui, il se sentait… différent. Plus léger et plus calme. Plus libre. Était-ce cela, le bonheur ? Quelle pensée étrange et effrayante ! songea Malcolm. Il se redressa et reprit le contrôle de ses émotions.

— Bien sûr que je suis heureux, répondit-il.

Miss Mersey sourit de plus belle. Comment pouvait-il lui avouer que Lady Alexandra était peut-être sur le point de revenir sur sa parole ? Qu'il l'avait peut-être effrayée ?

Il se souvint de son visage, quand elle avait mis fin à leur baiser. Elle était si pâle, et ses mains s'étaient mises à trembler. De nouveau, Malcolm sentit son estomac se nouer.

— C'est très bien, conclut Miss Mersey, insensible à son inquiétude. À présent, voulez-vous bien signer ces documents avant l'arrivée de votre promise ?

Alex griffait nerveusement le velours de la banquette, assise dans la voiture envoyée par Malcolm. C'était le même véhicule noir tiré par des chevaux gris – celui qu'elle avait tellement admiré, quand Malcolm était venu la chercher pour l'emmener au restaurant. Jamais elle n'aurait cru se retrouver assise dedans une seconde fois en si peu de temps, bien installée sur ses coussins moelleux, glissant comme dans un rêve le long des rues qui menaient au magasin.

Elle retira son gant gauche et contempla un instant sa bague avant de le remettre. Puis elle leva les yeux vers la fenêtre devant laquelle défilaient les vitrines des boutiques. Elle redressa son chapeau. Elle aurait préféré venir à pied. Sa maudite timidité et sa nervosité revenaient l'envahir sans qu'elle ait la force de les chasser. Il fallait qu'elle affronte le monde – le monde de Malcolm – avec un sourire heureux et confiant...

Ces derniers mois, Alex s'était habituée à la discrétion, à arpenter les rues sans être remarquée, à observer plutôt qu'*être* observée. Après qu'elle eut passé sa vie dans la lumière, qu'elle eut été une fille de duc dont on jugeait sans cesse l'apparence et le comportement, ce changement lui avait fait du bien. Mais ce délicieux répit allait bientôt prendre fin.

Une fois que le monde la verrait comme la fiancée de Malcolm Gordston, on recommencerait à la jauger et elle ne voulait pas décevoir son promis – surtout entachée comme elle l'était par le scandale de son père. Elle ne voulait pas gâcher leur accord avant même qu'il ait été annoncé. Malcolm s'était bâti un travail et une situation enviables, qu'il aimait, de toute évidence. Il allait avoir besoin d'une épouse raffinée et sensible aux modes. Une femme qui saurait le rendre fier.

Alex frissonna au souvenir de leur baiser et du regard que Malcolm lui avait lancé quand elle s'était écartée, les joues en feu. Il avait eu l'air effaré, complètement surpris par son comportement infantile. Qu'elle se sentait ridicule et naïve d'avoir laissé ses émotions la submerger pour un simple baiser ! Ce n'était pas étonnant que Malcolm ait eu l'air si perplexe, presque contrarié. Elle aurait tellement aimé savoir quoi faire. Les héroïnes des romans ne lui étaient d'aucune aide : elles étaient en général si frivoles, prêtes à s'évanouir dès qu'on les embrassait.

Alex ferma les yeux, regrettant comme souvent de ne pas être un autre genre de femme. Une femme sophistiquée et élégante. Autrefois, elle avait laissé Malcolm l'humilier quand il lui avait jeté au visage sa naïve amitié et son affection. À présent, il lui faisait la cour et elle aurait tout donné pour croire que les choses avaient changé. Pour s'ouvrir à un nouveau futur. Si seulement elle pouvait être sûre d'elle.

Elle soupira. Elle aurait aimé partager ses inquiétudes avec sa mère ; mais même si la duchesse avait été près d'elle, Alex n'aurait jamais osé aborder un sujet aussi intime avec elle. Et elle ne voulait pas devoir écrire dans quelques jours à ses parents pour leur annoncer que Malcolm avait renoncé à leurs fiançailles à cause de sa bêtise. Pas maintenant qu'elle venait de recevoir le consentement écrit de son père. Si Diana avait été là, les choses auraient été différentes... Elle était mariée, à présent, elle devait tout savoir de l'amour.

Alex redressa de nouveau son chapeau et essaya de prendre quelques profondes inspirations. Cette journée était tellement importante pour elle : c'était une seconde chance de prouver à Malcolm qu'elle pouvait être une bonne épouse pour lui. Du moins, s'il ne reprenait pas la bague et ne la jetait pas dehors dès son arrivée. Et si elle ne s'enfuyait pas en courant, terrifiée par ses vieux souvenirs.

— Ne sois pas stupide, se dit-elle à voix haute.

Malcolm ne lui ferait jamais une chose pareille. En dépit de ses origines, il était plus gentleman que tous les hommes qu'elle avait connus. Il ne la chasserait pas en public.

Il se contenterait de lui demander de l'accompagner à son bureau pour qu'ils puissent parler en tête à tête du fait qu'ils n'étaient pas compatibles, ou de tout autre argument qui lui serait venu en tête. Sans doute serait-ce pire qu'une scène.

Alex se crispa un peu plus sur sa banquette. Il était hors de question qu'elle laisse une chose pareille lui arriver. Elle ne pouvait pas. Pas maintenant qu'elle comprenait à quel point elle *voulait* épouser Malcolm Gordston.

La voiture s'immobilisa devant l'escalier de marbre immaculé du grand magasin et le portier se précipita pour aider Alex à descendre. Elle prit quelques secondes pour calmer ses nerfs avant de pénétrer dans le bâtiment. Elle contempla la splendide façade ornée de statues classiques à chaque angle et percée de fenêtres qui étincelaient comme autant de joyaux. Les élégantes clientes allaient et venaient, coiffées de chapeaux à plumes et vêtues de longues jupes légères. Ce monde allait peut-être devenir le sien, à présent.

Alex ajusta son manchon de velours décoré de deux gardénias blancs sur son bras – Malcolm le lui avait envoyé récemment – et passa la grande porte à tambour.

Malcolm l'attendait dans le hall, accompagné par une femme portant des lunettes, d'apparence sévère, et vêtue de soie bleu marine. Alex ravala sa salive et prit son courage à deux mains pour lever les yeux sur son fiancé. Le regard de Malcolm était insondable. Il était aussi beau et immobile que les statues de la façade.

— Alexandra, dit-il avant de déposer un baiser frais sur sa joue. Bienvenue chez Gordston. Puis-je vous présenter ma secrétaire, Miss Mersey ? Elle vous aidera à organiser la fête du mariage et à soigner tous les détails, si vous le souhaitez.

— Ravie de vous rencontrer, Miss Mersey.

Alex lui tendit une main timide.

La secrétaire se fendit d'un grand sourire qui effaça sa moue austère.

— Milady. Permettez-moi, au nom de tout le personnel du magasin, de vous transmettre tous nos vœux de bonheur. Il était grand temps que M. Gordston trouve une fiancée. Nous commencions à désespérer.

À la grande surprise d'Alex, les pommettes saillantes de Malcolm s'embrasèrent.

— Voyons, Miss Mersey, marmonna-t-il.

— C'est vrai et vous le savez, monsieur Gordston, répliqua

sa secrétaire. Je sais que nous n'avons pas beaucoup de temps pour organiser une grande réception, milady, mais toutes les ressources du magasin sont à votre disposition. Demandez-nous tout ce dont vous pourriez avoir besoin. J'ai pris la liberté de préparer quelques propositions et je pourrai les soumettre à votre approbation après votre visite des différents départements.

— Je vous remercie, Miss Mersey.

Alex ne savait plus quoi dire. Elle n'avait pas encore parlé avec Malcolm du mariage en lui-même, mais elle avait envisagé un événement discret, étant donné la situation délicate dans laquelle se trouvait sa famille. Et leur passé commun. Pourquoi lui offrait-il tout cela maintenant ?

— Je suis certaine qu'une cérémonie simple ne sera pas si difficile à organiser. Je ne veux pas empiéter sur le travail de vos employés.

Miss Mersey éclata de rire.

— Oh ! milady, je suis certaine que le mot « simple » a un tout autre sens quand on est fille de duc ! En tout cas, n'hésitez pas à faire appel à nous. Nous serons absolument ravis de vous prêter main-forte.

Alex acquiesça et Malcolm lui offrit son bras pour lui faire visiter le magasin. Le sol de marbre noir et blanc était bordé de plantes en pots et de divans de velours sur lesquels les clientes pouvaient attendre leurs voitures. Ils arrivèrent bien vite à la salle principale du rez-de-chaussée où l'on exposait les gants et les chapeaux. Toutes les vitrines étaient remplies d'articles de luxe aux couleurs vibrantes.

— Je ne veux vraiment pas imposer du travail supplémentaire à qui que ce soit, chuchota Alex en marchant à ses côtés. Je suis certaine de pouvoir m'occuper seule d'une humble cérémonie.

— Sottises, répondit Malcolm dans un grognement. Je

ne veux pas que l'on aille crier partout que je vous traite avec négligence. Vous méritez un mariage digne de ce nom. J'ai déjà pris rendez-vous avec le consul britannique pour réserver la chapelle de l'ambassade. Je suis sûr que cela ne posera aucun problème. Dès que vous saurez quand vos parents pourront nous rejoindre, nous fixerons une date et Miss Mersey s'occupera d'envoyer les cartons d'invitation. Elle est déjà en train de compiler une liste et aura besoin des noms des personnes que vous désirez convier.

Alex se mordit la lèvre. Elle commençait à comprendre que Malcolm n'avait aucune intention de mettre fin à leurs fiançailles sous prétexte qu'elle n'avait pas su l'embrasser convenablement. Au contraire, il organisait activement le mariage ! Mais une grande cérémonie à l'ambassade avec de longues listes d'invités ? Cette seule perspective intimidait Alex.

— Malcolm, vous ne devez pas…

Elle n'eut pas le temps d'en dire plus : ils s'arrêtèrent devant les comptoirs où les attendaient, alignés, tous les employés pressés de la rencontrer. Alex ne put que sourire et les saluer, les remerciant pour leurs vœux et mémorisant tant bien que mal tous leurs noms. Son éducation soignée avait au moins l'avantage de l'aider à ne jamais oublier un visage.

Au premier étage, dans le rayon de prêt-à-porter féminin, ils rejoignirent une armée de jeunes femmes excitées en robe noire impeccable à col blanc. Elles s'empressèrent d'étaler sous les yeux d'Alex toute une collection de robes de soirée.

— C'est pour la soirée d'inauguration, milady, lui dit la responsable du département.

Elle lui montra une exquise création de satin lavande brodée de perles argentées et ornée d'un motif de lierre et de tulipes. Deux autres jeunes femmes s'avancèrent avec une robe de velours bleu nuit et une autre de tulle gris clair scintillant.

— Vous pouvez choisir la toilette qui vous plaira, bien sûr, mais ce sont ici nos derniers modèles. La tenue lavande est inspirée d'une robe de la princesse Alexandra en personne.

Alex effleura la dentelle qui ornait les manches ballon en satin. Cela faisait une éternité qu'elle n'avait rien porté d'aussi charmant.

— Toutes ces tenues sont magnifiques, bien sûr, mais...

— Vous commanderez votre robe de mariée chez Worth, bien sûr, s'empressa de lui glisser Malcolm, qui avait sans doute mal compris son hésitation. Ainsi que tout ce dont vous aurez besoin. Mais la soirée d'inauguration arrive à grands pas et je ne suis pas certain que vous ayez le temps d'obtenir une robe sur mesure dans un délai si court.

Alex rougit, comprenant qu'elle venait de donner une mauvaise impression. Si seulement elle parvenait à lui expliquer qu'elle ne voulait pas de tout cela. Elle ne désirait que lui ! Eux deux, ensemble. Dans la simplicité.

— Oh non ! Je suis sûre de trouver mon bonheur dans vos rayons. La robe lavande sera parfaite pour la soirée. Peut-être même pourrais-je commander celle de velours bleu aussi, ainsi qu'une de ces robes blanches pour les après-midi ? Un nouveau tailleur me serait bien utile, pour être honnête... Je ne peux pas résister : tout est charmant, ici !

Les vendeuses lui sourirent, ravies, et s'empressèrent de lui montrer d'autres tenues.

— Nous pouvons effectuer toutes les retouches nécessaires d'ici ce soir, milady, l'informa la responsable de rayon.

Après avoir commandé quelques toilettes supplémentaires, Alex suivit Malcolm au rayon joaillerie où l'on étala de nouveaux trésors devant elle. L'éclat riche et discret d'un collier de perles, un bracelet de saphirs et de diamants, des peignes décoratifs diamantés en forme d'étoiles… Le joaillier l'assura que tout cela irait à merveille avec la robe lavande.

Tout ce raffinement lui donnait le vertige. Jamais Alex n'avait vu tant d'articles de luxe à la fois, rien que pour elle. Pas même quand son père était l'un des hommes les plus influents d'Angleterre. C'était enivrant ! Elle sourit et complimenta chaque pièce, bien décidée à ne plus laisser personne prendre sa timidité pour du mépris. Tous les vendeurs parurent enchantés. Mais quand on commença à emballer pour elle les étoiles en diamants, les perles et même une paire de boucles d'oreilles en rubis, la panique la prit.

— Malcolm, glissa-t-elle à l'oreille de son fiancé. Vous ne pouvez pas m'offrir tout cela maintenant, c'est beaucoup trop ! Je pourrais peut-être me contenter d'emprunter ces bijoux pour l'inauguration…

— Non, ils sont à vous. Êtes-vous vraiment certaine que votre bague de fiançailles vous satisfait ? répondit-il en lui montrant une vitrine débordant de diamants et d'émeraudes dignes du trésor d'Aladdin. Nous avons reçu un nouveau rubis du Siam…

— Non ! coupa Alex.

Elle était prête à beaucoup de choses pour être digne de l'élégance de ce magasin, mais il était hors de question qu'elle abandonne son précieux camée. Elle ferma le poing dessus.

— Ma bague est parfaite, Malcolm, je n'ai aucune intention d'en changer.

Il fronça les sourcils d'un air peu convaincu, mais finit par acquiescer. Il lui proposa de nouveau le bras et la fit passer par une porte discrète, derrière les comptoirs. Là, Alex découvrit une longue salle garnie de nombreuses fenêtres et remplie de machines à coudre ainsi que de longues tables de coupe chargées d'étoffes de toutes les couleurs, de rubans et de dentelles. Des filles en robe bleue y travaillaient. À leur entrée, elles se levèrent toutes et se fendirent d'une révérence. Alex dut sourire de nouveau et les saluer de la tête.

— Voici l'atelier de retouches, déclara Malcolm. Et bientôt nous créerons également ici nos premières collections originales, en tout cas si tout se passe bien.

— C'est fascinant, murmura Alex en effleurant du bout des doigts un coupon de voile de lin blanc.

Au fond de la salle, elle aperçut une silhouette familière aux cheveux blond cendré surmontés d'une coiffe immaculée.

— Élise ! s'écria-t-elle, ravie de retrouver la jeune élève de Mlle Gardinier ici.

Elle avait l'air heureuse et en bonne santé. Alex se précipita pour l'embrasser tandis que Malcolm restait en arrière pour échanger quelques mots avec la couturière en chef.

— J'ai entendu dire que vous aviez trouvé un poste ici, reprit Alex. Comment vous portez-vous ?

— Très bien, mademoiselle… Je veux dire, milady, répondit la jeune femme avec un sourire. Le travail est passionnant et ma voisine peut garder mon petit garçon pendant la journée. Permettez-moi de vous féliciter pour vos fiançailles. Je ne pensais pas que la future épouse dont on parle tant était Mlle Mannerly ! On vous porte tellement aux nues, vous, la fille de M. le duc…

— Bientôt, je serai simplement Mme Gordston, répondit Alex en étouffant un petit rire forcé.

— Il a peut-être l'air austère, mais il est très bon, milady, chuchota Élise. Tous ses employés seraient prêts à décrocher la lune pour lui. Nous travaillons peut-être dur, mais il nous paie très bien et le magasin est magnifique… D'ailleurs, personne ne travaille plus dur que M. Gordston lui-même. Nous sommes tellement heureux qu'il ait trouvé une si belle épouse.

Alex acquiesça en souriant. Les paroles d'Élise ne faisaient que confirmer ce qu'elle pensait déjà : Malcolm était bel et bien un gentleman au grand cœur, même s'il s'ingéniait à le cacher.

— Je crois que vous avez raison, Élise. J'ai beaucoup de chance.

Quand les couturières lui eurent montré la soie bleue qui constituerait sa robe pour le lendemain du mariage et son départ en lune de miel, ainsi que les motifs de broderie qui l'orneraient et des croquis de nouvelles robes d'après-midi ou de tailleurs, Alex s'éloigna, prise de vertige. Il allait lui falloir une pièce entière dans leur future maison pour contenir toutes ces nouvelles tenues !

Ce fut presque avec soulagement qu'elle vit réapparaître Miss Mersey.

— Je suis certaine que vous apprécierez une bonne tasse de thé, maintenant, milady, dit la secrétaire en lui souriant gentiment. Notre cantine est tout ce que nous pouvons vous proposer en attendant l'ouverture du comptoir Fortescue, mais elle devrait vous convenir. J'ai fait monter un plateau dans le bureau de M. Gordston. J'ai également laissé quelques notes pour le mariage sur la table.

— Je vous remercie, Miss Mersey, répondit Alex avec gratitude – elle avait bien besoin d'une tasse de thé. Vous êtes une perle.

Après avoir félicité Élise et les couturières pour leur beau travail, elle suivit Malcolm jusqu'à son bureau. La pièce n'avait pas changé depuis qu'il l'avait conduite là pour soigner sa cheville. Les lambris sombres et les bibliothèques étaient les mêmes. En revanche, la grande table disparaissait encore plus sous les dossiers. Le travail ne ralentissait sans doute jamais pour Malcolm. La laisserait-il l'aider ?

Alex soupira. Elle avait encore tant à apprendre sur l'homme qu'elle était sur le point d'épouser. Elle voulait découvrir tout ce qu'il y avait à savoir…

Pendant que l'un des employés déposait un plateau de thé en argent près de la fenêtre, Alex prit le temps de contempler la *Vierge à l'Enfant* sur son chevalet. Les couleurs lui parurent plus vives qu'avant. Le visage de la mère, penché sur son bébé, était empreint d'une profonde tendresse.

— Voulez-vous du thé ? demanda Malcolm.

Alex acquiesça et s'assit avec lui à la petite table. Elle s'empara de la lourde théière Wedgwood. Tout à coup, elle se rendit compte qu'elle ne connaissait même pas le détail des habitudes les plus simples de son fiancé – par exemple, comment il prenait son thé.

— Lait ou citron ? demanda-t-elle.

Malcolm lui sourit.

— Juste du citron, merci.

Il la regarda remplir les tasses avec attention.

— Vous faites cela avec beaucoup de grâce, remarqua-t-il.

Alex éclata de rire.

— Cela a été l'une des bases de mon éducation : savoir servir le thé convenablement. Je l'ai appris avant même d'aller chez Miss Grantley.

Elle but une gorgée – c'était un mélange indien assez fort – et contempla le bureau surchargé avec un soupir.

— Nous devrions peut-être jeter un coup d'œil aux suggestions de Miss Mersey…

— Si quoi que ce soit ne vous convient pas, nous pouvons effectuer des changements, bien sûr.

— Je suis certaine que ce qu'elle a prévu sera parfait. En fait, je ne sais pas du tout comment organiser un mariage, surtout à Paris. Je voudrais que la cérémonie soit simple et élégante.

— Comment pourrait-il en être autrement, quand vous serez l'épouse ? Alexandra, je…

Malcolm s'interrompit un instant et secoua la tête.

— Ce que je veux dire, c'est que si vous avez changé d'avis, il n'est pas encore trop tard pour le dire. J'en prendrai l'entière responsabilité.

Alex fut sous le choc. Comment avaient-ils pu passer de la préparation de leur mariage à des projets de rupture en quelques mots ?

— Changer d'avis ? balbutia-t-elle.

— Oui, après… Après mon comportement au restaurant, quand je vous ai embrassée…

Le beau visage de Malcolm se fermait de nouveau et il gardait les yeux baissés.

— Je n'ai pas vraiment l'habitude de côtoyer des ladies telles que vous et je crains d'avoir perdu le contrôle. Vous étiez si belle, à ce moment-là. Si jamais mon geste m'a rendu indésirable à vos yeux…

Alex sentit ses joues s'embraser. Elle se détourna, préférant contempler la serviette sur ses genoux, ou la fenêtre, le bureau. Tout ce qui lui éviterait d'affronter le regard de son fiancé et de lui paraître trop naïve.

— Oh ! Malcolm ! C'est moi qui dois vous prier de m'excuser, je le crains. J'ai été si bête… Vous voyez, on ne m'avait jamais embrassée avant l'autre jour et j'étais convaincue de ne pas faire les choses comme il le fallait tellement c'est arrivé vite. Je pensais que vous vous moqueriez de moi. Mon cœur battait si fort et je… Pourquoi riez-vous *maintenant* ?

Car Malcolm riait bel et bien. Sa bonne humeur illuminait enfin son visage.

— Oh ! Alexandra, ma reine fée. Je ne me moque pas de

vous, mais de *nous*. Je crois que nous avons tous les deux encore beaucoup de choses à apprendre !

— J'imagine, oui, murmura Alex, à la fois confuse et prête à rire, elle aussi.

Malcolm lui tendit finalement la main et lui dit gentiment :

— M'accorderez-vous une seconde chance ?

Elle acquiesça en silence, le souffle court, et lui prit la main. Il l'aida à se relever. Elle se laissa faire. Puis les bras puissants de Malcolm se refermèrent sur elle et les lèvres de son fiancé trouvèrent les siennes, d'abord prudentes, tendres et douces. Alex s'écarta un peu pour caresser la courbe sensuelle de sa bouche, émerveillée par sa beauté. Elle était surprise par le contraste entre ses lèvres si soyeuses et sa joue rendue râpeuse par sa barbe naissante. Elle se hissa sur la pointe des pieds pour l'embrasser de nouveau avec plus de passion, plus de fièvre.

En cet instant, le monde entier disparut autour d'eux. Il n'y avait plus que lui. Son visage, son parfum de chaleur estivale, sa présence dans ses bras. Cet homme était forcément né d'un rêve. Elle allait finir par se réveiller et se retrouver de nouveau toute seule dans sa petite chambre chez Miss Grantley, ou dans la maison de ses parents, attendant que sa vie commence enfin.

Pourtant, Malcolm était bien réel. Ceci serait sa vie, à présent. Les baisers, les mains chaudes de Malcolm sur sa taille, son goût de thé et d'autre chose de sucré et dangereux à la fois – une saveur qui n'appartenait qu'à lui. Alex se pendit à son cou et le serra contre elle, pour qu'il ne puisse plus jamais s'éloigner. Elle sentit les grandes paumes de son futur époux sur ses hanches, puis le long de son dos. Il la caressait avec la même fièvre, comme s'il ressentait la même passion qu'elle.

Qu'elle se sentait vivante, tout à coup ! Qu'elle se sentait désirable et vraie pour la première fois de sa vie. Contrairement à ce qui s'était passé lors de leur premier baiser, elle n'eut pas peur du tout.

Après un temps à la fois très long et tellement court qu'il laissait derrière lui un goût de frustration, Malcolm recula d'un pas, le souffle court. Heureusement, il la tenait encore dans ses bras.

— Alors, murmura-t-il, le visage enfoui dans ses cheveux, est-ce que nous allons organiser ce mariage ?

— Oh oui ! chuchota Alex sans hésiter.

Après ce qu'elle venait d'éprouver, elle savait qu'elle ne voudrait plus jamais le laisser sortir de sa vie.

14

Alex avait été émerveillée par les allures de palais que le magasin prenait pendant la journée, mais elle fut encore plus surprise de le découvrir de nuit. Pour la fête, on avait transformé les étages en un spectacle de féerie et Alex avait encore du mal à croire qu'elle participait à tout cela.

Dès qu'elle eut passé la porte d'entrée, elle se figea, abasourdie, et les époux Bullard, qui la suivaient de près, la percutèrent brutalement. Les nouvelles lumières électriques de M. Edison, installées dans tous les départements, faisaient scintiller les vitrines, les sols de marbre poli et les marchandises chamarrées exposées dans tous les recoins. Un quartet à cordes jouait sur la mezzanine de l'étage, faisant descendre sur la foule les notes enlevées d'une valse rapide. Sur une scène, à l'autre extrémité du hall, des acteurs de la Comédie-Française créaient un tableau de Jupiter avec ses filles sur une mer de satin bleu. Des coureurs cyclistes étaient installés de l'autre côté pour faire des démonstrations, près des vêtements de sport pour femmes. Partout circulaient des serveurs avec des plateaux de canapés et des flûtes de champagne.

C'était un spectacle audacieux, moderne, luxueux, quelque chose sorti d'un songe. Et c'était Malcolm, l'homme qu'elle allait épouser, qui avait créé tout cela.

Alex ne put s'empêcher de rire en sentant un tel élan de joie monter en elle. D'un seul coup, son avenir s'ouvrait sous ses pas, traçant pour elle un chemin nouveau qu'elle n'aurait jamais osé imaginer.

— C'est si beau ! s'écria Lady Bullard à côté d'elle, tout en examinant un étalage d'écharpes de soie colorées. Je n'arrive pas à croire que je ne sois pas encore venue ici. J'ai dû manquer tant de choses ! Oh ! regardez ces chapeaux !

Lord Bullard, qui avait plusieurs années de plus que sa femme, était un bel homme distingué, dévoué à sa famille. En voyant l'excitation de son épouse, il lâcha un petit grognement.

— Lady Alexandra, je ne vous pardonnerai pas d'avoir emmené ma femme dans un lieu aussi dangereux… Mon compte en banque ne s'en relèvera pas.

— Et regardez ces épingles à cheveux diamantées ! Elles doivent venir de chez Lalique. Oh ! les filles les adoreraient, poursuivit Lady Bullard sans écouter son mari.

Elle se précipita vers une autre vitrine, un peu plus loin, suivie par un Lord Bullard un peu récalcitrant.

Pendant quelques instants, Alex se retrouva seule au milieu de la foule. Elle surprit son reflet dans l'un des immenses miroirs encadrés d'argent qui habillaient les murs. Elle portait sa nouvelle robe lavande, dont les perles scintillaient de mille feux. Ses peignes neufs en étoile retenaient ses boucles et elle tenait à la main un éventail de plumes d'autruche. De nouveau, elle était Lady Alexandra, comme avant ; et pourtant, à l'intérieur… À l'intérieur, elle avait l'impression que tout avait changé. Elle était habitée par une nouvelle flamme qu'elle ne reconnaissait pas encore.

Alex referma les doigts sur la poignée d'ivoire de son éventail et sentit sous son gant la pression de sa bague de fiançailles. Celle que Malcolm lui avait offerte. Voilà qui elle était, à présent : la future Lady Alexandra Gordston. Cette pensée lui donna à la fois envie d'éclater de rire et de céder à la panique.

— Alex ! Te voilà ! claironna soudain la voix d'Emily, près d'elle. Mais tu es ravissante, ma chérie... C'est une nouvelle robe ?

Alex fit volte-face et découvrit son amie, qui se frayait un chemin jusqu'à elle. Soulagée de voir un visage familier, elle s'empressa d'embrasser Em sur la joue et de la complimenter sur sa robe de velours vert et de satin doré.

— Oui, j'étrenne cette robe ce soir, lui répondit-elle enfin en tournant pour étaler les plis de sa jupe. Elle vient d'ici, de chez Gordston. Est-ce qu'elle est suffisamment à la mode ? On m'a dit que la princesse de Galles en avait porté une semblable...

— Elle est ravissante. Toutes les femmes qui te verront ce soir vont se précipiter à l'étage pour en commander une.

Emily prit deux verres de vin que leur tendait un serveur et en offrit un à Alex.

— Ma chérie, j'avoue que j'ai été très surprise en découvrant ton message, quand je suis revenue de Lyon. Fiancée ? Et à Malcolm Gordston en personne ?

— Je sais, cela a été très soudain, pour être honnête.

Emily la regarda un instant, sans cacher sa perplexité.

— J'imagine qu'un homme comme lui n'a aucun mal à charmer les femmes : il est si fascinant. Mais tu es sûre de toi ?

Non, Alex n'était *pas* sûre d'elle. Pas du tout. Elle avait l'impression de sauter d'une falaise sans voir ce qu'il y avait en dessous, sans savoir si le vent la soulèverait ou l'entraînerait de force dans le gouffre. Mais quelque chose, au fond de son cœur, lui murmurait qu'elle avait pris la bonne décision.

— Je crois que oui, affirma-t-elle donc. Malcolm est un homme exceptionnel, très différent de toutes les personnes que j'ai connues.

— Ce n'est pas difficile à imaginer. Il n'est pas homme à se mêler à la haute noblesse. Mon père dit qu'il est assez impitoyable en affaires, mais que c'est aussi l'un de ses concurrents les plus honnêtes. Il n'a pas bâti son empire sur des transactions douteuses. Néanmoins, je préférerais savoir que tu n'as *aucun* doute. Après tout, tu ne dois pas l'avoir connu très longtemps.

— Je le connais assez pour savoir que je veux l'épouser ; que c'est l'homme qui me convient.

Alex fit de son mieux pour avoir l'air parfaitement confiante. Certaine de son avenir.

— Il est riche, bien sûr, et il possède un certain... pouvoir de séduction, reprit Emily. Mais tu es ma meilleure amie, Alex. Il est normal que je m'inquiète pour toi.

— Non, c'est inutile ! lança Alex fermement de manière à rassurer son amie.

Elle vit Malcolm s'approcher d'elles à grands pas, dépassant la foule d'une bonne tête. Son beau dieu nordique... Il était accompagné du cousin d'Alex, Chris, et tous les deux riaient de bon cœur. Alors, Alex sentit son cœur accélérer à la pensée que cet homme allait devenir son époux.

— Alexandra, vous êtes absolument charmante, lança Malcolm en arrivant, avant de l'embrasser sur la joue.

La caresse des lèvres de son fiancé sur sa peau la fit frissonner.

Elle rit nerveusement, en essayant de ne pas rougir comme une jeune fille, juste parce qu'il avait effleuré sa joue.

— C'est entièrement dû aux efforts de vos couturières. J'ai l'impression d'être une princesse de conte de fées, ce soir ! Cendrillon, peut-être...

Malcolm lui sourit et de délicieuses petites rides apparurent au coin de ses yeux.

— Ou une reine des fées ?

— Oui, peut-être. Tout le magasin semble recouvert de féerie…

Alex embrassa d'un geste les lumières scintillantes, la foule enjouée, les vitrines débordantes. C'était un lieu magique – et Malcolm l'avait fait naître. Lui, l'homme qu'elle avait accepté d'épouser.

— Venez, j'aimerais vous présenter à des connaissances, dit-il en lui offrant le bras. Ces gens font partie des meilleurs clients du magasin.

Alex glissa sa main dans le creux du coude de son fiancé et le suivit dans l'escalier de pierre, examinant tous les invités qu'ils croisaient – des personnes élégantes, raffinées, vêtues avec goût et arborant des bijoux précieux. De loin, elle vit Emily et Chris marcher ensemble et leur fit signe.

— Comment pourrait-on *ne pas* devenir client ici ? Tout est si beau !

Malcolm rit à ses côtés.

— Vous voyez, c'est pour cela que j'ai besoin de vous pour faire de la réclame officieuse en société. Vous saurez convaincre les gens de venir au magasin…

— Et dès qu'ils auront passé la porte, ils seront pris dans nos filets ! acheva Alex avec un sourire. Quelle bonne stratégie !

Elle se servit un nouveau verre de vin et baissa les yeux sur le grand hall. Un nouveau groupe venait de faire son entrée. Elle reconnut le duc d'Aumeuil, qu'elle avait rencontré lors d'un bal donné par le prince et la princesse de Galles pendant l'Exposition ; ainsi que la vicomtesse de Rippon, une élégante très connue à Londres, dans les milieux huppés. Le duc et la vicomtesse étaient de grands mécènes. Alex ne reconnut néanmoins pas les personnes qui les accompagnaient. Qui que fussent ces gens, ils étaient tous vêtus à la dernière mode, ce qui ne pouvait qu'être bon pour le magasin.

Une femme prit le bras du duc et lui glissa quelques mots à l'oreille. Intriguée, Alex l'examina avec plus d'attention. Elle ne l'avait encore jamais vue – et elle était certaine que jamais elle n'aurait pu oublier un visage d'une telle beauté. Grande et fine, l'inconnue arborait un chignon sophistiqué de boucles noires et luisantes orné d'un rang de rubis assortis à sa robe de satin rouge. Des volants de dentelle noire et des broderies de perles de jais parachevaient l'ensemble, lui donnant une exotique silhouette de danseuse espagnole.

Pourtant, même si Alex était convaincue de n'avoir encore jamais vu cette femme, elle lui trouva un air vaguement familier. Peut-être était-elle actrice, ou membre d'une noblesse étrangère ? Alex fit de son mieux pour fouiller ses souvenirs. En vain. Soudain, elle fut tirée de ses pensées par l'arrivée de la vicomtesse qui grimpa rapidement l'escalier pour lui parler.

Quand Alex fut de nouveau seule, Malcolm revint auprès d'elle et lui sourit paisiblement. Il avait l'air tellement heureux et à son aise qu'elle ne put s'empêcher de lui rendre son sourire.

— Est-ce que vous passez une bonne soirée ? demanda-t-il. Je sais que la vicomtesse peut parler jusqu'à la fin des temps sans s'arrêter, mais vous semblez l'avoir charmée sans efforts.

Alex sourit de plus belle.

— Elle a l'air très gentille et je suis contente qu'elle m'apprécie.

De la main qui tenait son verre, elle indiqua le petit groupe du duc d'Aumeuil, au rez-de-chaussée.

— Monsieur le duc semble s'être entouré d'une véritable foule pour venir, ce soir.

— Vraiment ? Je suis sûr que les journaux vont s'en délecter.

Malcolm examina un instant les nouveaux arrivants, les sourcils froncés.

— En voilà une surprise…

— Vous le connaissez personnellement ?

— Vaguement, oui. Nous avons fréquenté les mêmes clubs, ces derniers temps, mais il a eu l'air bien plus intéressé par ses investissements dans le chemin de fer américain que par mes magasins.

— Je suis sûre que cet homme sait flairer les bons investissements, s'il est là ce soir. À moins qu'il ne veuille simplement faire plaisir à sa compagne. Elle est très belle, vous ne trouvez pas ? Elle pourrait sans doute faire une excellente réclame pour vos articles de luxe…

— Sa compagne ?

— Oui, la femme qui porte cette splendide robe rouge, répondit Alex en la montrant discrètement du doigt. J'ai d'abord pensé qu'elle pouvait être célèbre, mais je n'en suis pas sûre. Je ne suis pas aussi douée qu'Emily pour mémoriser ce genre de choses.

Malcolm baissa les yeux sur la foule – et se figea brutalement. Son visage, qui était souriant et détendu l'instant d'avant, devint aussi dur que de la pierre. Sa main, posée sur la balustrade, forma un poing crispé et Alex sentit monter en elle une soudaine alarme.

— Vous la connaissez ? demanda-t-elle à mi-voix, bien qu'elle craignît la réponse.

Malcolm était un très bel homme. Elle-même n'avait-elle pas été fascinée par lui depuis leur rencontre ? Il n'avait évidemment pas mené une vie monacale pendant toutes ces années, en dépit de sa dévotion sans faille à son travail... Mais cette femme en rouge était d'une beauté renversante et tous les hommes qui l'entouraient la dévoraient des yeux avec une admiration évidente. Jamais Alex ne pourrait se mesurer à tant de charisme.

— Je ne suis pas sûr de l'avoir déjà vue, répondit Malcolm d'une voix blanche.

Quelqu'un l'appela, derrière eux, et sur un sourire nerveux adressé à Alex, il s'éclipsa.

Troublée par cette scène, Alex examina davantage la femme en rouge. Tout à coup, elle fut *certaine* de l'avoir déjà croisée quelque part. Le souvenir fuyant de Malcolm en train d'embrasser une fille en châle rouge avec de longs cheveux noirs lâchés dans le dos lui revint soudain.

Était-ce la même femme, devenue adulte comme eux, si belle et si élégante ? Alex la dévisagea de nouveau, détaillant ses lèvres maquillées souriantes, ses grands yeux noirs un peu en amande, son geste aérien pour déplier son éventail de dentelle. Oui, c'était sans aucun doute la même personne. Mais qu'est-ce que cela voulait dire ? Pourquoi venait-elle maintenant au magasin ? Et qui était-elle exactement ?

L'inconnue disparut dans la foule au bras du duc et Alex rejoignit lentement Malcolm. La joie tranquille et paisible de son fiancé avait bel et bien disparu et, bien qu'il sourît à la vicomtesse lancée dans un éloge du département de chapellerie, ses traits restaient plus tendus qu'au début de la soirée.

Alex se demanda pour la première fois si les ombres et secrets du passé pourraient un jour s'évanouir pour de bon.

15

Alex était tellement excitée qu'elle tenait à peine en place, même sur les confortables banquettes de la voiture de Malcolm. Tandis que le véhicule prenait sa place dans la longue file devant l'Opéra, elle admira le décor, envoûtée.

— On dirait un immense gâteau de mariage, s'écria-t-elle en découvrant le palais Garnier.

Et c'était vrai : un gâteau illuminé par des milliers de bougies et scintillant comme un phare dans la nuit. L'Opéra, qui n'avait été construit qu'une vingtaine d'années plus tôt, était renversant. Plusieurs étages de pierre blanche formaient la façade, ornés de colonnes, de statues, de balcons, et couronnés par une vaste coupole qui s'élevait sous les cieux de Paris. De part et d'autre des toits se dressaient les *Renommées* de bronze doré – l'Harmonie et la Poésie – surplombées par un Apollon triomphant et contemplant la cité conquise.

Alex avait déjà vu ce palais de jour et, souvent, elle s'était demandé ce qui se cachait sous cette extraordinaire façade si baroque : quels trésors étaient conservés dans les couloirs et les foyers ? Mais, jusqu'à présent, elle n'avait jamais eu l'occasion d'y entrer. Quand il avait appris cela, Malcolm s'était empressé de leur trouver des billets et de lui en faire la surprise. Alex avait été incapable de résister à la tentation, même si ce cadeau inattendu la rendait un peu nerveuse. Malcolm n'avait pas besoin de l'acheter ; et elle aurait tant voulu le lui faire comprendre...

Si elle le laissait faire, il la gâterait à tel point qu'elle ne se reconnaîtrait plus. Il lui avait déjà offert des robes, des bijoux, des brassées de fleurs et tant de chocolats qu'elle avait dû les partager avec les fillettes Bullard – ce qui les avait toutes les trois rendues malades. Bien sûr, elle appréciait toutes ces largesses : elle n'aurait pas été humaine, sinon. Néanmoins, cela l'inquiétait. Est-ce que Malcolm lui faisait tous ces cadeaux par peur qu'elle mette fin à leurs fiançailles ? Était-ce pour lui un moyen de ne pas avoir à s'ouvrir à elle ? À quoi ressemblerait leur avenir, s'ils débutaient leur relation de cette manière ?

— Dois-je commander un gâteau à l'effigie de l'Opéra pour notre mariage ? suggéra-t-il. Avec des statues en confiserie et des vitres en sucre filé ? Je suis sûr que nos traiteurs seraient capables d'une telle œuvre et cela ne coûterait qu'une centaine de francs pour changer le...

— Surtout pas ! s'écria Alex.

Les préparatifs du mariage atteignaient déjà des sommes faramineuses et elle ne s'était pas encore rendue chez Worth pour commander sa robe – qui promettait d'être l'élément le plus cher. Elle n'avait rendez-vous que le lendemain.

Bien décidée à faire oublier à Malcolm son absurde idée de gâteau, elle se retourna vers lui pour insister... et éclata de rire. Il la contemplait avec un sourire diabolique.

— Vous vous moquez de moi ! protesta-t-elle.

— Peut-être un peu, oui. Vous êtes si adorable quand quelque chose excite votre intérêt, comme cette soirée à l'Opéra. Je n'ai pas pu résister...

Alex se cala de nouveau contre le dossier de la banquette et glissa sa main dans le creux du bras de Malcolm. Elle avait encore du mal à croire qu'elle pouvait faire tout ce qu'elle voulait avec lui, le toucher, rester près de lui. C'était un plaisir auquel elle prendrait goût encore plus vite qu'elle ne l'avait fait avec les robes et les fleurs.

Mais même en cet instant de parfait contentement, Alex sentait une pointe d'incertitude lui serrer le cœur sans qu'elle parvienne à l'étouffer. Elle avait vu si peu de chose, dans ce monde ; elle était encore tellement ignorante. Tout ce qu'elle découvrait à présent, les fêtes auxquelles Malcolm l'emmenait sans chaperon pour la surveiller en permanence, les baisers, les caresses la submergeaient – et, oui, éveillaient une excitation qu'elle contenait avec peine.

Alex songea aux femmes comme Lady Smythe-Tomas ou l'inconnue en rouge de l'inauguration. Elles étaient si élégantes, si calmes, posées et sophistiquées. Elles… *savaient* tant de choses. Comment pourrait-elle se mesurer à elles ou apprendre à leur ressembler ?

— Je vais essayer de rester plus calme, à l'avenir, décréta-t-elle. J'imagine que toutes ces choses me paraîtront banales, très bientôt, et que je ne les remarquerai plus. « Oh ! une nouvelle soirée à l'Opéra… »

— Ne faites jamais cela, répliqua Malcolm avec tant de virulence qu'Alex sursauta.

Surprise, elle leva les yeux sur lui. Il fronçait les sourcils, le regard perdu par la fenêtre et le visage sombre.

— Restez toujours vous-même, Alexandra, je vous en supplie. Le regard que vous portez sur le monde, comme s'il était sans cesse nouveau, bon et lumineux, m'enchante.

Et *il* l'enchantait, songea Alex.

— Il y a toujours quelque chose de nouveau et d'étonnant à découvrir, si nous gardons les yeux ouverts.

— Mais je crains de l'avoir oublié, hélas, ou de n'avoir

jamais su faire cela. Depuis bien des années, le travail a occupé ma vie entière.

Alex lui serra affectueusement le bras et sourit.

— Eh bien, maintenant, vous m'avez, moi ! Je vous obligerai à regarder au-delà de vos vitrines et vous m'apprendrez les affaires. Je veux savoir comment l'empire Gordston fonctionne !

Malcolm secoua la tête.

— Vous trouveriez cela ennuyeux.

— Oh non, certainement pas. J'ai toujours été fascinée par ce qu'Emily m'a raconté de son travail. Les styles auxquels on doit se plier, les marchands que l'on rencontre… Je veux tout apprendre pour vous aider autant que possible.

Alex se souvenait aussi que son amie considérait Malcolm comme un concurrent impitoyable et elle se demanda soudain ce que cela voulait dire. Elle n'avait pas vu se manifester une telle dureté chez lui – sauf dans de rares circonstances, et ces instants passaient toujours très vite.

— Vous m'aidez déjà. L'inauguration du magasin a été un grand succès et les chefs de rayons me disent qu'ils ont vu passer beaucoup de nouvelles clientes influentes : des Anglaises, des Françaises et même des Allemandes. Nos bénéfices augmentent de plus en plus.

— Et ces femmes si importantes ont acheté beaucoup d'articles ?

— Oui. Tout ce que nous avions en couleur lavande a été pillé en quelques jours, ainsi que les écharpes bleues telles que celle que vous portez. Je vous avais bien dit que vous pouviez influencer la mode, si vous le désiriez.

— Vos clientes achètent mon *bandage* ?

Alex s'étrangla de rire, envahie par une soudaine et profonde satisfaction. Elle avait *accompli* quelque chose ! Ce n'était peut-être pas beaucoup, mais c'était un début.

Sans doute pourrait-elle montrer à Malcolm à quel point elle saurait se rendre utile – s'il la laissait faire.

— Si vos vendeuses pouvaient noter le nom des nouvelles clientes et leurs habitudes d'achats, je pourrais peut-être leur rendre visite après le mariage en portant de nouveaux chapeaux, ou des broches pour bien les leur montrer. Et, quand nous aurons trouvé une maison, j'organiserai une réception digne de ce nom.

— Après notre lune de miel, vous voulez dire.

Alex, surprise, leva les yeux sur Malcolm. Il ne lui avait encore jamais parlé de voyage de noces.

— Notre lune de miel ?

— Bien sûr. Toutes les jeunes épouses en méritent une.

— Mais pouvez-vous vous permettre une absence ? Où irons-nous ?

Il sourit comme un chat devant une écuelle de crème.

— C'est une surprise. Vous avez raison, ça ne pourra pas être une longue lune de miel : le nouveau magasin demande encore une attention trop constante. Mais je pense que vous apprécierez le voyage. Nous irons dans un endroit très spécial...

Alex n'eut pas le temps de lui soutirer plus d'informations. La voiture arriva enfin au pied des marches envahies par une foule de spectateurs. Un valet ouvrit la portière et descendit le marchepied pour eux.

Après avoir laissé son manteau à l'entrée, Alex lissa la jupe de sa nouvelle robe d'opéra en velours bleu nuit et redressa les étoiles de diamants qui ornaient ses cheveux. Malcolm lui offrit ensuite son bras pour la conduire dans le grand foyer, au milieu d'une foule vêtue de soie, chargée de joyaux et délicieusement parfumée.

Alex fut émerveillée par l'immense escalier double qui s'élevait du hall et se déroulait sous ses yeux. Elle avait déjà vu des gravures de ce lieu dans les gazettes, mais aucune image n'aurait pu faire honneur à tant de beauté. La première volée de marches de marbre multicolore, se divisait en deux sur un grand palier et conduisait ensuite à des balcons en arches illuminés par une profusion de chandeliers de cristal et des statues classiques dorées portant des globes électriques au-dessus de leurs têtes. Le plafond était orné d'une vaste fresque représentant des dieux jouant de la musique dans des tons de bleu, de blanc et d'or.

Les foules qui flânaient dans les escaliers ou observaient le hall depuis les arches étaient tout aussi chatoyantes. Des traînes caressaient le sol, retenues par des bouquets de fleurs de soie, des volants de dentelle ou des nœuds de velours. Des plumes et des joyaux enrichissaient les élégants chignons.

Soudain, Alex se rendit compte avec surprise qu'elle faisait vraiment partie de tout cela. Depuis l'inauguration du magasin, elle connaissait ces gens et ils la connaissaient. Ce n'était plus comme autrefois, quand elle n'était qu'une jeune fille à peine sortie de l'école, une débutante. À présent, elle était presque une femme du monde mariée. Une élégante, même, dès qu'elle aurait trouvé un moyen de paraître plus raffinée.

— Lady Alexandra, monsieur Gordston ! lança une voix derrière eux.

Alex se retourna et reconnut la princesse Ingrid du royaume de Hesse, une femme aux goûts coûteux et aux incroyables cheveux roux qu'ils avaient rencontrée le soir de l'inauguration.

— Quel plaisir de vous revoir ! Je porte ma nouvelle aigrette de chez Gordston, ce soir. Vous voyez, *ja* ?

— En effet, Votre Altesse, et elle vous va à ravir, répondit Alex.

La princesse leur présenta son époux et quelques-uns de leurs amis qui promirent bientôt de se rendre au magasin. Ils invitèrent même Alex à prendre le thé avec eux.

Lorsqu'ils en eurent terminé, Alex remarqua que Malcolm avait presque l'air… fier. Il lui sourit.

— Ils ne m'auraient jamais parlé en public avant, affirma-t-il. Même si la princesse est l'une de nos meilleures clientes.

— Vraiment ?

Alex jeta un discret coup d'œil au groupe des Allemands et remarqua que quelques-uns de ces aristocrates la regardaient encore. Elle les salua de la tête et leur sourit, serrant un peu plus fort le bras de Malcolm. Un étrange instinct de protection l'envahissait.

— Bien sûr qu'ils m'auraient méprisé, dit-il à mi-voix. Mais maintenant que je vous ai…

Maintenant, il l'*avait*. Pour l'aider à gravir les échelons de la société, rien de plus ? Alex continua à sourire, mais elle se sentit soudain beaucoup moins confiante.

Ils descendirent un couloir, leurs pas étouffés par les épais tapis rouges, accompagnés par leurs reflets dans les immenses miroirs antiques qui alternaient avec une longue rangée de portes fermées. Chacune était gardée par un valet en livrée du XVIIIe siècle et perruque poudrée. Arrivé au bout du couloir, Malcolm ouvrit la dernière porte et laissa Alex le précéder à l'intérieur.

— C'est notre loge ? murmura-t-elle en découvrant une véritable salle à manger.

Une longue table d'acajou était recouverte d'argenterie, de lourds verres de cristal et de faïence à motifs floraux assortie aux grandes urnes placées le long des murs tendus de velours rouge.

— Oui, répondit Malcolm, et nous pourrons la garder pendant toute la saison, si vous le désirez.

Fièrement, il traversa la petite pièce pour ouvrir un rideau pesant et lui montrer leurs sièges dorés tapissés de satin, comme des joyaux dans leur écrin, déjà disposés pour le spectacle.

— Le souper sera servi pendant l'entracte principal et je me suis permis d'inviter quelques personnes à manger avec nous, dont Miss Fortescue.

— Emily ? Quelle bonne idée ! s'écria Alex, ravie à l'idée de voir un visage familier.

La présence d'Em lui permettrait sans doute de ne pas se sentir trop submergée par toute cette nouveauté.

Elle passa le rideau et découvrit en détail la loge elle-même. Sous ses yeux s'ouvrait l'immense salle. Pendant un long moment, Alex ne put que la contempler, encore et encore, appuyée à la rambarde. Elle était magnifique, extravagante, scintillant de mille feux et enrichie de tant de décorations qu'on ne savait plus où donner de la tête. Un énorme chandelier de bronze brillait au-dessus du public. Une foule chamarrée commençait à emplir les loges. Le plafond en dôme, si haut, donnait le vertige et un rideau de velours rouge et or dissimulait la scène derrière ses plis lourds.

— Oh oui ! murmura-t-elle. Je crois que j'adorerais garder cette loge pour la saison entière.

Malcolm rit.

— Vous n'avez pas encore vu le spectacle.

Alex se retourna et vit qu'il avait tiré sa chaise. Il souriait comme un petit garçon ravi d'avoir trouvé le cadeau idéal pour sa belle.

— Je suis sûre que je vais adorer le spectacle, mais c'est presque secondaire. Tout ceci est déjà un spectacle extraordinaire en soi...

Elle s'assit et tira de son réticule ses petites jumelles d'opéra.

— Est-ce que vous allez souvent au théâtre ? demanda-t-elle soudain.

Malcolm s'installa près d'elle et la manche de laine fine de sa veste noire effleura le bras d'Alex.

— Non, pas souvent. Je travaille toujours.

— Même la nuit ?

— Bien sûr. Pendant la journée, je suis toujours obligé de m'interrompre pour traiter les urgences ou rencontrer des gens. La nuit, en revanche, tout est calme et je peux faire mes comptes ou examiner l'état des vitrines.

Alex avait bien l'intention de modifier tout cela, maintenant qu'elle était là pour entretenir la vie sociale de son fiancé. Elle lui offrirait un foyer où rentrer, après sa journée de travail.

— Vous m'avez pourtant dit vous-même que fréquenter la bonne société est quelque chose d'important pour vos affaires. Qu'il est nécessaire de connaître les gens.

— Vous avez une bonne mémoire.

— Bien entendu ! J'ai été éduquée à l'école de Miss Grantley, ne l'oubliez pas. Même un homme d'affaires aussi occupé que vous doit bien avoir le temps de profiter un peu de sa vie, non ? L'existence est trop courte, et quand on dispose d'une loge à l'Opéra...

Malcolm sourit de plus belle.

— Ce serait un crime de ne pas l'occuper, acheva-t-il à sa place.

— Exactement.

— Je viens de temps à autre. J'avoue que je ne connais pas grand-chose à l'opéra ou au ballet, mais je sais toujours admirer un artiste ou un artisan qui maîtrise son métier, comme ici.

Alex avait déjà entendu des amies mariées parler en chuchotant de ce que leurs époux aimaient le plus au ballet : les danseuses. Est-ce que Malcolm aussi venait à l'Opéra pour voir de belles jeunes femmes sur scène ? Non, sans doute pas. Il n'était pas comme les autres hommes. Ses réactions et ses émotions n'étaient pas celles des autres. Aurait-elle jamais l'opportunité de vraiment le connaître ?

Troublée, Alex appliqua les jumelles à ses yeux et entreprit de détailler la foule des spectateurs au parterre et dans les autres loges qui entouraient la leur. C'étaient bel et bien des écrins dorés dans lesquels les toilettes précieuses scintillaient comme autant de joyaux sur fond de velours. Elle songea une fois de plus que c'était déjà un spectacle en soi.

Rapidement, un mouvement dans l'une des loges d'en face attira son attention. Sans les jumelles, les personnes qui venaient d'y entrer restaient floues et indistinctes – un éclat de couleur vive parmi les autres –, mais grâce à cet instrument, elle pouvait tout examiner en détail.

Au début, Alex fut saisie d'admiration pour la robe de la femme qui s'installait dans la loge. C'était une exquise création de satin vert émeraude bordée de velours noir. Conçue par Worth, sans aucun doute : il était le seul à se servir de ce genre de drapé. La femme portait également un collier court d'émeraudes et de diamants sur un long rang de perles brillantes et immaculées.

Alex leva les jumelles pour voir son visage… et étouffa un cri. C'était la femme brune de l'inauguration ! Elle riait d'un air insouciant et agitait coquettement son éventail, encore plus séduisante que la dernière fois qu'Alex l'avait vue.

L'inconnue tendit un bras et posa avec douceur sa main sur la manche de son compagnon. Puis, se penchant, elle lui glissa quelques mots à l'oreille, derrière son éventail de dentelle noire. Alex examina l'homme de plus près et fronça les sourcils. C'était M. Nixson, sans aucun doute, le goujat qui s'était disputé avec Malcolm sur la tour Eiffel ! Oui, elle le reconnaissait bien : impossible d'oublier ce nez aquilin et ce teint pâle, presque gris.

Perplexe, Alex abaissa ses jumelles. La femme aussi lui paraissait très familière...

— Qu'y a-t-il ? demanda Malcolm. Quelque chose vous a contrariée ?

Il voulut lui prendre les jumelles, mais Alex les glissa rapidement dans son réticule avant de se tourner vers la scène.

— Tout va bien, ne vous en faites pas, répondit-elle. Je croyais juste avoir vu une robe plus jolie que la mienne.

— Impossible ! Montrez-la-moi.

— C'est hors de question : vous allez trouver la dame plus belle que votre pauvre fiancée et j'en serai terriblement jalouse...

Elle se pencha vers lui et l'embrassa sur la joue, dans l'espoir de le distraire, de maintenir toute son attention rivée sur leur agréable soirée.

Malcolm lui sourit, mais son regard restait sombre, comme si la réaction d'Alex avait éveillé ses soupçons.

Quelques secondes plus tard, le rideau rouge et or se leva sur une scène de village bucolique, et l'orchestre entama le prélude. Malcolm se détourna. Alex en profita pour ressortir ses jumelles et jeter un nouveau coup d'œil à la loge d'en face.

La femme en vert la regardait aussi, pinçant ses lèvres peintes.

Alex sentit ses joues s'embraser et se concentra sur le spectacle. Sur la scène, un groupe de danseuses en tutu bleu de « paysanne » papillonnait dans toutes les directions. Le ballet était si beau et la musique, tellement magique, qu'Alex oublia bien vite l'inconnue en vert, Nixson ou tout ce qui l'entourait. Elle n'avait plus conscience que de la main de Malcolm sur la sienne.

Quand le rideau redescendit pour marquer le premier entracte, Alex regarda une fois de plus vers l'autre loge. Elle était vide.

— J'aimerais beaucoup boire un verre de limonade fraîche, lança-t-elle.

Malcolm se leva immédiatement.

— Je vais appeler le valet.

— Oh non, j'aimerais aller la chercher moi-même, répondit précipitamment Alex. Cela me permettrait d'explorer davantage cet endroit merveilleux. Croyez-vous qu'on nous laisserait passer en coulisse ou voir les salles de répétition ? J'aimerais pouvoir faire semblant d'être une danseuse moi-même, flottant sur scène sur mes pointes dans une ravissante jupe de tulle !

Son fiancé la gratifia d'un sourire indulgent.

— Ils ne nous laisseront probablement pas le faire ce soir, mais je pourrais vous obtenir une visite très bientôt. On dit que le directeur a besoin de lever des fonds. Néanmoins, nous pouvons déjà aller voir le grand foyer pour y trouver à boire.

Alex lui prit le bras et le suivit dans les escaliers qui menaient au foyer. Arrivée sur le seuil, elle dut s'arrêter un instant, trop aveuglée par la clarté et la splendeur de la salle. Elle avait du mal à en croire ses yeux.

— C'est merveilleux, murmura-t-elle.

Le foyer était une longue pièce au décor luxueux, scintillante et remplie de miroirs, de dorures. D'immenses fenêtres ouvraient sur la nuit et la loggia, à l'extérieur. Le décor était inspiré par la galerie des Glaces de Versailles – mais il était difficile de croire que l'original pût être aussi splendide. Alex rejeta la tête en arrière et examina le plafond orné de fresques représentant des allégories de l'histoire de la musique sur un fond de ciel bleu.

— Aimeriez-vous une maison décorée comme cela ? plaisanta Malcolm à son oreille.

— N'y pensez même pas, s'étrangla Alex. Je ne pourrais jamais vivre dans un décor aussi irréel. C'est beaucoup trop beau pour le quotidien et vous le savez !

Elle se tourna vers lui et se figea en plein mouvement, sa jupe gonflant un instant autour d'elle. Une femme s'avançait vers eux d'un pas décidé – une beauté brune et exotique, qui souriait, les lèvres rouge vif. C'était l'inconnue de la loge, dans sa splendide robe émeraude…

— Malcolm ! Nous nous retrouvons enfin. Cela doit être le destin, lança-t-elle d'une voix sensuelle et voluptueuse, chargée d'une complicité intime qu'Alex sentait sans la comprendre.

Malcolm salua froidement l'inconnue, les traits figés et les yeux plus pâles que jamais.

— Bonsoir. Mademoiselle Fleurie, c'est cela ?

Elle le gratifia d'un sourire empreint d'espoir et de connivence.

— Voyons ! Cela ne fait pas si longtemps que ça que nous ne nous sommes pas vus ! Tu peux m'appeler Mairie, comme autrefois.

Mairie ? Alex les dévisagea tour à tour, ébahie. Cette femme était donc bien la jeune fille qu'elle avait vue en Écosse, celle qui portait un châle rouge le jour où Malcolm avait déposé un baiser si tendre sur ses doigts. Celle qu'Alex avait tellement enviée… Malcolm et elle se jaugeaient à présent en silence, comme si le foyer animé et bruyant avait disparu.

Alex aurait dû la reconnaître plus tôt. Mais l'élégante femme parée de joyaux et maquillée qui se tenait devant elle était si différente de la fille aux longs cheveux noirs et au châle. Aussi différente que Malcolm l'était du garçon qu'elle avait connu.

— Au contraire, cela fait longtemps, répliqua-t-il d'une voix glaciale. Trop longtemps pour ce genre d'enfantillages. Nous avons tous les deux beaucoup changé.

Mairie s'avança d'un pas, sans le quitter de ses grands yeux noirs et caressants. C'était comme si Alex avait disparu, comme si elle était spectatrice d'un drame de théâtre.

— Je ne me sens pas métamorphosée à ce point, tu sais. Pas quand je te vois...

Malcolm prit la main d'Alex et la serra ostensiblement dans les siennes.

— Tu n'auras sans doute pas oublié ma fiancée : tu l'as rencontrée au magasin. Lady Alexandra Mannerly.

Les yeux noirs de Mairie se posèrent un instant sur Alex avant de revenir sur Malcolm.

— Bien sûr. La fille du duc de Waverton. J'imagine que pour toi, au moins, les choses *ont* changé. J'avoue être étonnée que tu réussisses à regarder une Waverton en face. Mais il faut croire que nous avons tous un prix...

Alex était à la fois troublée et inquiète. Était-elle le « prix » de Malcolm, le moyen pour lui de compenser sa misère passée ? Quoi qu'il en soit, elle refusait de laisser cette femme percevoir ses doutes. Elle ne lui montrerait pas la moindre faiblesse.

— Certains de nos prix impliquent parfois M. Nixson, j'imagine, lâcha-t-elle donc, surprise par sa propre aigreur.

Mairie se tourna de nouveau vers elle, d'un air abasourdi. Puis elle retrouva son sourire mondain.

— La fille de duc sait donc parler.

— Nixson ? coupa sèchement Malcolm.

Mairie agita son éventail avec une nonchalance étudiée.

— Oui, j'ai entendu parler de votre petit différend sur la tour de M. Eiffel. Les hommes sont parfois de tels enfants. Si seulement tu acceptais de lui parler en tête à tête...

Malcolm eut une moue de dédain.

— Tu sais très bien que cela n'arrivera pas. Laisse-moi te dire que tes relations laissent à désirer, ces derniers temps, Mairie.

Elle soupira et donna un petit coup d'éventail sur le bras de Malcolm.

— C'est fort possible, en effet. Je regrette souvent de ne pas pouvoir revenir à nos belles années en Écosse. Pas toi, cher Malcolm ? Hélas, quand mon père s'est mis en tête de me faire épouser un atroce épicier, j'ai su que je devais partir au plus vite. Cela aurait été une vie si ennuyeuse... J'ai réussi à tracer mon chemin dans ce monde. Mais il faut bien dire que notre jeunesse a été pure et parfaite, avant que d'autres viennent tout gâcher.

Nous devons tous mûrir, un jour ou l'autre. Les choses sont devenues exactement ce qu'elles devaient être.

— Vraiment ? Pour toi, peut-être. Tu as la fortune *et* la fille de Waverton. Quelle déception pour lui ! Et quelle satisfaction inespérée pour toi, Malcolm.

Elle eut un sourire furtif, à la fois rusé et félin, mais il disparut en un éclair.

— Quoi qu'il en soit, je suis certaine que nous nous reverrons bientôt. Nous pourrons parler plus longuement de toutes ces choses.

Mairie adressa un dernier sourire à Malcolm, lui effleura

encore une fois la main avec son éventail, puis tourna les talons et se coula dans la foule. L'émeraude de sa robe disparut bien vite au milieu de toutes les autres couleurs vives. Elle laissa derrière elle le souvenir de son capiteux parfum de jasmin, comme un fantôme qui rappelait sa présence pendant de longues minutes.

Le bras de Malcolm restait crispé sous la main d'Alex. Elle le regarda, surprise. Il fixait l'endroit où Mairie s'était tenue. Ses traits figés étaient durs, fermés.

— Vous l'avez vue avec Nixson ? s'enquit-il à mi-voix.

— Oui, dans leur loge. Ça n'a duré qu'un moment. J'espère qu'il ne viendra pas nous importuner.

— Avaient-ils l'air… proches ?

Alex vit de nouveau, en pensée, Mairie murmurer quelques mots à son compagnon dans la loge, derrière son éventail, et lui sourire d'un air béat.

— Je crois… Je ne suis pas très experte pour ces choses-là. Malcolm, dites-moi qui est vraiment ce M. Nixson. J'ai compris que vos rapports professionnels avec lui se sont écroulés, mais y avait-il autre chose ? Et cette Mlle Fleurie… Vous la connaissiez, autrefois, n'est-ce pas ? J'en suis certaine !

Malcolm serra les dents de plus belle.

— Oui, il y a longtemps. En Écosse.

Alex baissa les yeux.

— Vous étiez amoureux d'elle ?

— Quelle question absurde ! J'étais bien trop jeune pour connaître l'amour !

Choquée par sa soudaine virulence, Alex s'écarta d'un pas. Malcolm ne lui disait pas tout au sujet de Mairie, ou de sa vie en Écosse ; mais elle ne tirerait sans doute rien de plus de lui ce soir-là. Peut-être qu'il ne lui dirait *jamais* rien d'autre. Peut-être qu'il ne la verrait jamais comme la partenaire et l'épouse qu'elle voulait devenir…

— Et Nixson ? demanda-t-elle, soudain pressée de changer de sujet.

Malcolm ne la regardait pas. Il gardait les yeux rivés sur la foule, devant eux.

— Je suis sûr que vous vous souvenez de lui. Cette scène déplorable, sur la tour Eiffel, doit être difficile à oublier.

— Oui, admit Alex.

Le seul souvenir de cette journée réveillait une vieille douleur dans sa cheville.

— Il m'a fait une proposition, en effet ; mais toute personne soucieuse de sa réputation, dans le monde des affaires, doit éviter à tout prix de s'associer à lui. Surtout quand il s'agit de commerce avec l'Extrême-Orient... et de vilaines rumeurs de contrebande.

— De la contrebande ? murmura Alex, choquée.

— Oui : il fait commerce d'opium. Un grand magasin serait la couverture parfaite pour lui et, visiblement, Nixson me croit trop stupide pour comprendre ce genre de choses. J'ai refusé tout partenariat et vous avez été aux premières loges pour voir sa réaction. On raconte partout qu'il est au bord de la banqueroute.

Et l'ancienne amie de Malcolm était, d'une manière ou d'une autre, liée à ce bandit. Alex était stupéfaite – et un peu inquiète.

— Voulez-vous que nous rentrions ? suggéra-t-elle.

— Bien sûr que non. Vous ne voudriez sans doute pas manquer le deuxième acte et nous avons des invités pour le souper, dans notre loge.

— Vous pourriez leur dire que je me sens mal...

Elle avait pourtant très envie de voir Emily. Ses amies avaient toujours eu le don de l'apaiser et de la rassurer.

— Tout cela fait partie de notre travail, vous vous souvenez ? Entretenir notre image sociale. Voir et être vus.

Alex acquiesça. Était-ce vraiment tout ce que Malcolm voulait ? Voir du monde et être vu avec elle ? La *fille de Waverton*, comme l'avait si bien dit Mairie.

Ignorant tant bien que mal son malaise, Alex se contenta de sourire et d'acquiescer. Elle prit de nouveau le bras de son futur époux, comme on l'attendait d'elle. Tous deux traversèrent le grand foyer à pas lents, sous les lumières scintillantes et les dorures royales. Néanmoins, un peu de la magie du lieu s'était envolée pour Alex. Elle se sentait soudain fatiguée, frigorifiée et soucieuse.

Seule l'apparition d'Emily sut la ramener à la réalité, à la stabilité d'un monde qu'elle connaissait. Elle aperçut son amie assise à une table, près des portes du balcon, et s'empressa de la rejoindre pour la serrer dans ses bras. Emily portait une ravissante robe de satin pêche et cuivré qui retenait chaque éclat de lumière. Tandis qu'elles parlaient avec animation de leur rendez-vous du lendemain chez Worth, pour commander la robe de mariée d'Alex, Malcolm alla échanger quelques mots avec la vicomtesse de Rippon qui lui faisait de grands signes depuis l'autre côté de la salle.

— Em, chuchota rapidement Alex, qu'est-ce que tu sais d'un certain M. Nixson ? Et d'une Mlle Fleurie, qui ne doit d'ailleurs pas être française malgré son nom ?

Emily parut surprise et réfléchit quelques instants.

— Nixson possède une entreprise d'import, surtout de l'ivoire et de la soie d'Orient. Mais Père ne rentrerait jamais en affaires avec lui. On raconte que de l'opium se glisse souvent dans ses cargaisons – voire pire. Il a l'air très riche, possède de grandes maisons, etc. C'est beaucoup plus que ce que pourrait s'offrir un marchand respectable, dans sa branche. Sa compagnie légale de façade a plusieurs fois été au bord de l'effondrement. Pourquoi ces questions ? Ton Malcolm n'est tout de même pas impliqué avec Nixson, si ?

— Oh non ! C'est l'inverse. Il m'a parlé des mêmes choses, de la contrebande, je veux dire. Quand ils se sont croisés pour la dernière fois, j'ai cru qu'ils allaient en venir aux mains...

Alex espérait de tout cœur ne pas croiser cet homme odieux, au cours de cette soirée. Surtout pas maintenant qu'elle savait que Mairie était impliquée.

— Et Mlle Fleurie ? reprit Emily d'un air intrigué, en tapotant son menton de son doigt ganté. Je crois que j'ai déjà entendu ce nom, mais je ne sais pas grand-chose d'elle. Il me semble qu'elle a été actrice, mais maintenant elle a simplement l'air de vivre comme demi-mondaine... Elle a des comptes ouverts dans plusieurs maisons de couture, mais je ne connais pas ses mécènes et je ne sais pas d'où elle venait avant de s'installer à Paris. Je peux essayer de trouver quelques ragots, si tu veux. Pourquoi t'intéresse-t-elle tant ? Est-ce que tu as l'intention d'écrire des romances salaces ?

Alex jeta un rapide coup d'œil à Malcolm, qui discutait toujours avec la vicomtesse.

— J'ai besoin d'en apprendre plus, dit-elle finalement, mais je ne suis pas encore sûre de savoir pourquoi.

— Que c'est intrigant, chuchota Emily, le regard pétillant.

Elle avait toujours été espiègle, même à l'école, et son esprit était un piège à loups qui retenait la moindre bribe de potin. Chez Miss Grantley, elle avait été l'une des élèves les plus incontrôlables – et elle ne se faisait jamais prendre !

Lorsque la sonnerie de fin d'entracte retentit, Malcolm rejoignit Alex et lui tendit la main.

— Remontons-nous dans la loge ? demanda-t-il.

— Je vous verrai pour le souper, déclara Emily avant de glisser à l'oreille d'Alex : Je trouverai bien le moyen de déterrer quelques secrets d'ici là !

Alex prit la main de Malcolm et le suivit le long du couloir qui conduisait à leur loge. Les valets étaient en train de mettre la table pour l'entracte suivant. Des plats d'argent couverts emplissaient la salle à manger de délicieux parfums d'épices. On avait aussi apporté quelques vases en cristal garnis de roses et d'œillets. C'était un décor parfait pour une soirée parfaite. Une vie idéale. Mais qu'est-ce que tout cela impliquait, au fond ? Où est-ce que cela les conduirait ?

— Je suis navré d'être un tel ours, parfois, dit soudain Malcolm avec un demi-sourire. Miss Mersey me répète souvent que je devrais prendre des cours de bonnes manières.

— Dans ce cas, pourquoi ne venez-vous pas suivre ceux que je donne à Amelia et Charlotte ? plaisanta Alex.

Néanmoins, elle ne parvenait pas à ravaler son inquiétude, après avoir vu M. Nixson et Mlle Fleurie ensemble.

— Nous avons tous des émotions, et c'est normal, Malcolm. Tout comme nous avons le droit d'être surpris quand le passé resurgit devant nous.

— Mais je ne peux plus me contenter de penser à moi, maintenant, quand j'ai mes humeurs. Vous êtes là, ma future femme. Vous méritez un époux sur lequel compter.

Alex le contempla attentivement dans la lumière dorée des lustres. Ses yeux n'étaient plus froids ou distants comme lorsqu'il s'était retrouvé face à Mairie. Malcolm était bien un homme aux multiples facettes... Et Alex sentait que le garçon qu'elle avait aimé autrefois était encore là, quelque part. Comment pourrait-elle suivre le rythme de ses changements ? Comment pourrait-elle tourner un jour la page de son passé ?

— Je suis déjà convaincue de pouvoir compter sur vous, Malcolm. Sans cette confiance, je n'aurais jamais accepté de vous épouser, pas pour toutes les loges d'Opéra du monde. J'espère aussi vous avoir convaincu que vous pouvez tout me dire. J'ai toujours très bien su garder les secrets.

— Je ne pense pas avoir le moindre secret intéressant à vous confier. Pas de secrets dignes d'être jalousement gardés, en tout cas, répondit Malcolm.

Il s'immobilisa près du rideau qui séparait la salle à manger du reste de la loge et la dévisagea d'un air hésitant.

— Mairie et moi avons vécu une sorte d'amour d'enfance, pourrait-on dire. Son père était commerçant et j'ai toujours su qu'elle n'était pas à ma portée. À la mort de mon père, je suis parti faire mon apprentissage et nous nous sommes écrit pendant un temps. J'avais… des rêves. Des espoirs stupides. Puis, sans prévenir, elle a disparu. Je n'ai pas pu lui en vouloir : elle ne m'a jamais caché qu'elle voulait une vie meilleure que ce que je pouvais lui offrir. Je ne l'ai pas revue avant de m'installer à Paris. Je ne savais pas ce qu'elle était devenue, ni qu'elle se faisait appeler Mlle Fleurie.

Alex le dévisagea à son tour. Il ne lui disait sans doute pas tout – pas encore – mais elle voyait bien à quel point il était dur pour lui de parler de son passé à qui que ce soit. D'exhumer les secrets qu'il avait enfouis si longtemps en lui. Elle saurait donc se contenter de ces quelques confidences – pour l'instant. Elle se hissa sur la pointe des pieds et déposa un petit baiser sur les lèvres de son fiancé, sentant leur chaleur sur les siennes. Ce lien qui les unissait. Ce n'était sans doute pas que le fruit de son imagination. C'était un sentiment bien réel qui ne demandait qu'à croître si on l'entretenait patiemment… Non ?

Alex chassa ses doutes et ses inquiétudes, puis acquiesça lentement, gravement.

— C'était il y a très longtemps, précisa Malcolm de sa voix bourrue.

— Et nous sommes ici, maintenant, répondit-elle. *Nous* sommes le présent. Néanmoins, je comprends que vous puissiez vous inquiéter de voir une personne à laquelle vous avez tenu fréquenter un homme comme Nixson.

— En effet.

Alex entendit les premières notes de musique s'élever derrière le rideau et le tapotement discret des chaussons de danse sur la scène.

— Asseyons-nous, proposa-t-elle. Vous aviez raison, tout à l'heure : je ne veux pas rater un seul tableau.

Malcolm lui sourit et, main dans la main, ils regagnèrent leurs places, dans ce monde doré et chamarré qui s'étendait devant eux - mûr et prêt à être cueilli. La loge d'en face resta vide.

Malcolm jeta sa cravate par terre et déchira sa chemise amidonnée en voulant l'ouvrir trop vite. Il étouffait ! Il traversa vivement sa chambre et ouvrit la fenêtre en grand, laissant entrer un flot d'air frais et la rumeur nocturne de la ville.

Même à une heure aussi tardive, Paris restait vivant. On pouvait entendre de la musique, le claquement des sabots sur le pavé, des rires... Ce mouvement perpétuel, ce rappel du vaste monde du dehors, apaisèrent Malcolm. Il aurait tant voulu rendre au passé sa place normale, au fond de sa mémoire. L'ignorer comme il l'avait fait pendant tant d'années, à la seule force de sa volonté et en se plongeant aveuglément dans son travail.

Mais le passé était revenu à l'assaut, débordant de la boîte où il l'avait mis sous clé. Mairie était réapparue dans sa vie. Non, pas Mairie : elle était Mlle Fleurie maintenant, et elle fréquentait Nixson... Dans ses yeux, ces grands yeux noirs pour lesquels il aurait tout donné à une époque, il avait vu le reflet de ce qu'il était devenu, de son côté. Un homme dur.

Cynique. Égoïste. Il ne voulait pas être comme cela, mais le monde l'avait façonné contre son gré. Mairie avait raison : un garçon comme lui n'aurait jamais dû rêver d'une fille de duc. Jamais. Et pourtant...

Et pourtant, Alex était si fraîche, si différente, qu'il s'était laissé emporter par ce rêve. Malcolm ferma les yeux et se souvint de l'émerveillement de sa fiancée quand elle avait passé la tête par la fenêtre de la voiture pour examiner la façade de l'Opéra. Son minois de fée avait brillé d'une excitation soudaine, anticipant les bonheurs que cette soirée lui réservait. Son enthousiasme s'était étendu à lui et l'avait enveloppé, d'une manière inattendue. Il s'était senti excité, lui aussi. À cet instant, rien n'avait eu d'importance, en dehors d'Alex. Ni son passé. Ni ses désirs de vengeance. Ni son ambition.

Avec Alexandra, il se sentait de nouveau vivant – vraiment vivant. Quand il était avec elle, il oubliait la cruauté et la froideur de son propre univers. Elle lui donnait envie de rire de nouveau, d'être libre, de la prendre dans ses bras et de sentir son cœur envahi une fois de plus par la chaleur d'un été rayonnant.

Jamais encore il n'avait connu de femme comme elle, tout comme il n'avait jamais osé espérer qu'une telle lady puisse devenir sienne. Et pourtant, Alex serait bientôt sa femme. Du moins, s'il parvenait à la garder auprès de lui et à dissimuler ses secrets jusqu'à ce qu'elle ne puisse plus lui échapper.

Malcolm crispa les doigts sur le rebord de la fenêtre. Des échardes pénétraient sa chair et s'y ancraient. Il ne laisserait pas le passé lui arracher son présent. L'espace d'un instant, Mairie avait de nouveau fait danser devant lui l'appât de ses souvenirs d'enfance. Mais Alex correspondait à l'homme qu'il était *devenu*, ou à celui qu'il voulait être, en tout cas. Elle représentait l'accomplissement de tout ce pour quoi il avait travaillé depuis des années. Et il n'y renoncerait pas.

Quoi qu'il lui en coûte.

16

Mairie McGregor se servit un grand verre de brandy et l'avala d'une traite, laissant l'amertume de l'alcool lui brûler la gorge. Si seulement elle pouvait tout oublier, envahie par cette chaleur soudaine. Elle ferma les yeux. Inutile. Alors, elle se servit un verre de plus.

Heureusement, cet idiot de Nixson était rentré chez lui tout de suite après le spectacle au lieu de rester l'ennuyer. Elle ne l'avait séduit que parce qu'on le disait en affaires avec Malcolm. Elle n'avait pas compris qu'ils étaient *ennemis* plutôt qu'*associés*, ou que Nixson n'avait pas du tout autant d'argent qu'il le prétendait...

Mais il avait rempli son office : grâce à lui, elle avait revu Malcolm et retenu son attention. La suite ne dépendrait plus que d'elle.

En revanche, elle ne s'était pas attendue à le trouver affublé d'une fiancée *potiche*. La fille du duc de Waverton, qui plus est ! Oui, cela avait été une surprise.

Mairie ferma les yeux et, pendant quelques minutes, elle se laissa aller à faire une chose qu'elle évitait à tout prix, d'habitude : penser à son passé. Avant l'apparition de Mlle Fleurie, des Nixson de tout poil, des villas, des diamants et des robes en satin. Quand elle n'était encore que Mairie, une simple fille qui explorait les prés écossais avec un beau garçon à ses côtés. Qui riait, lui tenait la main, l'embrassait. Qui rêvait. Puis, un jour, tout s'était écroulé. Son père avait perdu tout son argent et elle n'avait plus eu d'autre choix que de tracer son propre chemin dans le monde. Elle était partie pour faire fortune, consciente que son meilleur atout était sa beauté. Au fil des ans, elle avait dû faire beaucoup de choses dont elle n'était pas fière, mais elle avait survécu, c'était l'essentiel.

Elle ouvrit les yeux. Au lieu de découvrir devant elle un immense champ de bruyère, elle se retrouva au milieu de son salon de velours rose et d'or. Malcolm était devenu plus beau encore que dans sa jeunesse, plus fort et plus énigmatique. À quoi jouait-il donc avec la fille du duc ? Ses fiançailles étaient certainement une forme de vengeance. Le duc avait traité la famille Gordston avec une insoutenable cruauté, et sa fille était certainement aussi hautaine que lui. Quelle était la stratégie de Malcolm ? D'un autre côté, cette femme avait tellement l'air d'une petite souris blafarde...

Mairie secoua la tête, perplexe. Elle avait cru qu'il lui suffirait de retrouver Malcolm, que la suite serait facile. Elle l'aurait ferré sans peine et aurait enfin obtenu tout ce qu'elle voulait de lui. Mais quand elle avait croisé son regard, elle n'avait vu que froideur et distance dans ses yeux bleus. Les choses ne seraient pas aussi aisées qu'elle l'avait pensé...

Elle se laissa tomber sur sa méridienne tendue de satin et se débarrassa de ses escarpins de soie pour plonger avec délice ses orteils dans l'épaisseur du tapis. Rejetant la tête en arrière, elle examina la vue que lui offraient ses grandes fenêtres. Cet appartement ne lui avait pas été offert par cet idiot de Nixson, mais par un autre admirateur depuis longtemps disparu. C'était devenu la fierté de Mairie. Mais, ce soir-là, toute cette luxueuse élégance lui parut fade, tapageuse. Le souvenir des champs de bruyère avait éclipsé les tableaux, les horloges dorées, la cheminée de marbre. Hélas, le passé ne reviendrait jamais à la vie. Sauf en Malcolm.

Elle ne pouvait pas laisser tomber maintenant. Pas quand elle était si près du but.

Mairie songea de nouveau à cette fille de duc. Lady Alexandra, si pâle et si parfaite. Peut-être était-elle la clé.

17

Le jour de son mariage était arrivé.

Alex avait du mal à y croire, même après s'être répété ces mots encore et encore. Elle n'avait jamais été l'une de ces jeunes filles obnubilées par le mariage, qui en planifiaient les moindres détails des années à l'avance – bien qu'elle ait déjà passé du temps à comparer des gravures de couronnes de fleurs d'oranger en satin dans les revues de mode. Néanmoins, quoi qu'elle eût pu imaginer autrefois, cela n'aurait jamais été à la hauteur de la réalité. Elle aurait droit à sa grande journée au cœur de Paris !

Pendant que Lady Bullard et Emily vérifiaient l'état de sa coiffure, Alex jeta un coup d'œil par la fenêtre. La matinée avait été grise et menaçante, mais le soleil avait fini par faire une pâle apparition, illuminant les façades de pierre blanche et donnant aux chariots de fleuristes qui occupaient les coins de rue des allures d'écrins à bijoux. La mère d'Alex n'avait pas pu quitter sa cure pour assister au mariage, mais toutes ses amies étaient là pour l'aider et lui apporter le soutien dont elle avait besoin.

— Terminé ! déclara finalement Emily. Qu'est-ce que tu en penses ?

Alex se retourna pour contempler son reflet dans le grand miroir.

— Je me reconnais à peine, murmura-t-elle.

Elle avait l'impression de découvrir une héroïne tout droit sortie d'un roman. Ses cheveux avaient été bouclés et rassemblés très haut par le coiffeur le plus en vogue de Paris. Il les avait fixés à l'aide d'épingles à tête de perle. À présent, le tout était recouvert par son voile de dentelle de Bruxelles et sa couronne de roses blanches. Ses boucles d'oreilles en perles et diamants brillaient sous le voile.

Sa robe de chez Worth était encore plus belle que tout ce qu'elle aurait pu rêver de porter. Un lourd satin blanc, aussi brillant que la neige fraîche, enrichissait la jupe étroite, à la dernière mode, d'une longue traîne brodée d'une cascade de perles naturelles. On en retrouvait aussi sur le col haut et les longues manches ajustées.

— On dirait la reine des neiges de notre livre, s'exclama Charlotte, qui avait passé les dernières minutes à pourchasser sa sœur en riant dans toute la pièce.

Les deux fillettes étaient ravies, dans leurs robes blanches de demoiselles d'honneur et leurs ceintures de soie bleue.

Une fée d'hiver, songea Alex. Malcolm serait-il de cet avis, quand il la verrait ? La trouverait-il belle ? Serait-il fier de l'avoir pour épouse ? Oublierait-il enfin Mairie et le passé ? Elle l'espérait de tout son cœur.

Mais, s'il ne pouvait pas oublier ? Si tout ce qu'il voyait, quand Alex s'avancerait vers lui dans la chapelle, c'était son bel amour d'enfance aux cheveux noirs ? Emily n'avait rien appris d'intéressant au sujet de Mlle Fleurie, à part qu'elle venait d'Écosse, qu'elle prétendait descendre de Robert Bruce et qu'elle aimait faire démonstration des danses des Highlands dans certaines soirées un peu lestes. Mais rien de plus. Aucune tragique histoire d'amour.

Alex s'était-elle trompée sur son compte ? Elle avait beau essayer d'ignorer son inquiétude, celle-ci revenait sans cesse à l'assaut. Depuis leur soirée à l'Opéra, elle n'avait presque pas vu Malcolm, bien qu'il lui envoyât des fleurs tous les jours. Elle aurait aimé lui parler une nouvelle fois en tête à tête, ne serait-ce que pour se rassurer. Se confirmer à elle-même qu'elle avait fait le bon choix.

Mais il était trop tard pour s'inquiéter, à présent. Ou pour reculer. Il ne restait plus à Alex qu'à prier pour que tout se passe bien et qu'ils vivent heureux ensemble. Pour que le passé s'efface définitivement. Et elle se raccrocha avec une ferveur désespérée à cette pensée, à ces souhaits.

— À présent, ma chère, murmura Lady Bullard en ajustant son voile de dentelle, je sais que votre mère est loin, mais je suis certaine qu'elle aurait voulu que je vous parle de ce qui se passera, pendant votre nuit de noces...

Alex sentit ses joues s'empourprer.

— Je... Je crois que je le sais déjà.

Lady Bullard pinça les lèvres.

— Je suis sûre que vous savez *ce* qui se passe. Quel membre va à quel endroit, je veux dire. Miss Grantley ne laisserait jamais ses élèves quitter le pensionnat sans avoir appris *cela*. Je veux juste vous prévenir que ça vous semblera... étrange, au début. Inconfortable, même. Mais si vous vous détendez et fermez les yeux, je vous assure que cela peut devenir assez agréable. N'ayez pas peur, c'est tout.

Avoir peur de Malcolm ? C'était tout à fait impossible. Seulement, ce qui risquait d'arriver dans l'obscurité, après la fête... *Cela* la faisait rougir de la tête aux pieds.

— Je n'aurai pas peur, promit-elle.

Lady Bullard répondit par un hochement de tête satisfait, comme si son devoir était accompli, et Emily tendit à Alex son bouquet de roses blanches et de fleurs d'oranger délicatement parfumées. Lady Bullard redressa son chapeau poudré à grand rebord et appela les filles pour s'assurer qu'elles avaient bien leurs paniers de pétales de roses. La femme de chambre lissa une dernière fois la traîne d'Alex et la drapa sur son bras pour lui permettre de descendre l'escalier. Le duc attendait dans l'entrée avec Lord Bullard.

Le père d'Alex lui prit la main et la regarda avec solennité, comme s'ils s'apprêtaient à aller à un enterrement. Il déposa un baiser sur sa joue et lui dit à mi-voix :

— Je ne pourrai jamais suffisamment te remercier pour le sacrifice que tu vas faire aujourd'hui, ma Fleur. Je savais que tu ferais ton devoir jusqu'au bout. Tu as toujours été une bonne fille, contrairement à ton bon à rien de frère. Jamais il ne se marierait, lui, même si nous devions nous retrouver à la rue. Mais je savais que je pouvais compter sur toi.

Abasourdie, Alex le dévisagea en silence. Elle ne savait même pas quoi répondre. Son mariage n'avait rien d'un sacrifice, de l'agonie d'une vierge enchaînée à un rocher pour être dévorée par un monstre marin. Non, c'était un rêve ! Mais Alex était consciente de la pression que son père avait toujours exercée sur elle pour qu'elle accomplisse ses devoirs – elle avait d'ailleurs toujours obéi.

Elle se contenta donc de secouer la tête et prit le bras du duc pour qu'il l'escorte jusqu'au cortège de voitures qui attendait dans la rue. Les véhicules faisaient honneur aux nouvelles toilettes de Worth portées par les invitées : on les avait ornés de gerbes de fleurs blanches et parfumées. Les voisins se penchèrent à leurs fenêtres pour saluer leur passage. Alex et son père s'étaient installés dans la première voiture. Emily et les Bullard avaient pris place dans la seconde. Ainsi, leur petite caravane festive se mit en branle.

Le trajet jusqu'à l'impressionnante ambassade britannique de la rue du Faubourg-Saint-Honoré se déroula en silence. Alex ne savait pas quoi dire à son père, tout comme elle ne savait pas vraiment ce qu'elle devait ressentir à l'approche de la cérémonie. Devait-elle être heureuse ? Excitée ? Effrayée ? Inquiète ? Elle était tout cela à la fois, et plus encore. Jouant nerveusement avec son bouquet, elle regarda la ville défiler sous ses yeux. Tout s'était passé si vite – trop vite.

Quand les voitures s'arrêtèrent, Alex contempla la façade du bâtiment, le souffle court. C'était un immeuble austère mais élégant, tout en pierre grise et balcons dorés. La grande porte noire était surmontée par un drapeau britannique qui flottait dans la brise. Un valet leur ouvrit. Alex rabattit son voile de dentelle sur son visage et sortit de la voiture. Ses pas la conduisaient irrémédiablement vers une nouvelle vie qu'elle arrivait à peine à imaginer.

Le père d'Alex lui offrit une nouvelle fois son bras et ils gravirent ensemble les marches de l'ambassade. Ils pénétrèrent dans le hall frais, recouvert de marbre bleu et ivoire, où le maître des lieux et son épouse les accueillirent. Ils attendaient sous la statue de Pauline Bonaparte qui avait autrefois vécu dans cette demeure. Alex vit son sourire de marbre, ses seins nus, ses mains délicates. Sans doute cette princesse n'avait-elle jamais connu la nervosité dans sa vie – et encore moins quand il s'agissait d'amour.

— Quel plaisir d'accueillir une cérémonie de mariage, aujourd'hui ! s'exclama la femme de l'ambassadeur tandis que son époux et elle précédaient Alex et le duc dans l'escalier arrondi. Cela nous change des affaires habituelles si ennuyeuses, n'est-ce pas, mon cher ?

Les portes de la chapelle, au premier étage, étaient fermées, mais Alex perçut quelques notes de musique et le bourdonnement des voix. Emily et Lady Bullard ajustèrent une dernière fois son voile et sa traîne, ordonnèrent aux filles de se tenir tranquilles, et on ouvrit brusquement les battants.

Pendant quelques instants, Alex se figea, bouleversée.

La longue salle au plafond vertigineux était illuminée par le soleil qui passait à travers les vitraux multicolores. Les bancs étaient remplis d'une foule en costumes sombres et chapeaux colorés. Et tous les regards étaient tournés vers elle. Alex avança d'un pas sur le tapis rouge moelleux, en direction de l'autel doré, et retint sa respiration. Pourvu qu'elle ne s'évanouisse pas..., songea-t-elle avec anxiété. Une marche régulière monta de l'orgue. Les deux fillettes s'élancèrent devant elle pour disperser des pétales de roses sur son chemin et le duc lui secoua discrètement le bras. Il la couvait d'un regard angoissé, craignant sans doute qu'elle ne prenne ses jambes à son cou.

Comme si elle allait reculer maintenant !

Elle redressa le menton et avança, s'efforçant de sourire alors qu'elle tremblait de tous ses membres.

Soudain, Alex aperçut Malcolm qui l'attendait devant l'autel. Ses cheveux d'or brillaient dans la lumière, ses larges épaules paraissaient plus puissantes que jamais dans son costume gris et noir. Il ne la quittait pas des yeux, solennel et grave. En un instant, la peur d'Alex s'évapora et elle sut qu'elle était exactement là où elle voulait être.

Ils prirent place côte à côte, au bout de la chapelle. Alex entendit le vicaire parler, mais les mots de l'homme d'Église se noyaient sous les battements affolés de son cœur. Son père glissa sa main dans celle de Malcolm d'un geste raide et s'écarta. Elle était enfin seule avec la personne qui comptait le plus à ses yeux.

Elle lui sourit sous son voile, pour le rassurer, espérant qu'il ressente la même chose qu'elle. Espérant qu'il soit heureux d'être là. Et enfin – enfin – il lui rendit son sourire.

— Nous sommes réunis en ce jour, sous le regard de Dieu, pour unir cet homme et cette femme par le saint sacrement du mariage, commença le vicaire.

Alex comprit soudain que tout était accompli. Malcolm et elle ne faisaient plus qu'un, à présent. Quoi qu'il arrive.

— À la mariée !

Les verres remplis de champagne frais se levèrent une nouvelle fois, pétillants et dorés au milieu des gerbes de roses blanches et d'œillets disposées sur les nappes damassées des nombreuses tables qu'on avait dressées dans la salle à manger de l'ambassade. C'était le cinquième toast et, plus le champagne coulait, plus les convives paraissaient joyeux. On mangea rapidement les délices préparés pour le déjeuner du mariage, et Alex songea qu'elle ne s'en lasserait jamais. Elle ne s'était pas autant amusée depuis… *toujours*. Ses joues lui faisaient mal à force de sourire.

Elle remarqua à peine la présence grave et silencieuse de son père à sa gauche. Le duc n'adressa la parole qu'à Lady Bullard, assise de l'autre côté de la table, et il ne rit pas une seule fois. Il ne se dérida même pas du tout. Mais Alex ne voyait que Malcolm – son époux. Il lui souriait, prenait sa main, s'assurait que son verre soit toujours plein et riait aux plaisanteries des invités.

Ce projet de mariage, qui avait pu sembler si étrange et si précipité, prenait à présent tout son sens. Alex avait presque l'impression d'être entrée dans un royaume de féerie, rempli de couleurs, de magie, de joie et de beauté. Son époux était bien resté le Malcolm qu'elle avait connu, le jeune garçon d'autrefois. Cette facette de sa personnalité était peut-être profondément enfouie, mais elle saurait la retrouver, sous l'austère M. Gordston.

Malcolm posa la main sur sa manche de satin et se pencha vers elle. Elle lui sourit et vit que la glace de ses yeux bleus avait fondu pour laisser place à la clarté d'un ciel matinal. Pouvait-il ressentir la même chose qu'elle ? Pouvait-il être heureux, ce jour-là, en prenant conscience de ce qu'ils venaient de faire ?

— Ils ne devraient plus tarder à apporter le gâteau, lui souffla-t-il. C'est une surprise pour toi. Le pâtissier a créé quelque chose de très spécial...

Alex éclata de rire.

— Tout ce mariage a été une surprise !

C'était vrai. Bien que Miss Mersey l'ait consultée pour certaines décisions, lui montrant des croquis de bouquets et une liste des morceaux de musique sélectionnés, Malcolm s'était occupé de la plupart des arrangements. Et tout avait été parfait. Cela avait été une merveilleuse cérémonie mondaine.

Alex jeta un coup d'œil à son père, qui fronçait les sourcils en examinant la magnifique salle bleu et or, remplie de fleurs et de drapés de tulle. Il avait rencontré deux ou trois fois Malcolm en compagnie de leurs avocats. Qu'est-ce que son époux avait bien pu lui *dire* ? De quels « sacrifices » son père avait-il donc voulu parler, ce matin-là avant le mariage ?

Peu importait. Aucun nuage ne devait venir ternir cette journée idéale. Son mariage.

— Le gâteau ! crièrent Amelia et Charlotte, plus excitées que jamais.

Elles couraient dans toute la salle de réception depuis une heure. Leurs ceintures bleues s'étaient dénouées et les fleurs qu'on avait glissées dans leurs cheveux étaient de travers. Néanmoins, les fillettes ne se lassaient pas et Alex les trouva soudain adorables.

— Je pense que vous avez déjà été bien assez gourmandes pour aujourd'hui, déclara Lady Bullard en les attirant à elle. Vous aurez mal à l'estomac, demain, et vous devrez boire du bouillon de bœuf pendant une semaine. Il est temps d'aller retrouver votre nourrice.

— Oh non, maman ! hurla Amelia.

— Ça porte malheur de ne pas manger de gâteau à un mariage, renchérit Charlotte.

Alex leur sourit avec tendresse.

— Vous me manquerez beaucoup, toutes les deux.

Lady Bullard lui sourit, avant d'arranger les boucles emmêlées d'Amelia.

— N'oubliez pas que vous aurez bientôt des enfants à vous !

— On pourra jouer avec eux, suggéra Charlotte.

Ses propres enfants. Cela lui paraissait tellement étrange – et merveilleux à la fois. En y pensant, Alex sentit une chaleur, un tremblement l'envahir. Avoir des enfants qui hériteraient des cheveux blonds de Malcolm et de ses yeux bleus, qui joueraient à ses pieds. Construire une vraie famille...

Elle jeta un coup d'œil à son époux. Avait-il entendu ? Non, sans doute pas : il discutait avec Emily et Chris, assis en face de lui. De nouveau, il était plongé dans ses affaires. Voulait-il une famille, lui aussi ? Avait-il hâte de passer de douces soirées au coin du feu en regardant des petits êtres jouer à la poupée ou lire des histoires ? Alex avait encore du mal à imaginer une telle chose ; mais ce rêve l'emplissait d'un doux espoir.

On apporta en effet bientôt le gâteau, sur un chariot drapé de satin, et Alex fut émerveillée. C'était une création impressionnante de glaçage blanc en forme de château fort avec ses tourelles et ses remparts. Tout autour, un autre glaçage – bleu, celui-là – formait les douves.

— Oh ! c'est ravissant ! s'écria-t-elle.

Elle se leva de sa chaise pour mieux le voir et Emily se précipita pour ajuster sa traîne avant qu'elle ne se prenne les pieds dedans. Alex lui sourit pour la remercier quand soudain une idée lui traversa l'esprit : maintenant qu'elle était une femme mariée, elle allait devoir trouver un fiancé à Em ! Son amie méritait un homme formidable, capable de l'aider dans ses affaires. Mais qui pourrait être à la hauteur ?

Malcolm lui prit la main. Ses doigts chauds et forts se refermèrent sur les siens.

— Est-ce que tu aimes le gâteau ? Vraiment ? demanda-t-il d'une voix presque inquiète, enfantine, qu'elle ne lui connaissait pas.

— Oh oui ! Tout est si parfait, aujourd'hui !

C'était vrai. Chaque instant était un rêve. Surtout quand elle sentait la présence rassurante de la main de Malcolm sur la sienne. Flottant sur son nuage de bonheur, Alex eut soudain l'impression que l'avenir s'ouvrait devant elle, lumineux et plein de promesses.

Avant d'accompagner son époux pour couper le gâteau, elle se retourna soudain vers Emily et, impulsivement, lui offrit son bouquet.

— C'est pour toi, murmura-t-elle. Je suis sûre que tu te marieras bientôt.

Son amie fronça les sourcils, visiblement pas aussi enchantée à cette idée qu'Alex elle-même.

18

Alex passa encore et encore la brosse dans ses cheveux pour les rendre souples, soyeux et lisses comme des fils de soie. Elle s'était déjà coiffée deux fois, mais elle ne savait pas quoi faire d'autre. Elle ne tenait pas en place et elle ne pouvait pas non plus faire les cent pas dans la chambre comme un fauve en cage. L'horloge posée sur la cheminée cliquetait dans le silence de la nuit, marquant les minutes qui passaient, interminables.

La suite d'hôtel où le jeune couple s'était retiré après la fête était somptueuse, raffinée avec ses soieries bleues et or. Les lumières de Paris scintillaient de l'autre côté des fenêtres, sous les plis élaborés des rideaux de velours. De hauts vases de roses blanches et de lys parfumaient l'air. C'était parfait pour une nuit de noces. Et les draps blancs, sous les couvertures de satin bleu du lit, avaient été ouverts avec soin. On avait battu les oreillers pour les rendre plus confortables.

Alex avait renvoyé sa femme de chambre depuis des heures, mais elle commençait à se demander si elle n'aurait pas mieux fait de la garder à ses côtés. Il aurait sans doute été plus agréable de bavarder plutôt que d'attendre en silence, non ?

Elle prit son pot de crème à la rose et en passa un peu

sur ses doigts tremblants, machinalement. La lumière des lampes se reflétait sur le camée de sa bague de fiançailles et l'or brillant de sa nouvelle alliance. Qu'allait-il arriver, maintenant ?

Bien sûr, Alex savait ce qui *devait* arriver. Elle avait entendu les filles de chez Miss Grantley en parler à voix basse et avait lu des romans. Elle se souvenait aussi des paroles de Lady Bullard : « Si vous vous détendez et fermez les yeux, je vous assure que ça peut devenir assez agréable. »

Mais savoir ce qui *arriverait* ne lui donnait aucun indice sur ce qu'elle *ressentirait*. Elle ferma les yeux et repensa aux baisers de Malcolm, si délicieux. Si sa nuit de noces était au moins à moitié aussi douce...

Elle rouvrit les yeux et contempla son reflet dans le miroir. Pourquoi était-elle aussi pâle ? Pourquoi avait-elle l'air aussi terrifiée et nerveuse ? Elle lissa les nœuds de satin qui refermaient le col de sa nouvelle chemise de nuit de mousseline légère et secoua ses cheveux pour les faire tomber joliment sur ses épaules. Elle songea soudain à des femmes comme Mairie Fleurie et Lady Smythe-Tomas, à leur confiance, leur élégance, et essaya de leur ressembler. En vain.

Elle jeta un nouveau coup d'œil à l'horloge représentant des bergers et leurs compagnes autour du cadran ivoire marqué de nombres dorés. Les minutes passaient toujours.

Enfin, Alex entendit frapper à la porte qui reliait sa chambre à celle de Malcolm. Le bruit la fit presque sursauter dans le silence.

— E-entre, lança-t-elle en se levant, lissant nerveusement sa chemise une fois de plus.

Malcolm pénétra dans la pièce. La lumière du feu se refléta sur le brocart de sa robe de chambre et sur ses cheveux blonds. Son époux. Son magnifique époux. L'espace d'un instant, Alex en eut le souffle coupé.

— Alexandra, dit-il simplement.

Pourtant, il y avait tant d'émotion dans ce mot, son nom. Il lui tendit la main et elle la prit. Elle l'accepta, *lui*.

Elle se raccrocha à cette main comme à une ancre, enveloppée par une sensation de sécurité qui étouffa lentement sa nervosité, ses peurs. Au bout d'un moment, elle eut l'impression qu'il n'y avait plus qu'eux deux, seuls au milieu du vaste monde. Malcolm la prit dans ses bras et l'attira à lui. Une étincelle s'alluma en elle, grandissant en une flamme chaude et vitale, comme si son être se réveillait lentement d'un long sommeil. La douleur du passé, la colère, les blessures, tout semblait sur le point de disparaître. Il n'y avait que Malcolm et elle, rien de plus.

Jamais Alex ne voulait oublier cette sensation. Cette impression que leur histoire ne faisait que commencer.

Elle se hissa sur la pointe des pieds et passa ses bras autour du cou de Malcolm pour l'empêcher de s'éloigner. Les cheveux d'or si doux de son époux vinrent caresser ses doigts. Le corps de Malcolm parut soudain si chaud et si solide contre le sien.

— Tu es tellement beau, murmura-t-elle avant de pouvoir s'en empêcher.

Il eut un petit rire surpris et Alex le fit taire en l'embrassant. Ce fut d'abord une caresse furtive et timide de ses lèvres sur celles de son mari, vite suivie par d'autres baisers curieux, joueurs. Finalement, Malcolm poussa un petit gémissement et l'attira encore plus à lui. Ils étaient à présent enlacés, comme s'ils ne faisaient déjà qu'un.

Alex sentit le soupir inarticulé de son mari contre ses lèvres et ce frémissement envahit son cœur. Il l'embrassa avec plus de fièvre. Sa langue chercha la sienne. Alex se laissa faire, y répondit, perdue en lui. Elle avait tellement besoin d'être toujours aussi proche de lui, enveloppée par sa saveur, son parfum frais et estival. Elle avait besoin de s'enivrer de tout ce qu'il était jusqu'à ce qu'il lui appartienne totalement.

Cela n'avait rien à voir avec leur premier baiser nerveux et effrayant, tant de semaines plus tôt, quand il l'avait demandée en mariage. Cette fois, ils s'embrassaient avec une forme de désespoir affamé, de désir insurmontable. Ils avaient besoin de sentir que ce qu'ils partageaient était bien réel.

Pour la première fois de sa vie, Alex n'avait pas peur. Elle savait ce qu'elle voulait – et c'était Malcolm, son époux.

Il s'écarta en douceur, non sans déposer une série de petits baisers sur sa joue, sa tempe et la petite zone si sensible derrière son oreille. Alex frissonna et entendit le souffle de son époux, si près d'elle. Il la désirait sans doute autant qu'elle le désirait… Quelle pensée vertigineuse ! Réprimant un tremblement, Alex s'agrippa à lui de peur de perdre l'équilibre.

— Alex, murmura-t-il d'une voix rauque.

Il recula d'un pas et lui prit la main. Sans un mot de plus, il la conduisit jusqu'au lit qui les attendait, avec ses draps de dentelle repliés et ses pétales de roses. Ils s'assirent côte à côte, très proches. Alex retint son souffle quand il dénoua avec lenteur les rubans de sa chemise de nuit. Les doigts de Malcolm se firent soudain plus maladroits, comme s'il était bouleversé par cette intimité nouvelle, lui aussi. Alex fit descendre le vêtement le long de ses bras, dévoilant peu à peu ses épaules et sa poitrine.

Faisait-elle les choses bien ? Une nouvelle vague de terreur monta en elle mais elle l'étouffa. *Non*. Elle n'aurait plus peur, pas avec lui. Ce mariage était une bonne chose. C'était ce pour quoi elle était destinée.

Elle repoussa ses cheveux de ses épaules pour s'exposer un peu plus aux regards de son époux et l'attira à elle. Elle embrassa sa joue rugueuse, sa gorge, la peau dorée de son cou dévoilée par l'échancrure de sa robe de chambre. Il était lumineux, solaire, empli d'une vie vibrante et puissante.

— Alexandra, gémit-il de nouveau avant de se déshabiller pour se révéler dans toute sa force.

Son Thor, musclé, se tenait devant elle. Une pâle cicatrice barrait sa hanche. Malcolm protégeait toujours tant ses émotions, les enterrait sous une épaisse couche de réserve et de prudence... Mais à présent, son masque tombait enfin. Il se libérait de ses carcans, comme un tigre sauvage – rien que pour elle. C'était enivrant.

La bouche de Malcolm rencontra de nouveau la sienne et ils se laissèrent tous les deux tomber sur le matelas. La soie plissée du baldaquin tournoyait au-dessus d'Alex. Quand son époux se redressa sur elle, elle effleura d'une main tremblante le duvet doré qui recouvrait son torse comme un voile. Elle n'osait pas descendre plus bas, pas encore. Les muscles du ventre de Malcolm se crispèrent et sa respiration devint plus rapide, irrégulière.

Timidement, Alex baissa enfin les yeux. Elle avait vu un grand nombre de statues antiques dans les galeries d'art et les musées ; et pourtant, le voir lui, bien en vie et frémissant, c'était... différent. Fascinant. Elle le toucha furtivement et sentit la peau chaude, soyeuse, durcir sous ses doigts.

— Tu vas me rendre fou, Alex...

Ils s'enlacèrent de nouveau et leur baiser fut plus fiévreux encore que les précédents. Un désir brûlant, désespéré, urgent les envahissait. Alex sut d'instinct que la vraie liberté, le vrai lien qui les unissait était là.

Elle ferma les yeux pour ne se concentrer que sur les caresses de Malcolm, la pression de ses lèvres sur son sein ou de sa main sur sa hanche. Ses propres doigts exploraient ce dos si puissant. Elle se perdait en lui. Instinctivement, elle écarta les jambes pour lui.

— Je ne veux pas te faire de mal, murmura-t-il.

— Oh ! Malcolm ! Tu ne pourrais pas...

Elle l'attira un peu plus contre son corps assoiffé.

Il glissa en elle et, pendant un instant, cela *fit* mal, comme Lady Bullard avait tenté de le lui dire. Comment aurait-il pu en être autrement ? Ce fut une sensation furtive de brûlure, mais ce n'était rien comparé au bonheur d'être enfin avec lui. Alex se cambra pour étouffer la douleur et passa ses jambes autour de la taille de son époux, l'empêchant de se retirer. Il se figea quelques secondes, la joue pressée contre ses cheveux.

Puis, lentement, il se remit en mouvement en elle, reculant, puis entrant de nouveau, juste un peu plus. Chaque coup de reins était plus intense, plus intime. Enfin, Alex se surprit à bouger avec lui. Elle retint son souffle. La douleur s'effaça enfin, laissant place à un pur plaisir. Une flamme excitante échauffait Alex, éclatant en elle comme un feu d'artifice. Elle n'avait jamais imaginé qu'une telle chose soit possible, avant – même dans les livres.

Elle gémit, émerveillée par ces sensations, ce feu qui grondait en elle. Comment pouvait-on y résister ?

Au-dessus d'elle, autour d'elle, le souffle de Malcolm résonna dans le silence. Elle sentit les épaules de son Thor se crisper sous ses mains.

— Alexandra ! cria-t-il. Mon Dieu !

Soudain, Alex explosa sous une pluie de lumière.

Après un long moment pendant lequel elle n'avait fait qu'écouter leurs deux respirations, elle rouvrit les yeux, presque convaincue d'avoir atterri dans un autre monde. Pourtant, la chambre était toujours la même, luxueuse en bleu et or, remplie de fleurs fraîches.

C'était la même, mais tout le reste avait changé. Toute sa vie serait différente, à présent.

Malcolm était là, effondré à côté d'elle sur les coussins, un bras passé autour de sa taille. Il était réellement son époux, cette fois. Ses yeux étaient clos, son corps détendu, allongé dans un relâchement alangui. L'image même d'un dieu après la bataille – ou après l'amour.

Alex sourit et se pelotonna contre lui, laissant enfin la fatigue l'emporter. Elle n'avait jamais été aussi heureuse et épuisée à la fois. Tout se passerait forcément bien, maintenant. Son Malcolm lui était rendu.

19

Alex se laissa aller contre l'épaule de Malcolm tandis que leur voiture quittait les rues claires de Paris pour pénétrer dans la sérénité verdoyante de la campagne. Elle n'arrivait pas à se départir de son sourire depuis la veille, même pendant leur petit déjeuner où elle avait tenté vainement de prendre l'air grave qui convenait à une femme mariée. En dépit de tous ses efforts, le sourire semblait toujours reprendre le dessus.

L'après-midi s'étirait et la lumière prenait peu à peu ces reflets d'ambre rosé qui donnaient un nouvel aspect au paysage. Les champs et les haies avaient remplacé les foules citadines. Les quelques toits et cheminées qu'on apercevait dans le lointain étaient baignés de reflets dorés sereins, agrémentés par l'éclat furtif de quelques fleurs bigarrées. Le silence qui enveloppait Alex n'était perturbé que par le grondement des roues et le souffle doux de son époux, près d'elle.

Son *époux*. Ce mot la faisait encore rire. Elle ne pouvait pas s'en empêcher. Cela lui paraissait si étrange, et si merveilleux. Son *époux* dormait et elle redressa la tête pour le regarder attentivement, en cet instant où il ne pouvait pas la dévisager en retour ou l'intimider.

La lumière du soir le transformait aussi en un tableau

doré, tout comme la campagne autour d'eux. Il baignait dans ce halo glorieux comme s'il était réellement un dieu nordique, son Thor. Ses cheveux clairs retombaient sur son front et sur le col de velours de son manteau de voyage. Sa peau brillait et le sommeil lui donnait l'air plus jeune. Plus insouciant, libre.

Alex tendit la main pour toucher une mèche soyeuse et vagabonde sur sa joue, mais hésita au dernier moment. La veille, ils avaient été si proches, autant qu'il était possible pour deux personnes de l'être, et elle avait eu l'impression que leurs âmes s'étaient enfin trouvées. Mais cela s'était passé dans la lumière tamisée d'une chambre. Ici, en pleine clarté, les choses étaient différentes.

Il était son époux. N'avait-elle pas le droit de le toucher ? Néanmoins, Alex hésitait encore. Elle croyait le connaître. La bonté dont Malcolm faisait preuve envers ses employés, la puissance de sa colère quand un homme comme Nixson essayait de le duper, sa joie quand il lui avait offert son gâteau de mariage en forme de château médiéval... Toutes ces choses étaient bien réelles, non ? Le garçon qu'elle avait autrefois connu en Écosse devait aussi se cacher quelque part sous l'armure adulte qu'il avait revêtue. Oui, elle connaissait forcément son époux, l'homme qui lui avait fait l'amour avec une telle passion la veille et qui l'avait serrée si tendrement dans ses bras.

Et pourtant, Alex avait conscience qu'il lui cachait encore tant de choses sur lui. Malcolm restait un étranger pour elle, d'une certaine manière, et elle sentait qu'il gardait dans l'ombre certaines facettes de sa personnalité. Il les dissimulait aux yeux du monde entier. Pourrait-elle un jour les découvrir toutes ? Qu'est-ce que leur avenir leur réservait ?

Alex croisa les mains sur la jupe de velours mauve de sa

nouvelle tenue de voyage et essaya d'imaginer ce que serait leur vie, quelques années plus tard. Elle pouvait deviner certaines choses : elle voyait déjà les fêtes qu'ils donneraient ou celles auxquelles ils assisteraient pour entretenir la fidélité des clientes du magasin. Peut-être même parviendraient-ils à se faire de vrais amis. Ce serait certes un peu différent de la vie qu'on avait toujours projetée pour elle. D'un autre côté, Alex n'avait jamais imaginé épouser un homme comme Malcolm. Ce mariage l'avait stupéfiée, la troublait. Elle était à la fois inquiète et pleine d'espoir.

Elle songea de nouveau à leur nuit de noces, remplie de surprises et de merveilles. Est-ce que les choses seraient toujours comme cela entre eux ? Est-ce qu'ils seraient toujours consumés par cette même flamme ? Ou bien la passion des débuts finirait-elle par s'éteindre ? Est-ce que Malcolm finirait par se détourner d'elle pour retrouver des femmes plus fascinantes et exotiques, comme Mlle Fleurie ?

Alex frissonna. En même temps, elle fut envahie par une nouvelle détermination. Elle était la femme de Malcolm, maintenant. Ils étaient ensemble. Elle pouvait le forcer à *la* voir, à retrouver en lui le jeune homme qu'elle avait connu autrefois et qui était toujours là, quelque part. Elle projetait leur vie, imaginant leur foyer et leurs enfants ; et elle ferait tout son possible pour que ce rêve devienne réalité. Alex se le promit en silence. Quoi qu'il arrive, Malcolm était *son* époux. Elle se battrait pour leur avenir.

Finalement, elle rassembla son courage et le toucha, laissant courir ses doigts sur la joue de son mari, savourant la chaleur de sa peau, la rudesse de sa barbe naissante.

Il ouvrit des yeux encore un peu assombris par le sommeil et s'étira comme un chat. Il ressemblait encore plus à un dieu solaire dans cette position : langoureux et puissant à la fois.

— Est-ce que tu t'es bien reposé ? demanda Alex à mi-voix.

Il la serra dans ses bras et la tint contre lui, si près qu'Alex se retrouva presque sur ses genoux. Le rebord de son chapeau heurta le front de Malcolm et le fit rire. Elle s'en débarrassa et le jeta sur la banquette d'en face pour pouvoir poser la tête sur l'épaule de son époux.

— Oui, j'ai bien dormi, murmura-t-il. On dirait que quelqu'un m'a vidé de mon énergie, hier soir…

— Et ce quelqu'un a l'intention de recommencer ce soir, répondit Alex en riant de sa propre audace.

— Je savais qu'il y avait une bonne raison pour que tout le monde me pousse au mariage.

Il se pencha pour l'embrasser. Alex s'agrippa à lui, lui rendant son baiser avec toute la passion qu'elle possédait, tous les désirs qu'il avait su réveiller pendant leur nuit de noces. Soudain, la voiture passa sur une bosse et Malcolm heurta de la tête la cloison rembourrée. Ils éclatèrent de rire.

Alex avait le souffle court quand il la relâcha enfin. Elle riait, les joues en feu, et ne se reconnaissait plus. Elle fit de son mieux pour remettre en place les épingles qui maintenaient ses boucles, mais finit par abandonner et posa de nouveau la tête sur l'épaule de Malcolm pour regarder le paysage qui défilait par la fenêtre.

Pendant les quelques minutes qu'ils avaient passées absorbés l'un par l'autre, le ciel s'était assombri. La lumière était à présent corail et rose, teintée de mauve le long de l'horizon. La campagne avait fait place à quelques manoirs rustiques blancs et vieil or, retranchés derrière leurs portails de fer et leurs longues allées arborées.

— J'aimerais tant que tu me dises enfin où nous allons, soupira Alex. Est-ce que c'est encore loin ?

— C'est une surprise, tu le sais… Et non : ce n'est plus très loin.

Elle sourit, ferma les yeux et se nicha un peu plus dans le creux du bras de Malcolm. Il était si chaud. Près de lui, elle se sentait protégée, en sécurité, et excitée en même temps. Elle se rendit compte qu'elle avait somnolé un moment car elle fut réveillée en sursaut par le ralentissement brutal de la voiture, qui tourna pour emprunter une route secondaire.

Elle ouvrit les yeux et découvrit le plus beau portail qu'elle ait jamais vu, baigné par la lueur crépusculaire. Les pointes, couronnées par des fleurs de lys, étaient dorées. Au-delà, Alex vit un palace rendu fantomatique par les ombres et percé d'un millier de fenêtres illuminées.

Le souffle court, elle s'écria :

— Est-ce que nous allons à Versailles ?

Non. Même Malcolm, qui semblait capable de tous les prodiges, n'avait pu louer le château de Versailles pour leur lune de miel !

Il éclata de rire, retrouvant son espièglerie de petit garçon.

— Non, pas exactement, répondit-il. De toute manière, on dit que l'intérieur est plutôt décrépit, pas du tout adapté à une princesse... Mais nous n'allons pas loin d'ici.

Intriguée, Alex examina avidement le décor. La voiture s'engagea dans une allée étroite bordée de châtaigniers. Les portes de Versailles s'effacèrent dans la distance et, bientôt, une autre demeure apparut, comme un spectre pâle sous la lune.

C'était un château miniature d'une beauté exquise, tout en pierres blanches et hautes fenêtres. Depuis les cheminées de pierre grise s'élevaient des panaches de fumée accueillants. Un trésor d'une simplicité parfaite niché dans un jardin enchanteur rempli de fleurs, de bosquets et agrémenté d'un petit temple à colonnes de marbre blanc.

La voiture contourna, au centre de la cour, une fontaine garnie d'une Artémis à l'arc bandé entourée par des jets d'eau.

— C'est magnifique, murmura Alex.

Ce n'était pas, comme elle s'y était attendue et l'avait presque craint, un palace imposant et intimidant. Au contraire, c'était une demeure qui avait toutes les qualités d'un vrai foyer...

— Tu l'aimes vraiment ? demanda Malcolm d'une voix tendue, presque anxieuse.

Elle se tourna vers lui et vit qu'il la regardait avec solennité.

— C'est une maison parfaite, je n'aurais pas pu imaginer mieux.

Malcolm sourit à ces mots, et ce fut comme si le soleil venait soudain de percer une épaisse couche de nuages.

— Tant mieux. Parce qu'elle est à toi.

— À moi ? balbutia Alex, ébahie.

Il ne lui avait quand même pas offert une maison ? Et pas n'importe laquelle : exactement celle qu'elle aurait choisie si on lui avait demandé de trouver son sanctuaire idéal... Impossible !

— C'est ton cadeau de mariage. Nous devrons trouver une maison à Londres, bien sûr, et un appartement à Paris. Mais comme ça, tu auras toujours un endroit bien à toi où vivre, en France.

Alex n'eut pas le temps de répondre. Un valet ouvrit la porte de la voiture et un majordome, une gouvernante ainsi qu'une troupe de domestiques en tablier blanc apparurent sur les marches de marbre du perron. Alex s'empressa de remettre son chapeau et de lisser sa veste avant de poser le pied sur l'allée de graviers blancs.

Le majordome la salua très bas.

— Milady, dit-il avec un accent anglais. Je suis Smithson, votre majordome. Voici Mme Andrews, la gouvernante, et Mlle Leclerc, qui vous servira en tant que femme de chambre, si cela vous convient. Nous avons préparé le Château d'Or de notre mieux, mais n'hésitez pas à demander au personnel tout ce dont vous pourriez encore avoir besoin. Le souper sera bientôt prêt.

— Bonsoir, lança Alex timidement, saluant à son tour ses nouveaux domestiques.

Elle fut enchantée d'apprendre que Mlle Leclerc avait été formée par Mlle Gardinier.

Soudain, Malcolm la prit dans ses bras, sans prévenir, et la souleva de terre. Elle éclata de rire, se laissant porter pour franchir le seuil et pénétrer dans la chaleur de sa nouvelle demeure.

— Malcolm ! cria-t-elle en faisant mine de se débattre.

— Toutes les jeunes mariées doivent passer l'entrée dans les bras de leur époux, insista-t-il. Cela porte chance !

Traversant la maison dans les bras puissants de son époux, Alex aperçut rapidement les fleurs d'un tapis d'Aubusson sur le plancher chaud, des tapisseries sur les murs tendus de soie, de grands vases remplis de fleurs roses et blanches parfumées. Malcolm monta avec elle l'élégant escalier de marbre incurvé.

— *Oh ! promets-moi qu'un jour nous emporterons ensemble notre amour jusque dans les étoiles ! Là où nous pourrons être seuls et fidèles, là où nous rencontrerons les vals où poussent les fleurs*, chanta-t-il soudain.

Alex rit de plus belle.

Elle ne l'avait jamais vu comme ça, si insouciant, si... enfantin. Elle sentit le bonheur de son mari déteindre sur elle et l'inonder de lumière. Décidément, elle avait eu raison en pensant qu'elle ne savait encore rien de son époux. Elle passerait sans doute sa vie à apprendre de nouvelles choses sur lui, et c'était un projet excitant. Leur existence serait une aventure permanente !

Malcolm la porta jusqu'au seuil d'une nouvelle pièce

dont il franchit la porte pour lui faire découvrir la chambre préparée pour elle. Un grand lit blanc à baldaquin attendait. Ses poteaux étaient gravés de lianes et de fleurs. Il était drapé de soie rose, sur une petite estrade, près d'une coiffeuse juponnée de tulle rose et garnie de tous ses flacons, toutes ses brosses. Les fenêtres ouvraient sur les jardins, encadrées de rideaux de satin blanc noués de rose. Des œuvres de Boucher, représentant de nobles dames, ornaient les murs. On aurait pu se croire dans l'une des chambres de Marie-Antoinette. C'était parfait, comme dans un rêve...

Malcolm la déposa sur le petit banc tapissé de velours, devant la coiffeuse, et s'agenouilla à ses pieds. Alex laissa ses doigts courir dans les cheveux soyeux de son époux et lui sourit.

— Est-ce que tu es sûre que cela te plaît ? demanda-t-il. On peut changer la décoration, si tu veux.

— C'est parfait. Un palais de fée...

Elle jeta son chapeau sur la coiffeuse et reprit :

— Je suis certaine que nous allons être heureux ici, pas toi ?

Malcolm lui prit la main et embrassa le bout de ses doigts.

— Je ne désire que ton bonheur, quoi qu'il arrive. Cette maison est à toi, à ton nom, ainsi qu'une partie des actions de mon entreprise. Si jamais quelque chose devait...

Son ton soudain si sérieux inquiéta Alex.

— De quoi as-tu peur, Malcolm ? Notre vie ne fait que commencer. Tant de choses nous attendent encore.

Elle avait repoussé de force toutes ses inquiétudes au fond d'elle. Elle avait fait son possible pour oublier Mairie et le passé. Avait-elle eu tort ?

Malcolm la gratifia d'un demi-sourire.

— Je sais bien, dit-il. C'est justement ce qui me fait peur.

Alex se pencha et l'embrassa, mettant toutes ses angoisses, tout son désir et toute la chaleur de son amour dans ce geste.

Malcolm l'attira à lui et sa bouche s'ouvrit sous la sienne, murmurant son nom.

Alex sentit la flamme de la passion s'éveiller et l'envahir, en réponse à celle de son époux. Avec un gémissement, elle passa les bras autour de son cou. Il la souleva de nouveau et tous deux s'écroulèrent sur le lit. Le poids de Malcolm, si familier pour elle à présent, la plaquait contre le matelas, lourd et rassurant. Leurs corps se correspondaient comme deux pièces façonnées pour être unies.

Elle avait besoin de lui. Envie de lui. Jamais elle n'aurait cru qu'un tel amour était possible, et désormais elle ne pourrait plus s'en passer.

Elle repoussa le manteau de Malcolm de ses épaules avec impatience, dénoua maladroitement sa cravate et déboutonna sa chemise tandis qu'il lui retroussait les jupes. Enfin, toutes ces barrières ridicules qui les séparaient furent écartées et ils se retrouvèrent nus, l'un contre l'autre. Alex griffa doucement le dos musclé de son époux, ses fesses fermes, le plaquant un peu plus contre elle. Son époux. L'homme qui lui appartenait.

Malcolm poussa un grondement sourd et étranglé. Sa langue chercha celle d'Alex, sans douceur. Affamée. Elle passa ses jambes autour de la taille de son mari, peau contre peau, leurs corps enfin fondus en un.

— Malcolm, murmura-t-elle.

Elle ne put rien dire de plus, ne put rien penser de plus. Seules les sensations restaient à éprouver.

Une lumière pâle filtrait à travers la fenêtre quand Alex ouvrit les yeux. La lune était levée, baignant le monde de bleu. Alex se sentait si lourde et alanguie qu'elle n'avait pas la force de bouger.

Leurs vêtements étaient éparpillés sur le tapis fleuri. Malcolm avait passé un bras autour de sa taille et leurs jambes s'emmêlaient entre les draps. Alex jeta un petit regard à son mari. Il avait fermé les yeux. Un sourire rêveur flottait sur ses lèvres. Il était si beau dans la lumière ambrée des lampes, son dieu solaire.

Il ouvrit finalement les yeux et lui sourit en la serrant un peu plus dans ses bras.

— Raconte-moi une histoire, le pria Alex en se pelotonnant contre lui. Un conte de fées d'Écosse.

Malcolm éclata de rire et déposa un petit baiser sur son front.

— Ma grand-mère m'en racontait tous les soirs avant de m'endormir, quand j'étais petit. J'en ai beaucoup trop en mémoire pour choisir.

— Quel était ton préféré ?

Il réfléchit un moment.

— Eh bien, il y avait celui de la reine qui voulait boire de l'eau d'un puits sacré.

— Pourquoi voulait-elle cela ?

— Parce qu'elle était très malade et que ce puits était connu pour ses vertus curatives. Elle avait trois magnifiques filles et les envoya puiser de l'eau pour elle.

— L'ont-elles fait ?

— Elles ont essayé. Mais, tu vois, le puits était gardé par un hideux *losgann*, un crapaud, et il demanda à chaque fille de l'épouser en échange d'une gorgée d'eau.

— Un crapaud ? Ça n'a pas l'air si effrayant, protesta Alex.

— C'était un crapaud magique, bien entendu. Mais les deux premières filles refusèrent. Seule restait la cadette, plus belle et plus courageuse que ses sœurs. Elle accepta et porta l'eau à sa mère, qui guérit de ses maux. Un jour, le *losgann* se présenta au château et lui rappela sa promesse.

Elle essaya désespérément de le cacher derrière une porte, ou sous un seau, parce que ce n'était pas un digne prétendant pour une princesse.

Alex fronça les sourcils. Autrefois, ses parents auraient sans doute dit la même chose de Malcolm...

— Que s'est-il passé ensuite ?

— Le crapaud ordonna à la princesse de lui couper la tête avec une épée rouillée.

— Lui couper la tête ! s'écria Alex.

— Oui. Elle le fit, et il se transforma en beau prince. Et ils vécurent ensemble heureux pour toujours.

— Un prince sans tête ?

— Chut, coupa Malcolm en la pinçant d'un air taquin. C'est un conte magique. Je suis sûr qu'il a retrouvé sa tête.

— Cela n'a pas beaucoup de sens... Ma nourrice, elle, me racontait des histoires comme celle de Cendrillon, avec son soulier perdu et les bals royaux.

— On a une Cendrillon aussi, en Écosse.

— Est-ce qu'elle perdit une chaussure au bal ?

— Non, mais elle vivait avec une cruelle belle-mère qui l'obligeait à faire toutes les corvées de la maison. Un jour, elle envoya la pauvre fille puiser de l'eau au puits du bout du monde avec un seau percé et lui dit de ne pas revenir avant d'avoir réussi. La fille, ta Cendrillon, a cherché et cherché le puits...

— Hum. Même après l'avoir trouvé, comment aurait-elle rapporté l'eau dans un seau percé ?

— Elle a réussi grâce à un crapaud qui lui a expliqué comment reboucher les trous en échange de sa promesse de l'épouser.

— Et cela a fonctionné ?

— Oui.

— Et elle lui a aussi coupé la tête ?

— Oui. Il s'est transformé en beau prince et ils ont vécu heureux pour toujours.

Alex secoua la tête, perplexe.

— Pourquoi est-ce que les Écossais sont tellement obsédés par les crapauds et les décapitations ? C'est stupide.

Elle regarda Malcolm et fut surprise de le trouver très sérieux, les sourcils froncés, comme s'il venait de vieillir de plusieurs années.

— Le crapaud connaissait les dangers de l'affection et de l'attachement. Il avait traversé les épreuves qui menacent les insouciants, partout dans le monde. Il savait qu'il devait se maîtriser à chaque instant et qu'il ne pouvait compter que sur lui-même. C'était peut-être un crapaud magique, mais il était sage, dit-il d'un air songeur. Même un crapaud peut se montrer intelligent et obtenir ce qu'il désire, quand il est prêt à tout pour l'avoir. Quand il est prêt à protéger son cœur à chaque instant.

Un froid glacial envahit brusquement Alex. Elle eut l'impression d'apercevoir un fragment nouveau de l'âme de Malcolm, une facette qu'il cachait d'habitude à tout le monde.

— Tu penses que le contrôle est vraiment la chose la plus importante de la vie ?

— Oui, bien sûr. Au final, nous sommes toujours seuls et nous ne pouvons rien attendre des autres. Il faut savoir à chaque instant ce que nous sommes.

Alex ferma les yeux. Elle ne voulait pas entendre cela ! Malcolm pensait-il vraiment ce qu'il disait ? N'abandonnerait-il jamais une part de ce contrôle, auquel il tenait tant, de son cœur, même pour elle ? S'était-elle trompée sur son compte depuis le début ? Si seulement elle avait pu connaître la vérité... Si seulement elle avait un peu de contrôle, elle aussi.

Malcolm l'attira un peu plus contre lui et remonta les

couvertures sur eux pour les envelopper dans un petit cocon de chaleur. Pouvait-elle croire que tout cela fût vrai ?

— Chut, répéta-t-il. Je t'ai raconté les deux histoires dont je me souviens. Maintenant, nous devrions dormir un peu, plutôt que parler toute la nuit.

Alex bâilla.

— Oui, dormir me semble une bonne idée. Mais maintenant, je risque de faire des cauchemars au sujet des crapauds hideux armés d'épées qui épousent des princesses…

Et au sujet des époux qui protègent leur cœur sous des armures d'acier.

20

Alex n'avait jamais connu de plus belle journée. Le ciel pur s'étendait au-dessus des vastes façades immaculées du palais de Versailles. Pas un seul nuage ne venait perturber cette immensité d'azur. Une légère brise faisait danser les feuilles des arbres les plus proches, provoquant des murmures indistincts dans les branchages et portant au loin le parfum des fleurs qui garnissaient le jardin du Petit Trianon.

Alex était allongée sur la couverture de pique-nique que Malcolm et elle avaient étendue dans l'herbe, au milieu d'une discrète vallée qui descendait jusqu'au canal où quelques couples naviguaient en barque. Les ombrelles des femmes ressemblaient à des fleurs immenses, avec leurs volants pastel, et le vent emportait l'écho des rires sur l'eau calme. Néanmoins, tout le monde paraissait si loin. C'était comme si elle était seule avec Malcolm, dans ce petit paradis de verdure. Le souvenir de leur première nuit dans leur nouvelle maison et de l'aperçu furtif qu'elle avait eu de l'immense solitude de son époux, s'effaça dans le passé. Il ne lui restait plus qu'à espérer que cela n'ait été qu'un mauvais rêve.

Elle regarda son époux, qui paraissait profondément endormi dans un chaud rayon de soleil doré. Il s'était débarrassé de son manteau et l'avait roulé sous sa tête pour s'en servir d'oreiller. Ses cheveux s'étalaient à présent dessus. Sa cravate était dénouée et il avait retroussé les manches de sa chemise.

Alex soupira en songeant aux quelques journées enchanteresses qu'ils venaient de passer au Château d'Or. Les longs dîners en tête à tête, les soirées de lecture au coin du feu, les parties de colin-maillard dans le jardin, les thés qu'ils avaient bus près de la fontaine – et les nuits d'amour dans le silence de la campagne. La personne qui avait inventé l'expression « lune de miel » avait touché juste. Ces journées avaient en effet été très douces.

Mais Alex savait bien que cela ne pourrait pas durer toujours. Bientôt, ils devraient rentrer à Paris, puis à Londres. Les affaires de Malcolm l'attendaient et elle sentait qu'il avait hâte de retrouver son bureau. Elle voyait son impatience jusque dans son rire et leurs jeux, au cœur de leur nouveau petit palais. À quoi ressemblerait leur vie, quand ils seraient confrontés à la réalité du quotidien ensemble ? Alex avait bien l'intention de se raccrocher le plus longtemps possible à la magie de cette lune de miel. Jamais elle ne s'était sentie aussi libre, pleine d'un espoir nouveau, et elle s'y complaisait.

Si seulement *cela* pouvait être leur réalité. Si seulement Malcolm pouvait l'aimer, et mettre fin à leurs solitudes respectives.

Alex ouvrit son ombrelle et la tourna vers le soleil pour jeter un peu d'ombre sur leur couverture. Les restes de leur déjeuner – du pâté, du jambon, des tartes aux fraises, des meringues citronnées et des bouteilles de vin – étaient étalés autour du panier. Non seulement leur petit château était ravissant, mais il hébergeait aussi la meilleure cuisinière et le personnel le plus soigné qu'Alex ait connu – même dans les maisons méticuleusement ordonnées de sa mère.

Les domestiques avaient à peine besoin de quelques consignes et Alex n'avait plus qu'à engraisser et à paresser, heureuse, dans ces salons magnifiques. Cependant, elle *voulait* se sentir utile, bien qu'elle adorât ces heures d'amusement et de passion partagées avec son nouvel époux, le luxe de pouvoir dévorer tous les romans de leur bibliothèque bien garnie ou de porter les élégantes toilettes que Mlle Leclerc sortait pour elle chaque matin, ou encore de grignoter les délicieuses pâtisseries de la cuisinière. Elle avait épousé Malcolm en partie parce qu'elle était sûre de pouvoir l'aider, de lui être utile dans son travail aussi bien que dans sa vie. Mais comment ?

Alex se débarrassa de ses souliers et plongea avec délice ses pieds recouverts de bas fins dans l'herbe grasse. La respiration profonde et paisible de Malcolm la fit sourire. Elle observa, amusée, les doigts de son époux qui restaient fermés sur les plis de sa jupe, même dans le sommeil. Le palais de Versailles s'élevait juste hors de vue, comme un mirage enchanteur qui venait combler le bonheur de ce séjour. Immense et blanc, flottant comme un nuage au-dessus de ses nombreuses terrasses. Ses innombrables salons avaient été transformés en musée après le départ de la famille royale, mais ils étaient fermés pour nettoyage, ce jour-là. Néanmoins, Alex n'était pas trop déçue. La journée était bien trop belle pour la passer à l'intérieur, dans les méandres de l'Histoire. Au contraire, c'était un temps parfait pour un pique-nique dans les jardins. De toute manière, maintenant qu'elle possédait une maison dans les environs, elle pourrait revenir aussi souvent qu'elle le voulait. Les journées qu'elle passait ici en compagnie de

Malcolm, bercée par ses caresses envoûtantes, lui semblaient être sans fin.

Alex ferma les yeux et essaya d'imaginer l'avenir, la famille dont elle rêvait.

Elle entendit Malcolm s'étirer près d'elle et lui jeta un coup d'œil. Il était réveillé et la contemplait de ses yeux aussi bleus que le ciel de France, au-dessus d'eux. Mais il avait l'air étrangement sérieux – beaucoup trop pour un si bel après-midi.

— J'ai dormi longtemps ? demanda-t-il en se relevant. Tu aurais dû me réveiller.

— Certainement pas ! C'est un après-midi fait pour paresser. Et puis, tu es si beau quand tu dors, comme un dieu au repos... Ce sont les seuls moments où je peux te regarder sans craindre de rougir comme une idiote.

Il sourit.

— Mais j'aime quand tu rougis. Tu ressembles à un bouton de rose.

Il l'embrassa longuement, avec autant de douceur que de passion.

— Tu me trouves beau, alors ?

Alex éclata de rire.

— Tu le sais bien, vaniteux ! Je n'ai encore jamais vu d'homme aussi séduisant, sauf sur les tableaux. Même quand nous étions jeunes, en Écosse, tu étais si charmant. J'avais un faible pour toi, à l'époque, tu sais.

Malcolm s'assit plus confortablement sur la couverture, avec un sourire fanfaron.

— Vraiment ?

— Bien sûr. Toutes les filles du domaine t'aimaient, toutes les femmes de chambre, aussi.

Alex se souvint soudain de la fille au châle rouge, cette Mairie qui était devenue Mlle Fleurie et qui était encore plus belle qu'autrefois. Elle grimaça. Elle n'avait aucune envie que ce genre d'image vienne ternir leur journée – surtout pas une image resurgie d'un passé révolu.

Malcolm ne parut pas se rendre compte de son trouble et se contenta de rire.

— Tu te trompes, affirma-t-il.

— Pas du tout ! Il n'y avait pas beaucoup de jeunes hommes sur le domaine, et aucun ne te ressemblait. Tu étais comme... comme Thor au milieu des trolls ! De toute manière, même au milieu d'une foule d'hommes, tu te serais distingué. Comme aujourd'hui.

— Je n'ai vraiment pas les mêmes souvenirs de cette époque...

— Tu étais sans doute trop occupé à penser à ton avenir et à tes ambitions. Tu devais chercher un moyen de quitter la ferme pour faire fortune ailleurs.

Malcolm serra imperceptiblement les dents.

— Quelque chose comme ça, oui.

Alex s'allongea de nouveau sur la couverture et contempla la dentelle de branches qui s'étendait au-dessus d'eux. Peut-être allait-elle parvenir à percer l'armure de son époux pour qu'il lui dévoile enfin toute la vérité à son sujet. Elle voulait savoir qui il était vraiment – et, en même temps, elle craignait de le découvrir.

— Parle-moi un peu plus de ton passé. Raconte-moi un secret de ton enfance.

— Je n'ai pas vraiment de secrets d'enfance à te faire découvrir, dit-il. À part un, peut-être : M. Boyne, le libraire du village, me prêtait des ouvrages. Je les cachais dans un trou de mon matelas et je les mémorisais, la nuit. Même ma grand-mère n'en a jamais rien su.

— Pourquoi est-ce que tu les cachais ?

— Pour que mon père ne les trouve pas. Il savait à peine

lire et écrire. Jamais il n'a compris qu'on puisse avoir envie d'apprendre. Mon ambition était une menace, pour lui : il ne connaissait pas d'autre manière de vivre que la sienne. Après la mort de ma mère, il a commencé à boire et ça n'a fait qu'empirer. La moindre étincelle pouvait déclencher sa fureur.

Malcolm parlait d'une voix neutre, comme si ce qu'il disait n'avait pas d'importance, mais Alex sentait bien que tout cela n'était qu'un masque. Sous les airs détachés de son époux, elle sentait une tension, une colère enfouie – voire un peu de tristesse. Elle le sentait, parce qu'elle éprouvait la même chose, quand elle pensait à son passé. Quand elle se souvenait du poids des convenances et de la perfection qu'on avait sans cesse exigée d'elle. Ce n'était qu'en grandissant que ces douleurs s'étaient peu à peu endormies.

— Tu étais donc obligé de cacher tes livres ? Cela devait être terrible...

Malcolm haussa les épaules.

— Mon père ne les a découverts qu'une fois, et ça a été la pire correction de ma vie. Tu vois la cicatrice que j'ai sur la hanche ?

Alex acquiesça, horrifiée en pensant à cette ligne pâle et irrégulière imprimée dans la peau dorée de son époux.

— Elle vient de sa boucle de ceinture. Mais il n'a jamais eu l'occasion de recommencer, expliqua Malcolm à mi-voix. Je m'en suis assuré.

— Tu... Tu as dit : « la pire correction de ta vie », murmura-t-elle.

Il acquiesça.

— Est-ce qu'il y en a eu d'autres ?

— Oh oui, beaucoup. Quand ma mère n'a plus été là, tout ce que je faisais avait le don de mettre mon père hors de lui. Il n'aimait pas que le vicaire me donne des leçons, ou que je fasse quoi que ce soit par moi-même. Il fallait que je me contente de travailler dans les champs avec lui, ou *pour lui* quand il partait boire du whisky.

— Il ne voulait pas que tu t'en ailles ?

— Non. Je ne pouvais même pas parler de mes rêves devant lui.

— Et les filles ?

Alex pensa une fois de plus à la belle Mairie et à la manière dont Malcolm et elle s'étaient quittés. Peut-être que c'était pour cela que Malcolm protégeait tant son cœur des sentiments, à présent.

Il lâcha un éclat de rire amer.

— C'était encore pire que pour les livres. Il voyait toutes les filles comme de dangereuses sorcières, tout juste bonnes à piéger les hommes pour leur briser le cœur.

— Qu'aurait-il pensé de moi ?

— Que tu es la pire de toutes, la reine du peuple fée.

Il la prit soudain dans ses bras et roula avec elle sur la couverture jusqu'à ce qu'elle éclate de rire.

— Je suis soumis à tes terribles sortilèges !

Alex contempla un instant ses yeux, si bleus et si rieurs. Toute la tristesse qui les avait hantés l'instant d'avant avait disparu. *Je t'aime*, songea-t-elle soudain. Les mots résonnèrent avec une clarté redoutable dans sa tête. Elle l'aimait… Bien sûr qu'elle l'aimait.

Elle ouvrit la bouche pour le lui dire, mais quelque chose la retint. Quelque chose qui venait ternir sa joie. Une peur inexpliquée. Elle se rassit, s'éloignant un peu de lui et il lui sourit. Il ne lui dirait pas ces mots, lui. Pas encore, en tout cas. Elle allait devoir se montrer patiente.

— Tu sais tout de mon enfance noyée dans les livres, maintenant, murmura-t-il. Et toi ? Quel est *ton* secret d'enfance ?

Alex baissa les yeux, chassant quelques brins d'herbe de sa jupe blanche.

— Je n'ai pas de secrets. J'ai eu une enfance tout à fait ordinaire et j'avais trop de nourrices ou de précepteurs pour pouvoir faire la moindre bêtise.

— Une fille de duc peut-elle avoir une enfance ordinaire ? Je suis sûr que beaucoup d'enfants ne seraient pas de cet avis, plaisanta Malcolm.

— C'est vrai, j'ai eu de la chance. Je n'ai jamais été battue et je n'ai jamais eu faim. Je pouvais lire tous les livres que je voulais sans me cacher. Mais...

— Mais ?

— Mais parfois, je me sentais... très seule.

Il ne rit pas, ne se moqua pas de sa tristesse. Il se contenta de prendre sa main avec douceur et de demander :

— Comment cela ?

— Mes parents ont toujours été très occupés, bien sûr. Mon père devait gérer ses terres et ma mère avait un rang social à tenir. Mon frère et moi ne les voyions que de temps en temps, pour le thé. Le reste de nos journées se passait en compagnie de nos nourrices et de nos professeurs. Je n'ai pas eu d'amies de mon âge avant d'aller chez Miss Grantley – et il a fallu que je supplie pour qu'on accepte de m'envoyer à l'école. Mes parents ont fini par se convaincre que cela me guérirait de ma timidité, mais la maison était souvent si silencieuse que je me sens encore mal à l'aise avec les gens, parfois.

— Je crois que tu sous-estimes ton charme. Les gens n'ont qu'une envie, quand ils te voient : être avec *toi*. Moi, en tout cas, c'est ce que je ressens tout le temps.

Vraiment ? Alex sentit ses joues s'échauffer de plaisir.

— C'est pour ça que j'aimais tant l'Écosse, tu vois. Mes parents se souciaient moins de ce que nous faisions, là-bas.

Nous n'étions pas confinés à la nurserie, comme à Londres. Je pouvais me promener dans les champs, pêcher dans la rivière... Te parler.

Jusqu'à ce qu'il parte et qu'elle ne le revoie plus du tout. Ce souvenir fit passer un nuage grisâtre sur la perfection de cette journée.

Mais Malcolm lui sourit et cela suffit à dissiper les ombres.

— Maintenant, nous sommes tous les deux libres de faire ce que nous voulons.

— Oui ! s'écria-t-elle. C'est si merveilleux.

— Alors, qu'est-ce que tu aimerais faire ? Tout de suite ?

Alex examina un instant l'immense jardin qui les entourait, les gazons, les fleurs, les arbres, les statues de marbre qui veillaient sur eux.

— J'aimerais aller me promener sur le canal.

— Tu en es sûre ?

— Certaine !

Elle s'empressa de remettre ses chaussures et attrapa son chapeau, avant de s'élancer vers le canal. Malcolm, amusé par son impatience, la suivit en courant. Bientôt, ils se retrouvèrent dans une barque qui dérivait lentement sur les vaguelettes argentées, au milieu des autres couples. Malcolm ramait sans peine.

— Cela fait des années que je n'ai pas fait ce genre de choses, dit-il néanmoins. Pas depuis l'époque où j'allais pêcher dans les lochs. Je crois que je manque un peu de pratique. Si jamais je m'écroule comme un galérien, ce sera ta faute, mon épouse.

Alex rit de bon cœur. Malcolm était certainement la personne *la moins* susceptible de s'écrouler sous l'effort qu'elle ait connue. Les muscles de ses épaules et de son dos tendaient sa chemise à chaque mouvement et sa peau luisait au soleil. Alex ouvrit son ombrelle pour profiter d'un peu d'ombre sur la banquette grossière garnie de coussins. Elle prit le temps de savourer la chaleur, le murmure de l'eau, les rires des autres rameurs autour d'eux et la beauté de son mari. Pendant quelques instants, ils se noyèrent dans la masse des autres amoureux, appréciant le fait de pouvoir être ensemble, par cette parfaite journée de printemps.

Alex sentait son cœur se gonfler de joie. Peut-être qu'elle ne pouvait pas encore lui dire qu'elle l'aimait. Peut-être qu'il n'était pas encore prêt à le lui dire en retour. Mais un jour, bientôt, ce rêve se réaliserait aussi.

Forcément.

Pour l'instant, il lui suffisait de l'espérer. C'était assez pour elle.

— Nous sommes invités à la garden-party de la vicomtesse de Rippon, annonça Malcolm en triant paresseusement ses courriers, après le souper.

Alex leva les yeux de son livre. Ses cheveux brillaient comme de l'argent dans la lumière du feu. Après la chaleur de l'après-midi, une brise fraîche s'était levée et elle avait passé un châle de cachemire sur sa légère robe de tulle blanc. Les boucles d'oreilles en diamants qu'elle avait choisies pour le mariage scintillaient à chacun de ses gestes. Leur promenade en barque avait rendu ses joues plus roses. Elle avait l'air fatiguée et heureuse, plus belle que jamais.

— Une garden-party ?

— Oui. Nous avons déjà reçu quelques invitations, bien que tout le monde sache que nous sommes en lune de miel. On dirait que tout Paris veut rencontrer la « fille du duc anglais ».

Alex éclata de rire.

— Ils veulent rencontrer Lady Alexandra Gordston, tu

veux dire. Et je parierais qu'ils ont surtout envie de parler au charmant *monsieur* pour satisfaire leur curiosité.

Malcolm sourit.

— La curiosité n'est pas une mauvaise chose. Mais je suis sûr que c'est toi qui les intéresses le plus. La vicomtesse ne m'aurait jamais invité si j'avais été seul.

D'ailleurs, n'était-ce pas pour cela qu'il s'était convaincu d'épouser Alex, dès le départ ? Parce qu'elle aurait le pouvoir de lui ouvrir les portes de la haute société ? Pourtant, maintenant, ce lien qui les unissait paraissait tellement plus important. Différent.

Il allait devoir être prudent s'il ne voulait pas la laisser approcher à une distance dangereuse…

— Je me souviens de la vicomtesse, dit soudain Alex. Une femme assez intimidante…

— On raconte que c'est l'une des meneuses de la mode parisienne ; et qu'elle préfère laisser le vicomte dans le Derbyshire pour vivre seule dans le VIIe arrondissement… Mais je ne crois pas l'avoir déjà vue acheter un de nos articles. Elle n'est venue au magasin que le soir de l'inauguration. Apparemment, elle possède un petit pavillon de loisir pas loin d'ici et elle a décidé d'y organiser une fête champêtre.

— Eh bien, si c'est l'une des femmes les plus à la mode de Paris, elle doit certainement avoir beaucoup d'amies très élégantes aussi.

Alex se mit à tapoter pensivement la couverture de son livre du bout des doigts, comme elle le faisait à chaque fois qu'elle réfléchissait.

— Donc, si elle se mettait à fréquenter Gordston, toutes ses amies la suivraient. Quand aura lieu la fête ?

Malcolm retourna l'épais carton d'invitation.

— Lundi. Il est écrit qu'on a prévu un tournoi de tir à l'arc dans les jardins.

Alex frappa dans ses mains d'un air excité.

— Dans ce cas, nous *devons* y aller ! Je suis très douée pour le tir : je battais même tout le temps mon frère quand on était petits.

— Comme notre Diane chasseresse, au milieu de la fontaine, souligna Malcolm avec un sourire.

Il n'avait aucun mal à imaginer Alex en train de bander son arc, son visage de fée hanté par une détermination farouche. Peut-être même que sa tunique blanche glisserait un peu de son épaule, à la manière des statues antiques…

— J'espère bien. Dis à la vicomtesse qu'on accepte son invitation. Cela nous rappellera peut-être cette garden-party où nous nous sommes retrouvés, à Londres. Tu t'en souviens ?

— Comment pourrais-je l'oublier ? dit-il, plongé dans ses souvenirs.

Il sentait encore la main d'Alex sur son bras, le parfum des buissons et des fleurs, le murmure des rires qui s'était soudain tu quand il l'avait aperçue.

— J'ai reçu cette belle robe de soie blanche rayée de rose de la boutique… Elle est si jolie ! Et Emily dit qu'elle est à la dernière mode. Tout le monde doit la voir !

— Ils ne verront que toi, pas la robe, répliqua Malcolm avec douceur.

Alex lui lança un sourire surpris.

— Pourquoi ça ? Tu sais, je préférerais pouvoir rester là, toute seule avec toi. Mais j'avoue que ça ne me dérangerait pas de tirer quelques flèches dans l'après-midi…

Elle reposa son livre et se leva pour l'embrasser tendrement.

— Je monte, dit-elle. Tu me rejoins ?

Malcolm lui prit la main et déposa un petit baiser au bout de ses doigts, s'enivrant de son parfum sucré et retrouvant cette douceur qui lui avait si longtemps manqué. Il avait tant besoin d'elle, depuis quelque temps... C'était dangereux.

— Bien sûr. J'arrive dès que j'ai fini de répondre à ces quelques lettres que Miss Mersey m'a transmises.

— Les affaires ne cessent jamais, n'est-ce pas ? lança Alex en quittant la pièce d'un pas léger.

Sa longue jupe de tulle et de soie virevoltait dans son dos et son parfum s'attarda quelques minutes derrière elle.

Malcolm se replongea dans la pile de courriers qui n'avait fait que grandir depuis leur arrivée au château. C'était la première fois depuis bien des années qu'il avait négligé son travail à ce point, distrait par les pique-niques ensoleillés, les soirées au coin du feu, les rires, les confidences. Les baisers. S'il avait su autrefois que le travail n'était pas toute la vie, il l'avait oublié depuis bien longtemps.

Sous la pile, Malcolm découvrit une lettre rédigée sur un épais papier ivoire et signée à l'encre bleue d'une façon tarabiscotée qu'il ne reconnaissait pas. Il se pencha pour déchiffrer le paraphe et lâcha un juron – Fleurie. C'était Mairie.

Mairie. Pourquoi lui écrivait-elle, maintenant ? Pourquoi revenait-elle dans sa vie, en *ce* moment, alors que son destin venait de changer ? Alors qu'il commençait enfin à être... heureux ?

Malcolm fronça les sourcils en repensant à l'apparition de la jeune femme à l'Opéra, à ses yeux noirs remplis de souvenirs d'autrefois, à son sourire secret et menaçant.

Il jeta un rapide coup d'œil à la porte. Il était seul. La maison s'endormait lentement. Le feu crépitait toujours dans la cheminée. Il pouvait jeter la lettre dans les flammes et faire comme si elle n'avait jamais existé. Faire comme si le passé n'était jamais revenu ternir le présent. Mais il savait très bien que cela ne fonctionnerait pas. Aucun homme ne court assez vite pour se fuir lui-même...

Il lut donc rapidement la lettre, sentant chaque mot pénétrer sa chair comme autant de piqûres d'épingles.

Bonjour Malcolm,

Pardonne-moi de t'écrire après toutes ces années de silence. J'ai été incapable de t'oublier, depuis que nous nous sommes revus à l'Opéra. Je n'ai pas pu m'empêcher de penser à notre jeunesse, il y a si longtemps. Est-ce que tu t'en souviens, toi aussi ? C'étaient des jours si doux, si parfaits... Ils me manquent, tout comme me manque la fille que j'étais alors, ou le garçon que j'aimais.

Hélas pour nous deux, cette époque est bien révolue. Je crains d'avoir dû faire de nombreuses choses dont je ne suis pas fière depuis, mais je n'avais pas le choix : c'était une question de survie. Et je n'ai survécu que dans l'espoir de te revoir. Maintenant, j'ai réussi ! Je n'ai encore jamais ressenti une telle joie, ou une telle tristesse...

Je dois t'avouer quelque chose, Malcolm, et te demander ton aide. Je suis la victime d'un homme nommé Nixson ; un voyou peu recommandable, comme tu dois le savoir. Il a toujours manqué de scrupules dans sa vie professionnelle, et je dois t'avouer qu'il n'est pas différent dans l'intimité.

Il me fait chanter et je ne sais pas comment me libérer de lui. Il n'y a que toi qui sois plus puissant que lui. Il n'y a que toi qui puisses m'aider. Je t'en supplie, en souvenir de tout ce que nous avons autrefois été l'un pour l'autre !

J'ai réussi à le fuir pour l'instant, et j'ai prévu de passer quelques jours à l'Hôtel du Charllon, à Versailles. Si tu pouvais m'y retrouver, ne serait-ce que pour une heure, je t'expliquerais tout. Et si tu ne viens pas, je crains bien d'être perdue...

Toujours bien à toi,

Mairie.

Malcolm froissa la lettre dans son poing. Mais ce que Mairie avait écrit était vrai : les souvenirs ne peuvent pas disparaître aussi facilement. Elle appartenait à sa vie d'avant, la vie d'un garçon qui n'existait plus. Et maintenant, elle était tombée entre les griffes d'un trafiquant de drogue du nom de Nixson...

S'il ne l'aidait pas, lui qui l'avait aimée, s'il ne la remettait pas sur le droit chemin, qui le ferait ? Alexandra commençait à peine à illuminer son cœur, qu'il avait toujours cru plus mort que la nuit. Sans doute pourrait-il y puiser la force d'aider une femme qui avait autrefois été si importante à ses yeux ?

Il jura de nouveau et jeta la lettre dans le feu.

21

L'Hôtel du Charllon n'était pas l'établissement le plus luxueux qu'on ait vu, mais il n'en était pas moins respectable. Malcolm examina sa sobre façade, ses auvents verts, et eut presque l'impression qu'il s'apprêtait à plonger dans la bouche de l'enfer au lieu de pénétrer dans le hall propret d'un hôtel.

L'espace d'un instant, il ne se sentit plus lui-même, Malcolm Gordston, bâtisseur d'un empire marchand ; un homme qui vivait pour son travail et n'avait besoin de rien de plus. Au contraire, il redevenait le jeune Malcolm qui espérait pouvoir quitter un jour la ferme écossaise de son père, mais qui ne savait pas comment y parvenir. Le garçon qui voulait à tout prix devenir digne d'une fille comme Alexandra.

Et maintenant, elle était sa femme. Malcolm repensa à elle telle qu'il l'avait laissée ce matin-là, en train de lire dans le jardin. Elle lui avait même fait un grand signe de la main pour lui dire au revoir. Son sourire, ses joues roses, sa force si délicate… Alexandra était parfaite. Elle était la femme la plus merveilleuse du monde, à ses yeux. Il était prêt à tout pour la protéger de la moindre salissure, de tout ce qui pouvait lui paraître un tant soit peu scabreux.

Malcolm jeta un coup d'œil dans la rue, examinant les

devantures des magasins et les passants qui s'occupaient de leurs tâches quotidiennes sans réfléchir. Puis tout à coup il se sentit métamorphosé.

Il ne pouvait pas tourner le dos à Mairie. La bonté d'Alex lui avait montré qu'il devait se rendre digne d'elle, qu'il devait se hisser à sa hauteur. Et il avait eu de l'affection pour Mairie, autrefois. Elle faisait partie de son passé et l'avait aidé, à sa manière, à devenir l'homme qu'il était maintenant. Malcolm se souvint de l'éclair de frayeur qui avait furtivement traversé le regard effronté de la jeune femme, à l'Opéra. Ce désespoir enfoui qu'il connaissait trop bien.

Elle était victime de mauvaises personnes. Il fallait qu'il la mette en garde, qu'il l'aide comme elle le lui avait demandé. Il lui devait au moins cela. Quel que soit le tour qu'ait pris la vie de Mairie, les choses pouvaient encore changer à son avantage. Il le savait, à présent, parce que c'était exactement ce qui lui arrivait.

Il passa enfin la porte de l'hôtel et pénétra dans le hall. Nerveux, il ôta son chapeau pour passer la main dans ses cheveux mal coiffés. Sa nouvelle alliance d'or capta un rai de lumière et brilla un instant. Il s'aperçut dans le grand miroir qu'on avait suspendu au-dessus des sièges tendus de velours vert et fut presque surpris d'être toujours semblable au Malcolm qui avait quitté son château peu de temps auparavant. Il portait toujours son costume sombre et son élégante épingle de cravate en perle. Son alliance parait toujours sa main. Pourtant, il se serait presque attendu à voir réapparaître dans la glace le gamin mal peigné qu'il avait été, dans son pantalon rapiécé.

Répondant à ses questions, le maître d'hôtel l'invita rapidement à rejoindre la bibliothèque où l'attendait Mairie. La pièce sombre, aux murs recouverts de livres, était encore presque vide. Mairie seule s'y trouvait, assise à une petite table dans un coin. Elle s'était défaite de ses satins chamarrés et ne portait qu'un ensemble de velours bordeaux. Ses cheveux étaient rassemblés en un sobre chignon et ses mains restaient croisées sur le plateau de marbre de la table.

Dès qu'elle aperçut Malcolm, cependant, elle se leva et approcha dans un froissement de jupes. Pendant quelques secondes, comme lorsqu'il s'était regardé dans le miroir, il eut presque l'impression de retrouver en elle la jeune fille d'autrefois, celle qui courait librement dans la lande enveloppée dans un châle rouge et les cheveux au vent.

Puis Mairie sourit et son nouveau masque se remit en place. Elle redevint Mlle Fleurie, aux lèvres peintes et au cœur dur, caché.

— Merci d'être venu, Malcolm. Je savais que je pouvais compter sur toi, commença-t-elle.

— Évidemment. Nous sommes de vieux amis et tu as des problèmes. Je tiens à t'aider si je le peux.

C'était bien l'une des choses qu'Alex lui avait apprises : parfois, aider une autre personne et se soucier d'elle est ce qui compte le plus. Elle le lui rappelait souvent.

Le sourire de Mairie pâlit un instant.

— Je savais que le Malcolm que j'aimais autrefois ne me tournerait pas le dos. Mais quand je t'ai vu à l'Opéra, je...

Elle s'interrompit, la voix brisée, avec un petit geste d'impuissance. Ses bagues d'émeraude et de rubis brillèrent dans la lumière des lampes.

— Tu n'étais plus du tout mon Malcolm, reprit-elle.

— Je suis sûr que nous avons changé tous les deux. Nous nous connaissions il y a très longtemps, et la vie est si imprévisible. Je doute qu'aucun de nous ait fini là où il l'aurait cru, à l'époque.

Mairie lui adressa un étrange sourire amer.

— *Toi* si, j'en suis sûre. Tu étais déjà si intelligent quand nous étions jeunes, toujours prêt à viser les sommets. Mais moi…

— Tes parents ont dit que tu étais partie pour te marier.

— En fait, les choses ne se sont pas passées comme cela. J'ai fui la maison ; je pensais mériter autre chose que leur vie… Mais *tu* es marié, maintenant. Et à la fille du duc de Waverton, par-dessus le marché.

— Oui, répondit Malcolm avec brusquerie.

Il ne voulait pas attirer l'image d'Alex dans cette pièce. Elle était bien trop précieuse pour être entachée par son passé.

Alors qu'il contemplait Mairie et voyait la dureté émailler son regard, Malcolm comprit soudain qu'il aurait facilement pu devenir comme elle. Froid, implacable, concentré sur l'argent et son confort matériel. Il *avait été* comme cela pendant longtemps – jusqu'à l'arrivée d'Alex.

— Comment as-tu pu faire une chose pareille ? Après ce qui est arrivé à ton père et la cruauté du duc quand il vous a chassés…

Soudain, les yeux de la jeune femme s'écarquillèrent.

— À moins que ce ne soit une sorte de vengeance ? Un moyen de rabaisser Waverton encore plus après sa banqueroute ?

Malcolm frémit d'horreur. Oui, il avait pensé à cela lui-même, pendant un temps. Avant de voir la vérité et d'apprendre qui était vraiment Alex.

— Elle n'a rien à voir avec tout ça, répliqua-t-il. Elle n'est pas liée à notre passé.

Mairie ne parut pas convaincue.

— Rien n'est vraiment détaché du passé.

— Y compris Nixson ?

À cet instant, un groupe bruyant fit son entrée dans la

bibliothèque et s'installa à une table pour jouer aux cartes. Mairie leur jeta un regard méfiant.

— Est-ce que l'on pourrait sortir marcher un peu ? Je vais te raconter tout ce que je sais au sujet de Nixson.

— Je vais bientôt devoir rentrer chez moi...

Mairie eut un rire froid, dénué d'humour.

— Elle t'a déjà domestiqué, hein ? Je te promets de ne pas te garder longtemps séparé de ta charmante lady. Laisse-moi juste attraper mon ombrelle. À moins que tu ne veuilles monter parler dans ma chambre ?

Le voyant froncer les sourcils, Mairie hocha la tête.

— Je m'en doutais... Tu es devenu si respectable. Dommage.

Une fois que Mairie eut trouvé son chapeau et son ombrelle, Malcolm et elle quittèrent l'hôtel et trouvèrent un sentier qui longeait une étroite rivière bordée de châtaigniers. L'endroit était bien plus calme et plus isolé que la rue remplie d'élégantes boutiques. Ils s'arrêtèrent sur un pont jeté en travers de l'eau et contemplèrent la foule, au loin.

— Depuis combien de temps es-tu mêlée aux affaires de Nixson ? demanda finalement Malcolm.

Mairie soupira. Elle ne le regardait pas, le visage caché par la dentelle noire de son ombrelle, et se contentait de jeter de petits coups d'œil à un groupe d'enfants qui lâchaient des bateaux en papier dans le courant, sous le pont.

— Cela fait quelques mois, maintenant. Mon dernier ami généreux venait de décéder et j'étais très seule...

— J'ai du mal à te croire.

Elle rit.

— Oh ! j'avais et j'ai encore quelques compagnons de passage. Le duc qui m'a accompagnée à ta fête, par exemple : il est très amusant, quand il est en ville. Mais quand j'ai rencontré M. Nixson, je l'ai cru différent. Très généreux, bien sûr, et toujours prêt à se plonger dans le récit de ses voyages en Orient. Mais, ces derniers temps, j'ai fini par comprendre qu'il n'est pas du tout aussi riche qu'il veut le faire croire. Et quand sa chance tourne, ses humeurs deviennent… instables.

Malcolm sentit d'un coup une sombre colère monter en lui.

— Est-ce qu'il t'a fait du mal ?

Mairie haussa les épaules.

— En général, il se contente de crier ou de casser des objets. Mais récemment, cela a changé.

— Qu'est-ce que tu sais de ses affaires ?

— Il a dit qu'il t'avait fait une offre, il n'y a pas longtemps, et que tu l'as refusée. Il te juge responsable de son dernier échec.

— Je ne participerai jamais au moindre trafic illégal.

— Je le sais bien. En tout cas, le garçon que j'ai connu autrefois ne ferait pas une chose pareille ; mais j'ai tout de même eu quelques doutes au sujet du célèbre M. Gordston.

— Je n'ai pas tant changé que cela.

— Vraiment ? Moi, si. J'ai beaucoup trop changé.

— Et c'est pour ça que Nixson te fait chanter, maintenant ?

Mairie se détourna franchement.

— Autrefois, bêtement, je me suis attachée à quelqu'un que je n'aurais pas dû fréquenter et j'ai commis l'erreur de conserver des lettres. Cette personne était… une dame. Bien née. Jamais elle ne voudrait qu'une telle liaison soit rendue publique.

— Et Nixson t'a volé ces lettres ? demanda Malcolm avec douceur, cherchant surtout à la rassurer et à lui montrer qu'il comprenait.

Elle acquiesça.

— Il sait que nous avons été amis toi et moi, autrefois,

même s'il ignore où et comment nous nous sommes connus. Il veut que je te persuade d'investir dans ses affaires chinoises malgré ton refus. Si jamais j'échoue...

Malcolm serra le poing sur la rambarde. Il garda le silence un long moment, bouillonnant de colère. Mais sa relation avec Alexandra lui avait appris que la vie pouvait être différente de ce qu'il avait connu jusqu'alors. Qu'elle pouvait être plus juste.

— Dis-lui que je l'aiderai, répondit-il enfin.

Mairie étouffa un petit cri étranglé.

— Malcolm...

— Je ne le ferai pas, rassure-toi. Mais cela nous laissera au moins le temps de chercher le meilleur moyen de le détruire.

Elle leva sur lui un regard où se mêlaient la méfiance et l'espoir.

— Tu ferais vraiment cela pour moi ?

— Bien sûr. Nous *étions* amis, comme tu l'as si bien dit. Jamais je ne laisserai un homme aussi vil te faire du mal, ou faire du mal à n'importe quelle femme. Et, quand cette histoire sera terminée, je suis sûr de pouvoir te trouver un travail dans l'un de mes magasins. Un travail qui ne te placera à la merci de personne.

Mairie posa la main sur le bras de Malcolm et un sourire illumina soudain son visage.

— Oh ! Malcolm ! J'ai toujours su que tu n'étais pas comme les autres. J'ai été si stupide et inconsciente, autrefois. Jeter ainsi aux orties ce que nous avions...

— Mairie, ce que nous avions n'était qu'un amour d'enfants. Tu le sais aussi bien que moi.

— Peut-être, mais ces choses-là évoluent et se transforment. C'est pourquoi je ne pourrai jamais travailler dans tes magasins, aussi luxueux soient-ils. Je m'en rends compte.

Elle se pencha vers lui et pressa ses lèvres contre les

siennes – son baiser était froid, sec, artificiel. Quand elle s'écarta, ce fut d'un air à la fois perturbé et triste.

— Tu l'aimes vraiment, ta petite souris de fille de duc, hein ?

Aimer Alex ? Malcolm dévisagea Mairie, choqué par cette idée. Pourtant, au fond de lui, il sentait qu'elle avait raison. Un éclair soudain le traversa, mettant en lumière ce qu'il aurait dû savoir depuis le début. Ce fut une terrible révélation pour lui.

— Elle n'a rien à voir avec ça, dit-il sèchement.

Mairie baissa les yeux sur sa main, toujours posée sur la manche de Malcolm.

— Oh ! je crois bien que si, au contraire. Elle a beaucoup de chance.

Malcolm secoua la tête. C'était *lui* qui avait de la chance ; et il commençait à peine à le comprendre. Il avait été tellement aveugle... Mairie lui prit le bras et ils repartirent lentement en direction des boutiques, de l'autre côté du pont.

— Nixson doit venir me voir ce soir, dit-elle. Je t'écrirai demain pour te donner sa réponse.

Elle essaya de sourire, mais Malcolm entendit la tension dans sa voix. Il pressa sa main sur la sienne pour la rassurer.

— N'aie pas peur, Mairie. Cette histoire sera bientôt terminée et Nixson ne pourra plus te menacer longtemps.

Mairie appuya un instant la tête contre son épaule, souriante, puis le regarda de ses yeux noirs d'une douceur de velours. Pendant une seconde à peine, ils redevinrent enfants... Mais ils savaient tous les deux que cette époque était bel et bien révolue.

Malcolm détourna la tête et aperçut soudain une jeune femme, debout sur le seuil d'une librairie, à l'autre bout de la rue. Ses cheveux pâles brillaient au soleil sous son petit tricorne penché. *Alexandra*. Est-ce qu'elle l'avait aperçu...

avec Mairie ? Elle avait l'air de regarder dans leur direction. Soudain, elle tourna les talons et se précipita dans la boutique.

Bon sang ! Venait-il de perdre tout ce qui lui était précieux, à l'instant même où il avait compris à quel point il en avait besoin ?

Alors que la nuit tombait peu à peu, Mairie se campa devant la fenêtre de sa chambre d'hôtel et laissa son regard errer dehors. Elle aimait l'obscurité : elle recouvrait tant de choses de son manteau.

Au bout d'un moment, elle se servit un verre de cognac et le sirota en songeant à son entrevue de l'après-midi avec Malcolm. Il était encore plus beau qu'autrefois, si fort, si dur et déterminé.

Elle avait été idiote. Elle aurait dû fuir avec Malcolm quand elle en avait eu la chance, toutes ces années plus tôt. Elle aurait pu tout avoir avec lui ! Un bel époux qui ne devenait sans doute jamais violent, doublé d'un amant formidable. La richesse. Le respect. Au lieu de tout cela, elle devait se contenter de Nixson et de ses pairs…

La simple pensée de cet homme la fit frémir. Comment avait-elle pu le trouver charmant quand elle l'avait rencontré ?

Au moins, elle avait réussi à convaincre Malcolm de l'aider à se débarrasser de lui. Mieux, elle l'avait convaincu de prendre les risques à sa place. Bientôt, elle pourrait peut-être aussi l'influencer dans d'autres domaines. Elle en savait certainement plus long sur le moyen de rendre un homme heureux que cette petite souris blafarde de Lady Alexandra !

Elle entendit soudain le pas lourd de Nixson dans l'escalier et acheva rapidement son cognac. La porte s'ouvrit à la volée et Nixson entra, les sourcils froncés, le front recouvert d'un voile de sueur que Mairie connaissait trop bien. Il avait bu – et beaucoup plus qu'elle.

— Je l'ai vu, déclara-t-elle en reculant d'un pas pour fuir sa puanteur alcoolisée. Il a admis qu'il avait peut-être refusé ton offre trop vite. Il accepte d'y réfléchir de nouveau, si la somme proposée l'y incite.

Nixson lui attrapa le poignet et le tordit violemment avec un sourire mauvais. Ses yeux étaient très noirs, comme s'il avait accompagné son vin d'un échantillon de ses propres chargements d'opium.

— Tu en es vraiment sûre ?

— Si je te le dis !

— Bien. Tu sais ce qui t'attend si tu me mens, n'est-ce pas, ma chère ?

Il l'attira à lui et ses lèvres moites se collèrent à sa joue. Mairie cacha tant bien que mal son dégoût. C'était pour cela qu'elle avait fini par chercher du réconfort dans les bras plus tendres d'une personne de son propre sexe – et elle ne le regrettait pas, quel qu'en soit le prix.

— Tu sais ce qui arrive quand je ne suis pas satisfait…

Mairie ferma les yeux et essaya de s'imaginer ailleurs, très loin. En Écosse. Avec Malcolm, peut-être, ou avec son Alice de nouveau. *Oh oui.* Elle devinait sans peine ce qui aurait pu se passer, alors.

22

Alex contempla le livre posé sur ses genoux et se rendit soudain compte qu'elle était restée fixée sur la même page depuis près d'une heure. Elle n'avait pas retenu un seul mot. Et, bientôt, il faudrait qu'elle se prépare pour la garden-party de la vicomtesse. Elle allait devoir enfiler sa jolie robe, sourire, discuter ; alors qu'elle était figée comme une statue dans son fauteuil.

Elle était incapable d'oublier cette image furtive de son époux avec Mairie Fleurie, la main que la jeune femme avait laissé traîner sur le bras de Malcolm, leurs sourires. Perdus dans leur propre monde. Ce souvenir était-il réel, ou bien n'était-ce qu'une illusion cruelle ?

Malcolm n'en avait pas parlé la veille, ni pendant le dîner, ni alors qu'ils se promenaient dans le jardin en discutant de la fête à venir, ni même quand ils s'étaient couchés ensemble. Et Alex n'avait rien dit non plus. Elle ne savait pas *quoi* dire. Que ressentir.

Elle savait trop bien comment se terminaient la plupart des mariages. Les hommes avaient des maîtresses. Les femmes tenaient la maison. Elles restaient toujours polies et faisaient bonne figure dans le monde. Après tout, qu'est-ce que Malcolm et elle partageaient vraiment ? Sur quelle base plus solide auraient-ils pu bâtir un destin différent ?

D'un autre côté, depuis son mariage si magique, Alex avait osé en espérer… plus. Elle rêvait d'un vrai bonheur. Elle avait cru que Malcolm avait changé grâce à elle, qu'il voyait à présent ce que leur vie pouvait devenir. Qu'il n'avait pas besoin de lui offrir des *montagnes* de trésors, quand il pouvait juste être là pour elle.

Est-ce que ce naïf rêve de petite fille allait déjà être balayé ? Est-ce que toutes les romances qu'elle avait lues en secret chez Miss Grantley lui étaient montées à la tête ?

Elle essayait d'être l'épouse parfaite, de faire son devoir en se montrant avec élégance à toutes les fêtes, mais comment y parvenir, si son époux lui refusait son cœur ? Son amour ? Elle avait besoin de tout cela ; non pas pour ce qu'elle pourrait offrir à Malcolm en retour, mais bien pour elle-même. Hélas, ils ne connaîtraient jamais de vrai bonheur, s'il ne parvenait pas à oublier son passé ou à abandonner ses masques. Elle avait été bête de croire qu'elle serait capable de le changer. Malcolm et elle étaient exactement comme tous les autres couples mariés du monde : un homme, ses maîtresses, des façades vides et des mensonges…

Alex ferma brusquement son livre et le jeta sur la table. Malcolm n'était *pas* comme les autres hommes. Elle en était sûre, depuis le temps. Elle en *était* sûre. La tendresse dont il faisait preuve avec elle… Cela ne pouvait tout de même pas être un simple rôle, si ?

Et il y avait la fille qu'il avait aimée, autrefois. La belle Mairie.

— Lady Alexandra, appela soudain Mlle Leclerc, penchée à la fenêtre avec la belle robe de soie rose et blanche d'Alex étendue sur son bras. Dois-je vous aider à vous préparer pour la fête ? Nous devons encore nous occuper de votre coiffure.

Alex acquiesça, heureuse qu'on la distraie enfin de ses obsessions. Mais comment pourrait-elle apparaître à la fête et faire comme si tout allait bien, comme si son cœur n'était pas brisé ?

D'un autre côté, comment pourrait-elle se contenter de rester là, seule, hantée par l'image de Malcolm en compagnie d'une autre femme ? Il fallait qu'elle quitte la maison, qu'elle change d'air.

— Oui, merci, mademoiselle Leclerc, répondit-elle donc. Quel chapeau me conseilleriez-vous avec cette robe ? Le blanc avec les roses, ou celui en paille ?

Alex était en train d'épingler son chapeau devant le miroir quand Malcolm apparut dans l'encadrement de la porte, sa montre à la main.

— La voiture nous attend, Alex.

Elle acquiesça, sans le regarder dans les yeux, à travers le miroir. Elle préféra se concentrer sur ses épingles à chapeau. Ses mains tremblaient. Que devait-elle dire ? Que pouvait-elle dire ?

— Je suis presque prête. Pourquoi es-tu si pressé ? Quelqu'un t'attend là-bas, peut-être ?

Malcolm fronça les sourcils comme s'il ne comprenait pas son sous-entendu.

— Juste la vicomtesse et ses autres invités, répondit-il, évasif.

— Pas Mairie ?

Pourquoi ne lui avait-il pas parlé de leur rendez-vous, s'il était innocent ? Pourquoi ne se confiait-il pas ?

Malcolm parut pétrifié.

— Alexandra, ce n'est pas ce que…

Alex le fit taire d'un signe de la tête.

— Oh ! Malcolm, je sais que notre mariage n'est pas un conte de fées, pas vraiment… Tu voulais faire payer mon père pour sa méchanceté passée et trouver une épouse capable de t'ouvrir les portes de la haute société. Je le savais en acceptant ta main. Vraiment. J'espérais juste…

Elle avait espéré qu'ils partagent autre chose que cela. À présent, elle se sentait si seule, si stupide d'avoir cru une telle chose possible. Si jeune et naïve d'avoir pensé qu'ils pourraient simplement vivre ensemble en oubliant leur passé. Il était arrivé tant de choses, après tout. Mais l'argent ne pouvait pas tout acheter, et Malcolm serait-il un jour entièrement à elle ?

Il s'approcha et effleura son bras. Le contact de ses doigts la brûla à travers la manche fine de sa robe de soie. Elle aurait tellement voulu se jeter dans ses bras, le serrer contre elle et faire comme s'ils étaient les deux seuls êtres vivants du monde ! Mais cette époque bénie s'était évanouie avant même d'avoir vraiment commencé.

Elle recula et épingla un sourire mondain sur ses lèvres.

— Nous devrions y aller. Tu as raison : il n'est pas poli d'être trop en retard.

Et s'il y avait bien une chose qu'Alex maîtrisait sur le bout des doigts, c'était l'étiquette.

Alex pénétra dans le jardin de la vicomtesse de Rippon au bras de Malcolm, son inaltérable sourire de « fille de duc » aux lèvres, dans sa robe rose et blanche que le vent gonflait. Elle fit tourner son ombrelle sur son épaule avec une nonchalance étudiée. Comme si elle n'avait pas le moindre souci. La splendeur des fleurs l'aida à oublier sa douleur. La vicomtesse avait quitté l'Angleterre dans le seul but de créer un magnifique jardin à la française, avec des topiaires exquises, des plates-bandes dessinées avec goût encadrant des fontaines chantantes, et, plus loin, un labyrinthe végétal. Quelques invités en uniforme de lin blanc jouaient au tennis d'un côté, tandis que les domestiques installaient les cibles de tir à l'arc dans le gazon. L'herbe bien coupée se déroulait sur tout le domaine comme un coupon de velours émeraude.

Alex salua tous ceux qu'elle croisa, souriante, toujours souriante, et échangea quelques mots avec ses connaissances. Après tout, n'était-elle pas une jeune épouse en lune de miel ? Elle ne pouvait pas se permettre d'avoir l'air morose. Au contraire, on attendait d'elle qu'elle soit amoureuse, flottant sur un nuage, avec un avenir doré déployé devant elle.

Amoureuse. Elle l'avait cru. Elle avait osé espérer que Malcolm et elle sauraient partager plus que ce dont ils avaient parlé ensemble : plus que des romances, des rêves impossibles et un froid mariage de raison. S'était-elle fait des illusions ? S'était-elle enivrée seule d'un romantisme naïf, dans sa charmante maison, à force de promenades au soleil, de barques et de draps satinés ?

Peut-être que Malcolm était amoureux d'une autre femme depuis le début…

Alex jeta un coup d'œil à son époux. Lui aussi souriait, si beau dans son costume gris et son canotier. Il était parfait…

Elle aurait tant aimé pouvoir lui poser directement la question ! *Est-ce que tu aimes encore ton ancienne conquête ? Est-ce que tu veux être avec elle ?*

Hélas, l'assurance nouvelle qu'elle avait acquise auprès de lui s'était évaporée. De nouveau, elle n'était plus que la jeune et timide Lady Alexandra, incapable de s'épanouir hors de ses livres et de ses propres rêves. Elle avait peur de la réponse que Malcolm pourrait lui faire. Mais, d'un autre côté, pourrait-elle vraiment passer sa vie entière sans savoir ?

Quelqu'un l'appela et elle répondit par un nouveau

sourire, en faisant un signe de main dans la direction de la voix. Comme il était étrange de se trouver dans un lieu si enchanteur et d'être tout de même hantée par des pensées si sombres ! Le jardin lui semblait irréel, tout droit tiré d'un livre de contes ou d'un tableau de l'Éden – un paradis où tout le monde aurait dû être parfaitement heureux.

Elle serra un peu plus le bras de Malcolm et se souvint de la garden-party de Lady Cannon, à Londres. Elle le connaissait à peine, à l'époque, mais elle avait déjà été irrémédiablement fascinée par ses charmes. Elle avait été attirée par lui. Maintenant, il était son époux mais il lui semblait plus inaccessible que jamais.

— Est-ce que tu te sens bien, Alex ? lui glissa-t-il à l'oreille.

Elle lui jeta un rapide coup d'œil, par-dessous le rebord de son chapeau blanc. Il avait l'air inquiet, les yeux plissés pour se protéger du soleil et plus sombres que d'habitude.

— Oui, je vais très bien.

— Tu es pâle, tout à coup. Et tu parles si peu, depuis hier...

Ainsi, il l'avait remarqué. Alex avait espéré qu'il ne s'en rende pas compte, pas avant qu'elle ait remis de l'ordre dans ses idées, en tout cas. Pas avant qu'elle ait retrouvé son calme et qu'elle n'ait plus peur de fondre en larmes en exigeant des explications. Elle sourit donc davantage, sans se soucier de la tension qui crispait ses muscles.

— Je suis juste un peu fatiguée, répondit-elle. Peut-être que je devrais rejoindre ma mère à Baden-Baden pendant quelque temps. Tu veux bien que nous en parlions plus tard, quand nous serons rentrés ? Je crois avoir reconnu Mme Stuyvesant, là-bas, la riche Américaine venue de New York. Est-ce qu'elle n'est pas une cliente régulière du magasin de Londres ? J'aimerais la rencontrer.

Malcolm eut l'air de vouloir dire quelque chose

d'important, les sourcils encore plus froncés, mais il se contenta d'acquiescer.

— Lady Alexandra ! Monsieur Gordston. Comme c'est gentil à vous d'être venus à ma petite fête, s'écria soudain la voix de la vicomtesse.

Alex se retourna et vit leur hôtesse se précipiter à leur rencontre, enveloppée dans une robe de mousseline et soie jaune de chez Worth qui soulignait l'or improbable de ses cheveux.

Alex sourit de plus belle, priant pour que sa peau ne se déchire pas sous l'effort, sous ce masque qu'elle devrait conserver jusqu'au soir. Heureusement pour elle, elle avait appris très tôt à porter des masques, pour apparaître en toutes circonstances comme une parfaite fille de duc.

À présent, elle serait une parfaite épouse.

— Nous avons été flattés par votre invitation, répondit-elle à leur hôtesse. La journée est parfaite pour une garden-party, Lady Rippon.

— Je fais toujours de mon mieux pour assurer tout le confort possible à mes invités.

À l'entendre, le beau temps était de son fait - et les astres eux-mêmes n'osaient pas la contrarier.

— Mais vous avez interrompu votre lune de miel pour moi... Quelle bonté ! Je me souviens encore de ces journées romantiques, quand mon époux et moi étions de jeunes mariés.

Alex sentit ses joues s'empourprer. Pourvu qu'on en attribue la cause au soleil..., songea-t-elle.

— J'ai cru comprendre qu'un concours de tir à l'arc était prévu ?

— Oh oui ! Est-ce que vous savez tirer, Lady Alexandra ? Une broche de diamants en forme de flèche sera offerte au vainqueur. J'espère que vous tenterez votre chance.

— Comment résister ?

Au moins, elle aurait la satisfaction de déverser un peu de son trop-plein d'émotions dans son bras et de les sentir partir à chaque sifflement de flèche. D'imaginer que la cible était son propre cœur et qu'elle avait le pouvoir de le détruire une bonne fois pour toutes, afin de ne plus jamais souffrir.

— Et vous, monsieur Gordston ? demanda Lady Rippon.

— Je crains de n'avoir jamais tenu un arc de ma vie, répondit Malcolm. Mon épouse est la plus sportive de nous deux. Je me contente de trier des documents à longueur de journée, assis à mon bureau.

Alex songea à la puissance et à la fermeté des muscles de son mari quand il avait ramé sur le canal, à la manière dont il s'étendait au-dessus d'elle dans leur lit. Ses protestations n'étaient pas vraiment crédibles… Mais elle n'avait pas la force de supporter ces images.

— Eh bien, cela ne fait pas partie des activités de la journée, monsieur Gordston, répondit joyeusement Lady Rippon en lui tapotant le bras.

Comme toutes les autres femmes présentes, elle se laissait sans peine ensorceler par le charme de dieu aux cheveux d'or de Malcolm.

— Mais vous pourrez vous exercer au croquet, au tennis, ou bien rejoindre mon époux dans son fumoir, si vous le désirez. Lady Alexandra, puis-je vous demander de m'accompagner un moment ? Je voudrais vous montrer les cibles. Est-ce que vous avez apporté votre arc ?

— Oui, ma chérie, il est l'heure d'enfiler ton armure d'Artémis, plaisanta Malcolm en déposant un rapide baiser sur la joue d'Alex. Je vais aller parler à Mme Stuyvesant. J'ai hâte d'entendre des nouvelles de New York.

Alex acquiesça et suivit son hôtesse de l'autre côté du gazon, ne se retournant qu'une fois pour jeter un coup d'œil à Malcolm. Il la suivait des yeux sans bouger, les sourcils de nouveau froncés et l'air troublé.

— Comment se porte votre chère mère, Lady Alexandra ? demanda Lady Rippon. J'ai eu l'occasion de rencontrer plusieurs fois la duchesse à Londres, et elle a toujours été d'une bonté exemplaire avec moi.

Avant le scandale qui avait obligé ses parents à quitter le pays, sans doute ?

— Elle est à Baden, en ce moment. Les eaux semblent lui faire beaucoup de bien, répondit Alex, tout en songeant que la *bonté exemplaire* n'était certainement pas la plus importante qualité de sa mère.

— Je l'espère. Elle avait si bonne mine, la dernière fois que nous nous sommes vues, au déjeuner vénitien des Blakely ! Ce sont vos cousins, n'est-ce pas ? Les deux fils sont si charmants !

D'un seul coup, le passé rattrapa Alex, comme si son ancienne vie datait de la veille à peine : les potins familiaux, les mondanités de Londres, le bavardage gratuit... Alors qu'elles atteignaient l'angle du labyrinthe avec ses hautes haies et débouchaient sur l'immense aire gazonnée dédiée au tir à l'arc, un soudain froissement de feuilles suivi par un craquement de branches les fit sursauter. Alex, stupéfaite, vit Emily émerger du labyrinthe, sa robe vert pâle toute froissée, ses cheveux défaits et son chapeau à la main.

— Em ! s'écria-t-elle. Qu'est-ce que... ?

— Vous êtes-vous perdue, Miss Fortescue ? demanda froidement Lady Rippon, les lèvres pincées.

— Pas du tout, répondit Emily.

Au même instant, une chose encore plus surprenante se produisit : Chris Blakely sortit du labyrinthe sur les talons d'Emily, dans des vêtements tout aussi froissés et négligés. Il dévisagea un instant Alex, les yeux écarquillés, d'un air confus – sans doute était-ce la première fois de sa vie qu'il se retrouvait embarrassé de la sorte.

— Chris ! Qu'est-ce que tu fais ici ?

— Vous connaissez Miss Fortescue ? s'étrangla Lady Rippon, sous le choc.

— Oui, c'est une amie d'école, expliqua Alex, presque amusée. Et M. Blakely est mon cousin, bien sûr. Le neveu de ma mère, *la duchesse*.

Elle articula avec soin ces derniers mots, pour bien rappeler à leur hôtesse le rang de Chris et éviter qu'elle lance des rumeurs.

— J'ai perdu mon chapeau, expliqua Emily avec l'un de ses sourires candides, en brandissant le canotier orné de résille qu'elle tenait à la main. M. Blakely m'a gentiment proposé de le chercher avec moi.

À l'école, Em avait toujours su se tirer des situations les plus gênantes et éviter les sanctions ; un talent qu'Alex lui enviait. Apparemment, les choses n'avaient pas beaucoup changé avec le temps.

Mais Emily et Chris ? Cela lui fit un instant oublier ses propres difficultés sentimentales, tant elle était abasourdie. Pouvaient-ils vraiment être ensemble ? Ce serait merveilleux ! Mais tellement improbable aussi. Emily était une femme énergique, ambitieuse, et Chris était... Chris.

Lady Rippon prit le bras d'Alex et l'entraîna loin du labyrinthe. Ce n'était pas étonnant qu'elle s'entende si bien avec la duchesse : elles partageaient la même rigueur vis-à-vis des convenances.

— Je tiens une maison des plus respectables, Lady Alexandra, j'espère que vous le savez, chuchota la vicomtesse dès qu'elles se furent éloignées.

— Bien sûr, répondit Alex. Et, de toute évidence, vos invités sont tous des gens distingués.

Lady Rippon pinça les lèvres de plus belle.

— Eh bien, s'il est votre cousin…

Alex fit de son mieux pour ne pas éclater de rire. La situation était si absurde !

— Oui. Ma mère est très attachée à lui.

Une fois arrivée sur le terrain de tir, elle prit l'un des arcs laissés à la disposition des invités et tira quelques flèches pour s'entraîner. Cela lui faisait du bien, en effet. Ses doigts se tendaient sur la corde. Ses flèches partaient droit avec un sifflement aigu et se fichaient dans un bruit mat au centre des cibles de paille. Alex se surprit à imaginer Mairie McGregor-Fleurie debout là, à la place des pantins inertes, et sa jalousie la fit presque rire.

Avait-elle *trop* pensé à elle ? Brusquement, Alex vit la vraie Mairie s'approcher et se camper à ses côtés, grande, sombre et élégante dans une robe d'après-midi bordeaux ornée de dentelles noires. Elle portait un petit chapeau assorti sur ses boucles volumineuses.

Alex recula d'un pas, tendant instinctivement son arc devant elle.

— Calmez-vous, Lady Alexandra, dit Mairie avec douceur. Je ne vous veux aucun mal.

À l'Opéra, sa voix était gaie et mélodieuse. À présent, en revanche, on y décelait une pointe de désespoir, de supplique qui détonnaient avec son arrogance étouffée. Elle avait aussi *l'air* différente : ses joues n'étaient pas rehaussées de poudre et de gros cernes noirs gonflaient ses yeux.

— Que voulez-vous ?

Alex jeta un rapide coup d'œil autour d'elle. Personne ne les avait remarquées. Tous les invités présents s'entraînaient au tir à l'arc en riant et en devisant tranquillement.

— Je vous ai vue au village, avec Malcolm.

Mairie baissa les yeux.

— Ce n'était pas ce que vous croyez, milady. Malcolm n'a plus ce genre de sentiments pour moi, à présent. Je ne peux pas lui apporter le rang social qu'il désire, contrairement à vous, fille de duc. Et je suis incapable de l'aider à se venger de ce qui est arrivé à son pauvre père. J'avais juste besoin de son aide, tout comme, aujourd'hui, je viens vous supplier de m'accorder la vôtre.

— Mon aide ? répéta nerveusement Alex.

— Je vous en prie, venez avec moi. Cela ne prendra qu'un instant.

Elle voulut prendre le bras d'Alex d'une main gantée de noir et tremblante, puis se ravisa.

— Malcolm est vraiment un homme bon, vous savez, en dépit de ce qui lui est arrivé. Je sais qu'il ne vous aurait pas épousée si vous n'aviez pas été bonne aussi, et si vous n'aviez pas eu grand cœur. Je vous en prie, aidez-moi. Je vous promets que vous n'entendrez plus jamais parler de moi, ensuite.

Alex l'examina avec soin. Elle n'avait jamais su résister aux suppliques de quelqu'un dans le besoin, qui que ce soit. Malcolm avait clairement eu des sentiments pour cette femme, autrefois ; peut-être en avait-il encore. Et puis, il y avait quelque chose, chez Mairie, qui lui rappelait les filles de chez Mlle Gardinier – en dépit de sa beauté sophistiquée et de ses vêtements hors de prix. Elle la contempla plus longuement : ses yeux épuisés, ses mains crispées par la nervosité. Soudain, Alex comprit quelque chose de terrible. Elle comprit à quel point une femme pouvait sombrer quand elle ne prenait pas sa vie en main. Quand elle n'avait pas le courage de défendre ses intérêts. Ou de saisir sa chance. Mairie avait été prise au piège, bien plus qu'Alex, par le hasard de sa naissance. Tout à coup, elle eut pitié de sa rivale.

Et puis, Mairie pourrait peut-être lui en apprendre plus long sur les liens entre son père et Malcolm.

— Très bien, répondit-elle donc avec une pointe de réticence.

Elle reposa son arc et suivit Mairie, qui s'éloignait derrière le labyrinthe, loin des groupes d'invités et des bavardages.

— Mais je vous préviens, ajouta Alex, je ne pourrai pas vous accorder beaucoup de temps.

— Je comprends, acquiesça Mairie.

— Ne pouvez-vous pas simplement me dire de quoi il s'agit ? Je vous aiderai de mon mieux, mais si je ne sais pas…

— C'était la faute de votre père, vous savez, coupa Mairie sans un regard par-dessus son épaule. Le duc a chassé la famille de Malcolm de leur foyer. C'est pour cela qu'il est parti et que j'ai compris que nous ne serions jamais plus ensemble. Que nous ne pourrions plus jamais nous entraider. Votre père n'est pas un homme bon.

Alex fut choquée par cette révélation – mais pas vraiment surprise. Son père avait toujours été convaincu qu'un duc était en droit de faire tout ce qu'il désire ; et Malcolm, lui, avait dû vivre pendant toutes ces années avec une colère qu'il n'avait pu exprimer. Il devait en vouloir aux Waverton. La considérait-il aussi comme une ennemie ? Était-ce pour cela qu'il ne lui ouvrait pas son cœur ?

— Je suis vraiment désolée. Je ne savais pas. Je…

Mairie lui jeta un bref coup d'œil. Son visage n'était plus qu'un masque impénétrable.

— C'est moi qui suis désolée, Lady Alexandra. Vous ne me croirez pas, mais je suis sincère, affirma-t-elle avant de soupirer. J'ai aussi aimé quelqu'un, autrefois. Et j'ai découvert que l'amour véritable peut à la fois être une faiblesse et une force, comme il l'est pour Malcolm. Nous faisons tous ce que nous pouvons pour protéger cet amour. C'est tout.

Alex ne comprenait pas ce discours. Abasourdie, elle balbutia :

— Que... ?

Mais elle n'eut pas le temps d'en dire plus. M. Nixson se matérialisa devant elle, jaillissant de l'angle de la haie derrière laquelle il s'était caché, et son sourire meurtrier la pétrifia.

Tout comme le poignard qu'il pointait sur elle. Il tendit un paquet de lettres à Mairie et lança :

— Merci de tout mon cœur, ma chère.

Il restait calme et froid, comme s'ils étaient en train de discuter dans un élégant salon. Il n'y avait plus rien, chez lui, du voyou furieux qu'Alex avait vu sur la tour Eiffel.

— Peut-être aurais-tu la bonté d'aller chercher M. Gordston, à présent ? Je suis certain qu'il doit s'inquiéter pour sa charmante épouse.

23

— Tu n'avais pas parlé de violence ! cria Mairie. Tu as dit que tu voulais juste lui parler !

— Tais-toi, traînée. Que croyais-tu qu'il se passerait ? gronda Nixson, perdant immédiatement son masque bonhomme.

Il dévisagea Alex, qui sentit son sang se glacer dans ses veines. Elle entendait leurs voix, ainsi que la rumeur distante de la fête, mais quelque chose rendait tous les sons lointains, comme si elle avait plongé la tête dans l'eau. Elle avait foncé dans un piège et allait se noyer.

Elle tourna soudain les talons, prête à s'enfuir à toutes jambes, et vit que Mairie n'aurait pas besoin d'aller chercher Malcolm, en fin de compte. Il se tenait à quelques pas d'eux, campé près de l'angle du labyrinthe, les traits déformés par l'horreur. Alex voulut crier son nom, mais Nixson lui attrapa violemment le bras, sans se soucier de lui faire mal. Il la tira d'un coup sec en arrière et elle sentit les semelles de ses fines bottines glisser dans l'herbe.

— Restez où vous êtes, Gordston ! hurla Nixson.

Alex sentit la pointe acérée du couteau pressée contre son épaule, à travers la soie de sa robe. Cela ressemblait à la douleur aiguë d'une piqûre de guêpe sur sa peau.

— Je vous l'avais bien dit : vous regretterez de ne pas m'avoir aidé !

Malcolm leva les mains et avança d'un pas, prudemment. Puis d'un deuxième. Son visage semblait sculpté dans la pierre la plus froide et la plus dure.

— Un véritable homme d'affaires ne règle pas ses différends en agressant les dames. Laissez mon épouse partir et traitez avec moi.

— Je vous ai déjà parlé et cela n'a pas vraiment été efficace, n'est-ce pas ? Vous avez refusé de m'écouter alors que nous pourrions tous les deux être riches comme des princes, à l'heure qu'il est. Au lieu de saisir votre fortune, vous m'avez ruiné !

Le poignard appuya un peu plus fort sur l'épaule d'Alex, déchirant la soie et perçant sa peau. Elle poussa un cri strident sous la douleur.

Au même instant, Malcolm bondit en avant avec un rugissement sauvage. Son dieu nordique se transformait soudain en *berserker* ! Il attrapa Alex à son tour et l'attirait à lui quand elle fut assommée par un coup violent. Elle recula, sonnée, puis vit le tapis vert de l'herbe s'approcher de son visage à grande vitesse. Les mains des deux hommes glissèrent le long de ses bras. Elle tombait, tombait...

Son chapeau s'envola, ses cheveux se libérèrent de leurs épingles pour flotter devant ses yeux et elle atterrit brutalement sur le sol, les yeux au ciel. Il était si bleu, d'un bleu infini. Et le soleil y faisait une tache d'or. Malgré tout, Alex sentait une froideur glaciale gagner son corps entier.

Elle entendait encore des cris et la voix stridente d'une femme, mais ils lui parvenaient de si loin... En fait, elle était surtout perdue, hébétée et frigorifiée. Tout était arrivé si vite. Que se passait-il, maintenant ?

Malcolm s'agenouilla soudain auprès d'elle. Il s'était débarrassé de son manteau et tenait son gilet froissé en boule dans sa main. Ses mâchoires étaient serrées et sa peau paraissait blafarde sous son hâle doré. Il pressa son gilet contre l'épaule d'Alex en appuyant fort et elle fut traversée par une douleur cuisante qui dispersa les dernières brumes autour d'elle.

— Que fais-tu ? balbutia-t-elle dans un sanglot. Malcolm, tu me fais mal !

— Je t'en prie, ma chérie, ne bouge pas ! s'écria la voix d'Emily.

Son amie s'agenouilla de l'autre côté d'elle et lui adressa un doux sourire.

— S'il te plaît, n'essaie pas de te relever pour le moment.

Peu à peu, Alex perçut d'autres voix.

Chris disait :

— On a envoyé quelqu'un chercher le médecin.

Plus loin, la vicomtesse se lamentait :

— Ma fête ! Tout est gâché !

Puis un hurlement sauvage s'éleva.

Alex tourna la tête et vit qu'on traînait Nixson loin d'elle tandis qu'il se débattait et donnait des coups de pied dans l'herbe. Mairie, près de la haie, sanglotait. Sa robe rouge sombre ressemblait à une hideuse tache de sang séché dans la clarté du jour.

— On dirait une pièce de théâtre, murmura Alex, surprise par l'étrangeté de la scène.

D'un seul coup, la douleur empira, telle une créature vivante qui se tortillait sous sa peau. Elle sombrait de nouveau, perdait le peu de force qui lui restait. Dans un dernier effort de volonté, elle tenta une fois de plus de repousser Malcolm et sa compresse improvisée.

— Ne bouge pas, Alex. Je t'en prie. Le médecin arrive, s'écria Emily.

Elle posa une main fraîche sur le front d'Alex, qui se rendit soudain compte qu'elle n'avait encore jamais vu son amie, d'ordinaire si confiante et courageuse, dans cet état-là. Elle avait l'air… effrayée.

S'efforçant de tourner la tête, Alex dévisagea Malcolm qui ne la quittait pas des yeux, lui non plus. Il était d'une pâleur inquiétante. Quand elle vit que ces deux personnes – les plus inébranlables qu'elle ait connues – avaient peur, Alex comprit que son état devait être grave. Elle comprit que sa vie pouvait prendre fin maintenant, alors que tout commençait à peine. Alors que Malcolm et elle avaient encore tant de choses à faire ensemble.

— Je veux rentrer à la maison, balbutia-t-elle.

Chez elle, dans son château doré, son jardin, la chambre qui avait été le sanctuaire de tout son bonheur conjugal. Son époux… Son amoureux… C'était tout ce qui comptait pour elle.

— Bientôt, ma chérie, promit-il. Ne lâche pas ma main. Ne me laisse pas.

— Jamais…

Alex ferma les yeux, traversée par un nouvel élancement de douleur, puis ajouta avec un demi-sourire :

— J'aurais bien besoin de l'eau du puits que garde ton crapaud, je crois.

— Le médecin est là ! annonça Chris.

Emily s'écarta, remplacée par un homme aux impressionnants favoris argentés et aux yeux noisette empreints de bonté.

— Laissez-moi voir cette blessure, lança-t-il.

Il écarta la main de Malcolm et son gilet. Ce simple geste fit hurler Alex de douleur et l'obscurité l'enveloppa.

Malcolm contemplait gravement le visage d'Alex tandis qu'il la portait dans l'escalier, jusqu'à leur chambre. La tête de son épouse roulait contre son épaule, sa peau était blafarde et ses lèvres avaient pris une terrifiante teinte bleutée. Elle avait les yeux fermés mais murmurait dans son délire, hantée par la douleur. Un filet de sang coulait à travers le pansement qu'avait fait le médecin, tachant sa robe déchirée.

Jamais encore Malcolm ne s'était retrouvé dans un tel état. Son angoisse et sa colère l'étouffaient. Le monde semblait s'écrouler devant lui. *Elle* était son monde. Il s'en rendait enfin compte. Rien ne lui importait en dehors d'Alex et, s'il la perdait, il n'aurait plus la moindre raison de vivre.

Jamais il n'aurait dû l'attraper quand Nixson la menaçait, songeait-il, rongé par la culpabilité. Jamais il n'aurait dû rencontrer Mairie ou cacher la vérité à Alex. Il avait pensé avoir tout le temps devant lui pour réparer ses erreurs et la rendre heureuse – vraiment heureuse.

Cela faisait tellement longtemps qu'il se murait dans sa solitude, qu'il entretenait sa vieille amertume après ce qui était arrivé à son père. Cela faisait tellement longtemps qu'il ne voyait plus au-delà de son statut, de sa fortune et de la protection que toutes ces choses lui apportaient. Mais, au final, cela n'avait pas suffi à écarter le danger. Rien ne pouvait acheter la seule chose dont il avait réellement besoin : l'amour de sa femme. À présent, il était peut-être trop tard pour le regagner. Jamais encore il n'avait sombré dans un tel désespoir.

Tout à coup, Malcolm comprit qu'il devait laisser son passé derrière lui et changer, s'il ne voulait pas perdre Alex. Elle était la chose la plus précieuse qu'il ait jamais eue dans sa vie. Qu'étaient le contrôle et la froideur, comparés à ce qu'elle lui avait offert ? Rien. Maintenant, la situation lui échappait sans qu'il puisse lutter. Tout son argent serait inutile pour sauver la femme qu'il aimait. C'était sans doute la pire pensée qui l'ait traversé.

Il déposa en douceur Alex sur le lit, que Mlle Leclerc, qui l'avait précédé dans la chambre, venait d'ouvrir. Alex était aussi pâle que son oreiller bordé de dentelle. Sa pauvre robe était empoissée de sang, d'un rouge insoutenable. Soudain, elle ouvrit les yeux et le dévisagea.

— Je ne peux pas mourir comme ça, murmura-t-elle. J'ai tant de choses à…

— Tu ne mourras pas. Pas avant très longtemps, répliqua farouchement Malcolm.

— Entourée par nos petits-enfants ?

Le médecin finit de se laver les mains dans la bassine d'eau chaude que la gouvernante venait d'apporter et s'approcha du lit, armé d'une seringue de morphine. L'aiguille s'enfonça dans le bras d'Alex qui ferma les yeux, de nouveau immobile.

— Je peux vous assister, si nécessaire, proposa Emily.

Le médecin acquiesça.

— Parfait, dit-il de sa voix un peu bourrue. Monsieur Gordston, pourriez-vous attendre dans le couloir ?

Malcolm voulut protester, mais Chris Blakely posa une main ferme sur son épaule.

— Ils travailleront plus vite si nous ne les dérangeons pas, Gordston.

Malcolm obtempéra de mauvaise grâce. Il regarda une dernière fois Alex, toujours inconsciente et si faible.

— Ce n'est pas un adieu…

— Bien sûr que non, dit Chris avec douceur.

Malcolm se souvint alors que cet homme était le cousin d'Alex. On le voyait peut-être comme un jeune chien insouciant, mais à présent son visage ne trahissait qu'une gentillesse infinie.

— Nous la reverrons très bientôt.

Malcolm prit l'écharpe de soie bleue qu'Alex avait abandonnée sur sa coiffeuse et suivit Chris dans le couloir. Avant de sortir, il eut encore le temps de voir Emily dégrafer le corsage ensanglanté d'Alex. Une fois que la porte fut refermée, les deux hommes se laissèrent tomber sur des chaises qu'on avait montées pour eux. Tous les domestiques étaient rassemblés en silence dans l'escalier. Mlle Leclerc reniflait dans son mouchoir et la gouvernante murmurait une discrète prière. Manifestement, Malcolm n'était pas le seul à qui Alex manquerait, si elle mourait. Et il n'était pas le seul à l'aimer.

Il s'abandonna sur son siège, sans force, le visage dans les mains. Il avait contrôlé tant de choses, dans sa vie. Il s'était frayé un chemin jusqu'au sommet de l'échelle sociale à la force des bras et avait bâti son empire en partant de rien. Mais maintenant, quand la situation était plus grave que jamais, quand toute sa vie pesait dans la balance, il ne pouvait rien faire. Il était condamné à attendre. Malcolm enroula l'écharpe de soie autour de sa main et s'enivra du discret parfum qui l'imprégnait.

Chris lui tendit une flasque d'argent remplie de brandy et il en but une gorgée. Son compagnon l'imita. Pendant un long moment, ils restèrent assis en silence. Le couloir n'était plus empli que des sanglots étouffés de la femme de chambre. Aucun son ne filtrait à travers la porte close.

— Quand nous étions petits, commença enfin Chris, nous étions indomptables, mon frère Will, Charlie et moi. Mais pas Alex. Elle parlait peu, toujours enfermée quelque part avec un livre. Néanmoins, dès que nous avions un problème, c'était toujours vers elle que nous nous tournions.

Je n'ai jamais connu de personne plus compréhensive, plus douce ou plus patiente.

— Oui, souffla Malcolm.

Elle était toujours si bonne. C'était son Alex, qui se souciait des autres avant elle-même et souriait quoi qu'il arrive. Les quelques mois qu'ils avaient passés ensemble étaient les plus beaux qu'il ait jamais vécus. Toute son existence s'était transformée, depuis qu'elle en faisait partie.

Mais les souvenirs de leur belle journée sur le canal de Versailles, de leur visite à la tour Eiffel, ou de leur soirée à l'Opéra étaient peu à peu remplacés par ce qui venait de se passer – par l'image d'Alex entre les griffes de Nixson et de Mairie. Que lui avaient-ils dit ? Est-ce que ses dernières pensées avaient été tournées vers la trahison, la douleur ?

Non, s'admonesta Malcolm. *Pas ses dernières pensées*. Il ne la perdrait pas maintenant. Leur avenir était si prometteur... Il lui ferait comprendre ce que recelait son passé et bâtirait une nouvelle famille avec elle. Il lui offrirait tout ce dont elle rêvait. Ce dont elle rêvait *vraiment* : pas des cadeaux ou des trésors, mais son amour inconditionnel.

Enfin, au bout de ce qui parut à Malcolm une éternité d'attente torturée, le médecin émergea de la chambre. Sa chemise était tachée de rouge et il avait l'air épuisé. Malcolm aperçut fugacement Alex, toujours allongée sur le lit, et Emily qui la bordait avec soin. Puis la porte se referma.

Malcolm se leva en tremblant. Il ne savait plus s'il devait s'accrocher à son espoir ou l'abandonner complètement.

— J'ai arrêté l'hémorragie et refermé la plaie. Elle se repose, à présent, annonça le médecin. Hélas, je crains qu'elle ait perdu beaucoup de sang. Il va lui falloir du temps pour se remettre, et beaucoup de calme. Il faudra quelqu'un pour la veiller sans arrêt, afin de s'assurer que la blessure ne s'infecte pas.

Malcolm acquiesça. Il ferait tout son possible pour que son Alex guérisse au plus vite.

— Puis-je la voir ?

— D'accord, mais pas longtemps. Je vais vous envoyer une infirmière pour la nuit et je reviendrai à la première heure demain matin.

Malcolm se précipita dans la chambre. Les rideaux étaient tirés, plongeant la pièce dans la pénombre. L'air était étouffant, chaud et saturé d'odeurs de médicaments. Il entendit vaguement Emily et Chris échanger quelques mots à la porte, mais toute son attention restait tournée vers sa femme. Alex était toujours aussi immobile, les bras le long du corps. Sa respiration était à peine audible et ses joues avaient perdu toutes leurs couleurs.

Malcolm lui prit la main, avec douceur, ayant soudain peur de la briser.

— Je suis tellement désolé, Alexandra, ma reine fée, dit-il dans un souffle. Je m'en veux, si tu savais. Je t'en prie, reviens-moi et je te promets de passer le reste de ma vie à te montrer à quel point j'ai besoin de toi...

24

Malcolm entra dans la chambre d'Alex sur la pointe des pieds, faisant un petit signe de tête à l'infirmière qui était assise dans le couloir, près de la porte. La pièce était sombre, à peine éclairée par le feu qui ronflait dans la cheminée. L'air était chargé de l'odeur écœurante de l'opium et du parfum, plus aigre, du sang. Toutes ses précautions étaient absurdes : sa femme dormait encore profondément et elle ne risquait pas de l'entendre. Pourtant, il ne pouvait s'empêcher de faire très attention, à chaque fois qu'il montait la voir. Il craignait presque de la voir disparaître pour toujours au moindre bruit trop fort, au moindre geste trop soudain, trop violent.

À la moindre émotion trop étouffante – comme son amour pour elle.

Il s'assit sur la chaise qu'on laissait près de la table de chevet et contempla longuement le beau visage de son épouse. Le médecin lui prescrivait toujours de la morphine, mais il baissait progressivement les doses, et sa blessure commençait déjà à cicatriser. Alex respirait en douceur, un demi-sourire aux lèvres, comme si elle était plongée dans un agréable rêve. Hélas, son teint était toujours aussi pâle. Elle paraissait si fragile, avec sa peau translucide, blanche comme sa chemise de nuit à volants. Si elle avait été une reine fée autrefois, à présent, elle n'était plus qu'un flocon de neige – parfait, unique, immaculé.

Risquait-elle de fondre sous la chaleur de son désespoir, comme sous celle du soleil ?

Malcolm s'appuya sur le bord du lit et enfouit sa tête dans ses mains, hanté par l'image d'Alex qui s'écroulait dans l'herbe avec sa robe tachée de sang. Tout était sa faute. À cause de ses problèmes professionnels et de son lourd passé avec Mairie, il avait failli perdre le trésor le plus précieux du monde…

Jamais plus il ne laisserait qui que ce soit lui faire du mal. Même s'il devait renvoyer Alex au loin et se priver de sa présence, il s'assurerait qu'elle vive heureuse et en sécurité chaque jour. Et partout où elle irait, elle emporterait son cœur avec elle. Un cœur qu'il ne s'était même pas cru libre d'offrir.

Témoin de la déchéance de son père après la mort de sa mère, Malcolm s'était juré de ne jamais ressentir ce genre de choses à son tour. Il s'était dit que son travail lui suffirait. Que son travail serait sa vie. Mais Alex était apparue. Sa douceur, sa bonté, son amour de la vie l'avaient transformé. Plus jamais il ne verrait le monde de la même manière qu'avant.

Pendant quelques instants, il avait cru la perdre. Il avait failli. Plus jamais.

Il effleura sa main inanimée du bout des doigts. Elle était si petite, si délicate sur la couverture. Sa bague de fiançailles paraissait trop large pour son doigt.

— Je suis désolé, mon amour, murmura-t-il. Mais ne t'en fais pas : tout ira bien, à présent.

Alex ouvrit les yeux et le dévisagea. Au début, son regard parut distant, troublé par des rêves qui s'attardaient. Puis elle lui sourit. Malcolm s'était attendu à sa colère, à ce qu'elle le blâme – à raison – pour tout ce qui lui était arrivé et pour les secrets pesants qu'il lui avait cachés. Il avait pensé qu'elle se détournerait de lui et refuserait de le voir.

Mais, dans le sourire d'Alex, il n'y avait que de la tendresse.

— Malcolm, tu es là…

Il embrassa sa main avec fièvre, emporté par son amour et sa gratitude.

— Bien sûr que je suis là. Je ne me suis éloigné que pour parler à l'infirmière qui garde ta porte toute la journée comme un Cerbère… C'est un vrai tyran, tu sais. Elle refuse de te voir sortir du lit pendant encore deux jours. Si ce n'est plus.

Alex fronça les sourcils.

— Oh ! le médecin et son bataillon d'infirmières ! Quelle troupe de dictateurs ! Ils sont pires que les tsars de Russie… Je me sens parfaitement capable de me lever, et même de m'asseoir un peu au jardin dès demain.

— Non, tu ne quitteras pas ta chambre tant que le médecin ne t'y aura pas autorisée.

— Alors, peut-être que nous pourrions ouvrir la fenêtre juste un peu, sans rien dire à personne…

— Très bien. Un peu, pas plus.

Malcolm alla entrouvrir la fenêtre pour faire entrer la douce brise du soir et chasser l'odeur étouffante des médicaments. Dans le clair de lune, il aperçut l'Artémis de leur fontaine, avec son arc fièrement tendu. Elle se battait, courageuse, comme Alex l'avait fait. Malcolm sourit par-devers lui et revint près du lit pour tasser les oreillers de son épouse et lisser ses draps.

— C'est beaucoup mieux, soupira-t-elle d'un air ravi. J'avais besoin d'air frais. Et j'aimerais lire quelques nouvelles du monde extérieur, mais Mlle Leclerc refuse de me monter des journaux.

— Ce n'est pas plus mal. Je suis sûr que tu n'aurais pas

envie de retrouver le regard mauvais de Nixson sous les gros titres.

Alex passa une main sur le drap pour en chasser les derniers plis.

— Que lui est-il arrivé ?

— Il sera jugé, bien sûr. On raconte que ses revers de fortune lui ont fait perdre la tête et que les autorités sont pressées d'en apprendre plus sur son trafic de contrebande.

— Et Mairie ?

— Mairie ? répéta Malcolm, méfiant.

Alex leva les yeux et le dévisagea sans ciller.

— Je sais que tu la connaissais, autrefois. Que tu tenais à elle. Je me rappelle vous avoir aperçus ensemble, en Écosse. Tu dois être très inquiet pour elle…

— Elle va être appelée à témoigner. Et après, je crois qu'elle a prévu de partir en Suisse.

Malcolm l'aiderait à organiser son départ, évidemment, et à se bâtir une nouvelle vie. Mais il ne voulait plus jamais la revoir.

— Tu ne dois surtout pas croire que mon ancienne affection pour elle a été ranimée, Alex. Ce n'était qu'un amour de jeunesse. Ça n'a rien à voir avec…

Avec ce qu'il ressentait pour elle. Pour sa femme. Il aurait tellement aimé pouvoir le lui dire, mais il ne trouvait pas les bons mots. Comment lui faire comprendre ce qu'il éprouvait ?

Alex détourna le regard, jouant nerveusement avec le galon de satin qui ornait sa couverture.

— Mairie a dit que mon père a détruit le tien. Qu'il l'a laissé mourir.

Malcolm fronça les sourcils, contrarié d'apprendre qu'elle savait cela.

— Ce n'est pas tout à fait vrai, répondit-il. Ton père nous

a chassés, mais mon père s'était déjà détruit avant, à force de boire. Il n'a pas supporté la mort de ma mère. J'ai essayé de le protéger – en vain. Il n'a pas survécu longtemps à son expulsion.

— Cela a dû être terrible pour toi, de te retrouver face à mon père le jour de notre mariage ! De le voir conduire ta future épouse jusqu'à l'autel en sachant qu'il allait faire partie de ta famille, murmura Alex.

— J'admets que je lui en ai longtemps voulu. Mais quand nous nous sommes mariés, je n'ai ressenti que du bonheur et… et de la fierté. J'avais la plus belle fiancée du monde. Une femme que je n'aurais jamais pensé mériter.

— Parce qu'elle était fille de duc ?

— Parce qu'elle était *toi*. Ma merveilleuse et tendre reine des fées, répondit Malcolm en déversant tout l'amour de son cœur dans ces quelques mots.

Elle le dévisagea d'un air abasourdi.

— Tu ne m'en veux pas, alors ?

Malcolm partagea son étonnement.

— Pourquoi est-ce que je t'en voudrais ?

— À cause de ma naissance, dit-elle en baissant les yeux sur son alliance. Mlle Leclerc a dit que tu n'avais pas quitté mon chevet pendant mon sommeil.

— Non, en effet. Miss Fortescue et M. Blakely sont aussi venus très souvent.

— Personne n'a jamais eu de meilleurs amis que moi. Mais je ne veux pas devenir un fardeau pour toi, Malcolm. Si tu veux être avec Mairie…

— Non ! cria Malcolm, choqué qu'elle puisse penser une telle chose. Je te l'ai dit : c'était il y a longtemps ! La seule femme que j'aime, c'est toi.

— Tu… m'aimes ? souffla-t-elle.

— Oui, je t'aime.

La liberté qu'il ressentit à l'instant où il prononça ces mots à voix haute bouleversa Malcolm. Il avait soudain l'impression d'être assez léger pour s'envoler jusqu'au plafond.

— Je t'aime, répéta-t-il.

— Je t'aime aussi.

Jamais il n'avait entendu de mots plus doux.

— Vraiment ?

— Je crois que je t'ai aimé depuis notre enfance et ces séjours en Écosse pendant lesquels tu m'apprenais à pêcher, avoua Alex. Aujourd'hui, ce que je ressens est tellement plus fort. C'est *tout* pour moi.

Malcolm éclata de rire.

— Quels idiots nous avons été ! Je craignais de t'avoir perdue et je pensais que la seule manière de te protéger était de te laisser partir...

— Jamais ! s'écria Alex. Si tu essaies de m'éloigner, sache que je reviendrai aussi vite. Encore et encore, pour toujours.

— Et je ne peux pas supporter l'idée que tu partes.

Alex tendit le bras sur les draps et prit sa main avec douceur.

— Dans ce cas, je pense que tu devrais m'embrasser.

— Mais, ton bras...

— L'infirmière ne nous voit pas. J'ai *besoin* que tu m'embrasses, Malcolm. J'ai besoin de savoir que nous sommes vraiment ici, ensemble. Que nous sommes faits l'un pour l'autre.

— Oh ! Alexandra, ma reine des fées, murmura Malcolm en la prenant dans ses bras. Ne sais-tu donc pas que je serai toujours à toi ? Je n'appartiens qu'à toi, maintenant et pour toujours.

Alex lui sourit, et ce fut comme un retour du soleil après une nuit d'orage.

— Oui, souffla-t-elle. Maintenant et pour toujours.